DISCLAIMER

Es handelt sich um ein fiktives Werk. Ähnlichkeiten mit lebenden Personen oder Institutionen sind rein zufällig.

DER ANWALT OHNE HOSE

SANDY ERMITTELT IN FRANKFURT

KATJA KLEIBER

c/o easy-shop

Kathrin Mothes

Schloßstraße 20

06869 Coswig (Anhalt)

www.katja-kleiber.de

Coverdesign: Juliane Schneeweiß

Zweite, überarbeitete Auflage 2021. Ursprünglich erschienen 2013 unter dem Titel „Dicker als Blut“ im Leinpfad Verlag.

Bibliografische Information der Deutschen Nationalbibliothek:

Die Deutsche Nationalbibliothek verzeichnet diese Publikation in der Deutschen Nationalbibliografie; detaillierte bibliografische Daten sind im Internet über http://dnb.d-nb.de abrufbar.

Erstellt mit Vellum

1

DIE LEICHE IN DER KANZLEI

Seine Haut war schwarz wie die Nacht. Ich streichelte sie und wunderte mich, wie zart sie sich anfühlte. Zart wie Samt. Jerry hatte mich beim Bockenheimer Straßenfest angequatscht. Jetzt lag er halb auf, halb neben mir. Seine Zunge erforschte meinen Mund. Ich konzentrierte mich ganz auf ihn und seine festen, vollen Lippen. Es fühlte sich an wie der Auftakt zu einer richtig guten Nacht. Ich spürte, wie geschickte Hände meinen Slip runterzogen. Ich versteckte mein Gesicht in Jerrys Haar und sog seinen Duft begierig ein. Gleichzeitig griff ich mit einer Hand unter das Kopfkissen und zuppelte herum, bis ich den Pariser gefunden hatte, der dort schon viel zu lange auf seinen Einsatz wartete. Als Jerry Anstalten machte, sich auf mich zu wälzen, schob ich ihm die kleine Packung in die Hand. „Nimm das", flüsterte ich ihm zu.

Er schob meine Hand weg und versuchte, in mich einzudringen. „Hey, nimm erst mal das Kondom“, sagte ich.

„Och, nöö“, murmelte er und machte weiter.

Ich drängte ihn zur Seite. „Hey, spinnst du?“

„Macht doch keinen Spaß.“ Wenn ich sein Genuschel richtig verstand, war es das, was Jerry sagte. „Stell dich doch nicht so an!“

Die ganze Stimmung war dahin. „Ich will hier keine Kids rumplärren haben.“

Ruckartig richtete sich der Mann auf. Er starrte mich an. „Du denkst doch nur, dass ich AIDS habe, stimmt's?“ Alle Zärtlichkeit war aus seinen dunkelbraunen Augen verschwunden. „Alle Afrikaner haben AIDS, oder?“

Er stand auf, sprang in seine Jeans, zog den Reißverschluss mit einem Ruck zu und streifte sich das Hemd über den Kopf.

„Quatsch!“ Ich richtete mich auf. „Mach doch nicht so rum. Ist nur zur Vorsicht, ich will kein Kind!“

Er warf seine Jacke über und ging zur Tür. Ich schluckte heftig. Die Tür knallte zu.

„Hau doch ab, du blödes Arsch“, schrie ich hinter ihm her.

Ich blieb eine Weile liegen und starrte die Wand an. Es hatte so gut begonnen. Das Straßenfest auf der Leipziger Straße gleich um die Ecke von meiner Wohnung hatte alle Frankfurter rausgelockt: Die Türken aus ihren Kebab-Läden und Tee-Stuben, den eritreischen Schneider, den polnischen Delikatessenhändler, sogar die Autonomen waren aus ihrem so genannten Kulturzentrum gekrochen. Es gab gute Mucke, live und umsonst, und überall was zu essen. Ich entschied mich für eine Bratwurst vom Grill, die angeblich thüringisch sein sollte, wahrscheinlich aber aus der Gefriertruhe eines heimischen Großmarkts stammte. Die Würste brutzelten verführerisch auf dem Grill und ich reihte mich in die Warteschlange ein.

Vor mir stand Jerry, der deutlich größer war als ich – was nicht so schwer ist. Sein Hintern füllte eine verblichene Jeans attraktiv aus. Dieser Anblick verkürzte mir die Wartezeit. Doch als der Afrikaner endlich seine Wurst in der Hand hielt und ich meine Bestellung loswerden wollte, hieß es: „Leute, leider alles alle. Wir müssen auf Nachschub warten." Jerry bemerkte meine Enttäuschung und bot mir die Hälfte seiner Bratwurst an.

Wir teilten brüderlich. Vom Bratwurststand waren wir zur Tanzfläche weiter gezogen – hier erfüllte Jerry alle Klischees über Afrikaner perfekt. Ich kann zwar eigentlich nur Pogo tanzen, wackelte aber heftig mit dem Hintern, so dass es ungefähr zur Latino-Musik passte. Es hatte mich dann nur wenig Verführungskünste gekostet, ihn in meine Wohnung abzuschleppen. Selbst die karge Ausstattung – Matratze auf dem Boden, Kochecke und ein geklauter Einkaufswagen als Kleiderschrank – hatte ihn nicht abgeschreckt.

Verdammt! Das erste interessante, männliche Wesen seit Wochen – vom Quickie mit dem Kellner bei meinem Türkei-Urlaub mal abgesehen – und ich musste ihn gleich verscheuchen. Vielleicht würde sich die Auswahl an Männern vergrößern, wenn ich mehr in mein Aussehen investierte? Mausfarbene, von zu häufigem Färben ausgebleichte Haare, massenhaft Löcher in den Ohren von den Piercings früher und dann noch abgeranzte Klamotten – nicht gerade das, was Männer anmacht. Ich hatte echt eine Chance verpasst.

Außerdem, Afrikaner hatten einen guten Ruf im Bett. Fast hätte ich das persönlich überprüfen können, aber nein ... wieso musste ich ihn beleidigen? Mit etwas mehr Diplomatie hätte ich ihn vielleicht doch noch rumgekriegt, das Gummi zu benutzen. Aber natürlich musste ich wieder das Erstbeste sagen, was mir durch den Kopf ging. Mist. Ich griff mir ein Bier aus dem Kühlschrank und ließ die ersten Schlucke meine Kehle runterlaufen.

Ich war auf dem besten Weg, mir einen fetten Rausch anzutrinken, Filmriss inklusive, als das Telefon klingelte. Ob Jerry seinen Abgang bereute? Ich hatte ihm am Anfang des Abends meine Visitenkarte zugeschoben und die Telefonnummer meiner Wohnung drauf gekritzelt. „Privatdetektivin" – die aufgedruckte Berufsbezeichnung hatte ihm echt imponiert. War vielleicht eine gute Taktik, um Typen aufzureißen. Klang jedenfalls interessanter als Versicherungsfachangestellte oder so. Ich starrte das Telefon an. Sollte ich Jerry noch eine Chance geben? Das Klingeln nervte.

„Ja?" Seit ich jahrelang in einem besetzten Haus

gewohnt hatte, meldete ich mich nicht mehr mit Namen. Konspiratives Verhalten verlernt man nicht so schnell.

„Sandy, kannst du mal herkommen?"

Freya stellte sich auch nicht vor, aber ihre Stimme erkannte ich sofort. Sie klang seltsam gehetzt.

„Was ist los? Wo bist du?"

„Sandy, wir brauchen dich. Du musst sofort kommen."

Ihr Gestammel klang gar nicht nach den wohl überlegten Worten einer gestandenen Rechtsanwältin.

„Wo steckst du denn?"

„Erinnerst du dich an den Italiener, wo wir meinen Geburtstag gefeiert haben? Komm da hin."

Sie legte ohne ein weiteres Wort auf. Ich gurgelte das restliche Bier aus der Flasche runter und zerrte meine Klamotten über. Ich steckte mein Handy ein und etwas Geld. Dann schwang ich mich auf mein Rad und strampelte zu dem Nobelitaliener im Westend, wo Freya ihren 33. Geburtstag begossen hatte.

Es hatte zu nieseln begonnen und als ich ankam, waren meine Haare nass. Die Lederjacke hielt einiges ab, aber die Jeans waren an den Oberschenkeln durchnässt. Ich fröstelte.

Um diese Zeit war La Marietto natürlich geschlossen. Schon von weitem sah ich die Tische und Stühle auf der Terrasse zu Türmen zusammen gestellt. Sie waren mit Ketten verankert, als fürchtete der Besitzer, sie könnten weglaufen.

Im trüben Licht der Straßenlaterne leuchtete Freyas

rote Haarmähne auf. Auch meine Freundin war durchnässt. Sie trat von einem Fuß auf den anderen und schwenkte die Arme, um sich zu wärmen. Ich bremste, stieg ab und schloss das Rad an einen Laternenpfahl an.

Kaum hatte ich mich aufgerichtet, fiel Freya mir um den Hals und drückte mich heftig. Ich roch kalten Rauch. Sie hatte wohl schon ein ganzes Päckchen gequalmt.

Ich hielt sie von mir ab. „Freya, was ist denn los? Wieso holst du mich mitten in der Nacht hierher?"

„Er ist tot." Sie sprach so leise, dass ich sie kaum verstand.

„Wer ist tot?"

„Verenas Vater." Sie zog mich hinter ihr her. Wir gingen um die Ecke. Einige Häuser weiter trat sie in den Eingang einer Villa und drückte eine Klingel. Summend sprang die Haustür auf. Ein mit Marmor ausgelegter Flur empfing uns. Freya ging einige Stufen hoch und klopfte an eine Tür, neben der ein großes Schild verkündete, dass sich hier die Kanzlei von Rechtsanwalt Hans-Jochen Ebert befand.

Die Tür war nur angelehnt. Freya schob sie auf und wir kamen in eine Kanzlei, in der Möbel aus Glas und Edelstahl zeigten, wie überaus erfolgreich der Anwalt war.

Freya ging vor in eine kleine Küche, die von einer riesigen Espressomaschine beherrscht wurde. Neben dem chromblitzenden Monster hockte ein verheultes Mädchen mit langen, braunen Haaren und schluchzte vor sich hin.

Unbeholfen blieb ich im Türrahmen stehen.

Die Küche war voller Zigarettenrauch. Freya griff nach

dem Päckchen auf dem Tisch, fummelte umständlich eine raus und steckte sie sich an.

Dann stellte sie Becher unter die Espressomaschine und drückte einige Tasten. Sie schob mir einen Stuhl hin, wartete, bis ich saß und drückte mir einen dampfenden Cappuccino in die Hand. Den anderen gab sie dem Mädchen. Als es schniefend aufblickte, erkannte ich, dass sie älter war, als ich gedacht hatte – vielleicht Mitte, Ende 20. Durch die langen, glatten Haare und ihre zierliche Figur wirkte sie mädchenhaft. Ihr Gesicht war rot, die Augen geschwollen.

„Das ist Verena, Verena Ebert“, sagte Freya und strich der jungen Frau leicht über die Schulter. „Wir kennen uns vom Studium und sie unterstützt mich bei der Kampagne gegen häusliche Gewalt.“

Die Kampagne war Freyas neuestes Lieblingsbaby. Es genügte ihr nicht, Frauen vor Gericht gegen gewalttätige Ehemänner zu verteidigen, nein, jetzt wollte sie auch noch eine bundesweite Kampagne anstoßen. Seit Wochen sprach sie von nichts anderem.

Freya merkte, dass ich innerlich aufstöhnte. Sie sprach schnell weiter. „Na, und wir hofften, wir könnten Verenas Vater auch für die Kampagne gewinnen. Das wäre ein echter Coup.“ Freya warf ihren leuchtend roten Haarschopf kämpferisch nach hinten. Dann sackte sie zusammen: „Aber jetzt ist er tot!“

„Die Hausbesetzer waren es!“, presste die junge Frau

auf dem Küchenstuhl hervor und fing dann haltlos an zu heulen.

Ich blickte Freya verblüfft an, aber sie achtete nicht auf mich.

Sie nahm Verena sanft ein vollgeheultes Taschentuch ab und drückte ihr ein neues, trockenes in die Hand. Sie streichelte ihr über den Rücken, bis das Schluchzen langsam nachließ.

Dann zog Freya mich aus der Küche. „Er wurde ermordet", flüsterte sie. „Kannst du's dir ansehen?" Ohne meine Antwort abzuwarten, schob sie mich über den Flur in ein großes Büro.

Dann sah ich den Mann: Er schien ganz normal an seinem Schreibtisch zu sitzen. Doch der Kopf hing auf die Brust herunter und auf dem Schreibtisch hatte sich eine riesige rote Lache ausgebreitet.

Mein Magen hob sich, als ich das ganze Blut sah und vor allem roch. Ich drehte mich um und wollte rausrennen. Freya hielt mich an der Schulter fest. „Willst du ihn dir nicht in Ruhe angucken?"

„Wieso ruft ihr nicht die Polizei?", zischte ich. Ich war zwar Privatdetektivin, aber eigentlich überprüfte ich meist nur die Lebensläufe von Managern, die sich auf neue Posten bewarben, oder fahndete nach Vätern, die ihren Unterhalt schuldig geblieben waren. Übrigens häufig im Auftrag von Freya von Buckow, die mir gerade eine Leiche präsentierte.

Freya murmelte etwas Unverständliches.

„Wir müssen die Bullen holen. Das hier ist ne Nummer zu groß." Ich bemühte mich, den Toten nicht anzuschauen und rang die Übelkeit nieder, die sich in meinem Magen breit machte.

„Ich konnte einfach nicht alleine bleiben." Freya sah mich flehend an. „Verena ist total neben der Spur. Lass mich nicht alleine."

„Ich will nichts damit zu tun haben." Schon der Gedanke an die Leiche und die Polizei und die ganzen Komplikationen, die sich ergeben könnten, erschreckte mich.

„Guck dich wenigstens um, ob dir was auffällt", drängte Freya. „wenn die Polizei erst hier ist, darfst du nicht mehr ran."

Ich starrte sie wortlos an.

„Schließlich bist du Detektivin."

Das war ein Argument. Es konnte nicht schaden, wenn ich mich umschaute. Widerstrebend wandte ich mich der Leiche zu. Dann fiel mir ein, dass es besser wäre, keine Spuren zu hinterlassen. Ich ging in die Küche und kramte nach einer Plastiktüte.

Verena wiegte ihren Körper rhythmisch vor und zurück und schien mich nicht zu bemerken.

Ich ging zurück ins Büro und schaute mich gründlich um.

Ein riesiger Schreibtisch aus Glas beherrschte den Raum. Er war leer bis auf einen eleganten Laptop und die Blutlache. An der Wand hinter dem Schreibtisch stand ein raumhohes Regal voller dicker Bücher. Manche kamen mir bekannt vor. Auch Freya hatte solche Wälzer in rotem Plastikeinband in ihrer Kanzlei stehen. Es waren Gesetzestexte, das wusste ich. Diese Juristen studierten jahrelang und mussten nachher doch wieder alles in dicken Büchern nachschlagen. Zwischen den Büchern standen grob geschnitzte Holzfiguren, die ich für afrikanisches Kunsthandwerk hielt.

Der Raum hatte große Fenster, die auf eine Art Balkon führten, obwohl die Kanzlei im Erdgeschoss lag. Vor den Fenstern stand eine gigantische Sofagarnitur aus braunem Leder. Eines der Fenster war weit geöffnet. Ich beugte mich hinaus. Vor dem Haus begrenzte ein schmiedeeiserner Zaun einen schmalen Garten, nicht breiter als ein Meter. Dann holte ich tief Luft, drehte mich um und ging näher an den Schreibtisch.

Obwohl mir wieder der Ekel in der Kehle hochstieg, sah ich mir den toten Körper dieses Mal gründlich an. Der Mann trug einen Anzug, ein weißes Hemd und eine graublaue Krawatte. Auf seiner Nase saß eine unauffällige Brille. Sein silbergraues Haar war exakt geschnitten. Ich schätzte ihn auf Anfang 50. Kein Alter für den Tod. Schon gar nicht für einen solchen: Am Hals des Mannes klaffte ein riesiger Schnitt, aus dem noch immer Blut sickerte.

Freya hatte mich die ganze Zeit beobachtet. Jetzt wandte sie sich ab. „Ich kümmer mich um Verena", murmelte sie und verließ den Raum.

Ich ging um den Schreibtisch herum und trat hinter

den Toten. Der Geruch des Bluts stieg mir unangenehm in die Nase. Ich versuchte, den Atem anzuhalten, mich zu konzentrieren und prägte mir jede Einzelheit des Toten ein.

Mir wurde klar, wieso er so akkurat da saß. Es blieb ihm nichts anderes übrig. Er war an den Schreibtischstuhl gefesselt, die Hände hinter seinem Rücken zusammengefasst. Der ganze Körper war mit einem starken Plastikseil mehrmals umwunden und am Stuhl festgezurrt. Das Seil leuchtete in bunten Farben. Es wirkte sehr robust, jedenfalls war es keine Paketkordel oder so. Damit kam auch Selbstmord nicht in Frage.

Da fiel mir auf, dass irgendwas mit der Kleidung des Toten nicht stimmte. Ich zog die Plastiktüte, die ich aus der Küche mitgebracht hatte, über meine Hand und packte den Schreibtischstuhl. Ich zog ihn mit seiner Last ein wenig vom Tisch ab. Der Stuhl kippelte und ich musste alle Kraft aufwenden, damit er nicht mitsamt der Leiche umkippte. Schließlich hatte ich den Stuhl stabilisiert und trat einen Schritt zurück.

Ich schrie laut auf. Die Anzughose des Mannes war bis auf die Kniekehlen herunter gezogen. Der Mann saß praktisch in Unterhose festgezurrt auf seinem Stuhl. In einer weißen Baumwoll-Feinrippunterhose.

Ich wandte mich ab, trat wieder ans offene Fenster und holte ein paar Mal tief Luft. Draußen war eigentlich nichts zu sehen außer der nächtlichen Straße. Doch vor meinen Augen sah ich das Bild des Toten. Ohne Hose.

Um mich abzulenken, betrachtete ich eingehend den Fensterrahmen. Es war ein alter Holzrahmen, jedoch gut gepflegt. Ich fuhr mit dem Finger darüber. Der weiße Lack fühlte sich glatt an. Er hatte keine Beschädigungen. Das Fenster war jedenfalls nicht aufgebrochen worden.

Als ich mich einigermaßen wieder gefangen hatte, wandte ich mich um. Ich konzentrierte mich auf die Details des Zimmers. Der Laptop auf dem Schreibtisch war aufgeklappt. Als ich auf die Tastatur drückte, erwachte er zum Leben, zeigte auf dem Monitor aber nur die Programmsymbole. Keines der Programme war aktiv.

Eine lederne, schon etwas abgenutzte Aktentasche stand gegen ein Schreibtischbein gelehnt. Ich blickte kurz hinein. Neben dem aktuellen Spiegel-Magazin fand ich eine Golf-Zeitschrift und ein Programm der Frankfurter Oper. In einer Seitentasche steckte die Börse des Anwalts. „Nicht schlecht", murmelte ich, während ich die Fächer durchging. Sie enthielten 655 Euro in Scheinen, verschiedene Kreditkarten in Gold-Ausgabe und einiges Kleingeld. Ich ließ alles unverändert, obwohl es mir in den Fingern juckte, einen der 50er Scheine rauszunehmen – brauchte er ja jetzt nicht mehr.

Dann fiel mir etwas Graues, Zerknülltes neben der Tasche auf. Ich stupste es vorsichtig an. Es war ein nasser Socken. Wieso nur einer? Wieso war das Ding nass? Seltsam.

Ich holte tief Luft und wandte mich noch einmal der Leiche zu, benutzte wieder die Tüte als Handschuh und durchsuchte seine Taschen, fand aber nichts außer einer Taxiquittung von voriger Woche in der hinteren Hosentasche. 37 Euro hatte die Fahrt gekostet. In der Tasche der Anzugjacke steckten einige Visitenkarten des Anwalts. Eine davon stopfte ich in meine hintere Hosentasche.

Als die Jacke wieder zurückglitt, fiel mir etwas Seltsames an den nackten Beinen des Toten auf. Ich versuchte, genauer hinzublicken, ohne der Leiche näher zu kommen. An der Innenseite der Oberschenkel waren rote Flecken zu sehen. Sie zogen sich in einer Reihe von der Mitte des Oberschenkels bis kurz vor die Feinripphose, und zwar an beiden Beinen.

Ich ging in die Küche und holte Freya. Ich wies auf die kleinen, kreisrunden Flecken.

Freya starrte eine Weile hin und fuhr plötzlich angewidert zurück. Sie presste die Lippen zusammen und wandte sich ab.

Ich zog sie ans offene Fenster. „Was ist das?"

„Brandblasen." Sie schluckte. Sie sog die frische Nachtluft tief ein. „Von einer Zigarette, würde ich sagen." Sie machte eine Pause.

Ich wusste, dass wir beide den gleichen unangenehmen Gedanken hatten.

„Hab so was mal bei einer Klientin gesehen", sagte Freya. „Die kam mit ihrem Leben nicht klar und hat sich selbst die Handgelenke mit Zigaretten verbrannt. War die einzige Möglichkeit, wie sie ihren Körper spürte."

„Der Anwalt hat sich aber nicht selbst verbrannt",

stellte ich fest. Schließlich war er gefesselt.

Freya nickte. Sie legte eine Hand auf meine Schulter. „Sandy, bitte, erzähl Verena nichts davon, sie ist sowieso schon total fertig."

Wir hielten es in dem Raum mit der Leiche nicht mehr aus und gingen in die Küche. Dort, ohne den Anblick des Toten, funktionierte mein Hirn deutlich besser. „Freya, du rufst die Polizei an und erzählst alles. Außerdem hol einen Notarzt." Ich nickte mit dem Kopf in Richtung Verena.

„Meinst du? So schlimm?"

„Eine Beruhigungspille würde ihr guttun. Wenigstens für die ersten Stunden."

„Okay, ich rufe Pit an."

Pit war einer von Freyas Freunden aus der blaublütigen Fraktion. Freya von Buckow und Pit von Bredenbeck hatten schon als Kind im Sandkasten zusammengespielt. Jetzt führte Pit eine Hausarztpraxis im Nordend. Er würde sich freuen, selbst wenn Freya ihn mitten in der Nacht anrief. Ich glaube, er würde ganz gerne mal eine ganze Nacht mit ihr verbringen, aber Freya hatte das noch nicht begriffen.

„Und dann rufst du die Polizei an!"

„Mach du das doch, bitte!"

„Freya, ich bin nie hier gewesen."

„Aber als Detektivin ist das doch deine Aufgabe. Die Polizei wird dich viel ernster nehmen als mich."

Ich dachte nach. Die Polizei kannte mich nicht. Jedenfalls nicht als Detektivin, höchstens als Punkerin mit einer dicken Akte. „Wenn die Polizei weiß, dass ich hier war, glaubt sie, dass ich ermittele und macht jede Menge Schwierigkeiten."

Freya schien noch nicht ganz überzeugt.

„Wie willst du erklären, dass du als brave Bürgerin nicht sofort die Polizei gerufen hast? Sondern mich?"

Sie nickte ergeben.

Ich griff meine Sachen, schaute noch mal zu Verena, die immer noch in der Küche auf ihrem Stuhl hin- und herschaukelte, und verließ die Kanzlei.

Draußen wandte ich mich noch einmal zurück und blickte zu den Fenstern des Büros hoch. Von hier war nur der schwache Lichtschein aus der Küche zu sehen. Aber an der Fassade der Villa fiel mir etwas auf. Ich ging näher heran. Ein Graffiti zog sich neben dem Bürofenster lang: „KAPITAISTENKNEC" stand dort, gesprüht mit roter Farbe. Ich musste grinsen.

Wahrscheinlich sollte es „Kapitalistenknecht" heißen, aber der Sprüher war gestört worden und hatte mitten im Wort aufgehört. Außerdem hatte er in seiner Hast das „L" von „Kapitalisten" vergessen.

Ich studierte die Schrift genauer. Das „N" von „Knecht" war von einem Kreis umgeben und lief oben in eine Pfeilspitze aus. Dieses Zeichen kannte ich. Das Zeichen der Hausbesetzer.

Ich bildete mir ein, es roch nach frischer Farbe. Ich streckte meinen Arm aus und berührte das Graffito. Ein Fleck nasser Farbe blieb auf meinem Zeigefinger zurück.

2

HAUSBESETZER UNTER VERDACHT

„Hier! Guck dir das an!" Freya knallte die BILD-Zeitung auf den kleinen runden Tisch im Wartezimmer ihrer Kanzlei. Dann riss sie die Zeitung wieder hoch, blätterte hektisch zu den Frankfurt-Seiten und hielt sie mir unter die Nase.

„Mord an Anwalt!", stand dort in riesengroßen Lettern. Etwas kleiner darunter: „War es ein Hausbesetzer?" Daneben war ein Foto abgedruckt, das unscharf und dunkel einen Jugendlichen zeigte, dessen Gesicht von einem Palästinensertuch verhüllt war.

„Kevin H. wurde kurz vor der Tat im Westend gesehen. Er hatte allen Grund zur Abrechnung: Rechtsanwalt Ebert hatte ihn und andere Chaoten aus dem besetzten Haus in der Offenbacher Landstraße geklagt. Der Eigentümer kann nun endlich mit dem Bau des dort geplanten Hotels beginnen.“ Und dann fett: „Hat Kevin H. mit dem Anwalt abgerechnet?“

„Ist das nicht unverschämt?“ Freyas Stimme war vor Aufregung ganz hoch. Wir hatten uns verabredet, um die Geschehnisse von gestern zu besprechen. Am Samstag war die Kanzlei für Klienten geschlossen, so dass wir ungestört waren.

„Was hatte denn der Anwalt mit Hausbesetzern zu tun?“, wollte ich wissen.

„Steht doch hier: Er hat Hauseigentümer vertreten und die Hausis verklagt.“ Unwillkürlich verfiel Freya in den Slang unserer Punkerjahre. „Die letzte Räumung hier in Frankfurt hat er veranlasst.“

„Na, das wäre doch ein Motiv. Kann sein, die Hausbesetzer haben ihn aus Rache fertig gemacht.“

„Aber die bringen doch niemand um!“, rief Freya entrüstet.

Stimmte das? Ich selbst hatte jahrelang in einem besetzten Haus in Hamburg gelebt. Nie hatten wir Anwälte oder sonst wen umgebracht. Im Gegenteil. Fast hätten die Hausbesitzer mich umgebracht. Die Eigentümer, zwei Brüder, beides vermögende Zahnärzte, ließen das Haus räumen. Danach wusste ich nicht wohin und schlief auf einer Parkbank im Planten un Blomen. Beinahe wäre ich an einer Lungenentzündung verreckt. Irgendein Streetworker, der eigentlich auf der Suche nach Junkies war, hatte mich entdeckt und ins Krankenhaus gebracht. Freya war die einzige gewesen, die mich besucht und gepflegt hatte, als ich wochenlang im Krankenhaus lag. Gleichzeitig zog sie ihr Jurastudium im Eiltempo durch und schloss auch noch mit einem Spitzenexamen ab. Ihre Eltern waren froh, dass sie die Punkerszene verlassen hatte. Sie überließen ihr den Altbau im Frankfurter Westend als Schenkung zu Lebzeiten, wie Freya mir erklärt hatte. Was so viel hieß wie, das Haus gehörte ihr. Umgehend machte sie dort ihre Kanzlei auf. Als das Krankenhaus mich entließ und ich nicht wusste, wohin, lud sie mich ein, nach Frankfurt zu kommen. „Das Haus ist eh viel zu groß", hatte sie gesagt. Also richtete ich meine Detektei im Dachgeschoss ein. Seither sind wir Kolleginnen – wenn man das so sagen darf. Ein gut funktionierendes Gespann, bestehend aus einer erfolgreichen Anwältin und eine Privatdetektivin, die sich gerade eben so über Wasser hielt.

Freya hantierte an der chromblitzenden Kaffeemaschine herum, an der sich normalerweise ihre Klientinnen bedienten. Sie klopfte einen Filter aus und füllte neues Kaffeepulver ein, drückte es mit dem Zeigefinger zurecht.

„Hausbesetzer, die einen Anwalt umbringen? Anwälte haben normalerweise Gegner, die mit Rechtsmitteln streiten, nicht mit Waffen," meinte Freya schließlich. „Aber Verena glaubt auch, dass Hausbesetzer die Täter sind."

„Warum?"

Freya zuckte mit den Schultern. „Ist halt ne einfache Erklärung. Ihr Vater hatte ja tatsächlich die Besetzer rausgeklagt damals."

„Kennst du den?“ Ich tippte auf das Foto in der BILD-Zeitung.

Freya nahm das Blatt hoch und musterte den Mann. „Nee. Aber selbst wenn es mein Bruder wäre, würde ich den auf diesem Bild nicht erkennen.“ Sie warf die Zeitung wieder auf den Tisch.

Ich blätterte weiter. Der Artikel auf der Innenseite war genauso reißerisch aufgemacht wie der auf der Titelseite. Er zeigte ein Foto des Anwalts, das wohl einige Jahre alt war, denn er hatte auf dem Bild dunklere Haare, nicht das reine Silberweiß, das ich gesehen hatte. Ansonsten sah er durchschnittlich aus, wie ein Geschäftsmann eben. Ich legte die Zeitung wieder auf den Tisch.

„Woher die das wohl wissen? Ich meine, wie kommen die auf den Typen, diesen Kevin?“

Die Kaffeemaschine röhrte und fauchte. Freya griff nach den Tassen und reichte mir einen duftenden Milchkaffee. „Journalisten von Boulevardblättern hören regelmäßig den Polizeifunk ab,“ meinte sie. „Das ist zwar verboten, aber technisch sehr einfach. Deshalb sind die auch die ersten bei großen Unfällen, Bränden, Geiselnahmen usw.“

Ich runzelte die Stirn.

„Oder die haben Informanten. Und natürlich ein Archiv. Trotzdem, auf die Idee, dass Hausbesetzer Verenas Vater auf dem Gewissen haben, kann nur so'n Boulevardblatt kommen.“

„Freya, hast du den Spruch an der Fassade gesehen?

Von wegen ‚Kapitalistenknecht' und so? Das galt sicher dem Anwalt."

Sie nickte. „Na, und? Solche Grafittis sind doch überall in der Stadt."

„Aber dieses war frisch."

„Echt?"

„Ja, gestern Abend war die Farbe noch feucht."

„Puh", Freya nippte vornehm an ihrem Kaffee. Schließlich meinte sie: „Na, so was kriegen die gerade noch hin, aber einen Mord? Das sind Chaoten, wissen wir doch." Sie nahm noch einen winzigen Schluck.

Ich ließ mich nicht beirren. „Freya, es könnte doch so gewesen sein: Die Hausbesetzer haben die Wand besprüht, der Anwalt hat sie dabei überrascht, es kam zum Streit und sie haben ihn abgeschlachtet." Konnte man ja wohl so sagen. Dem Anwalt war die Kehle durchgeschnitten worden.

„Und die Brandflecken an den Oberschenkeln?" Freya runzelte eine ihrer Augenbrauen. Als echte Rothaarige hatte sie elegante, feine Augenbrauen, soweit ich weiß, ohne je zu zupfen. Jedenfalls hatte sie schon als Punkerin diese fein geschwungenen Augenbrauen gehabt, als sie noch Dreadlocks trug und ganz sicher keine Kosmetikerin besuchte.

„Okay, einem Hausbesetzer rutscht sein Messer aus, er mordet im Affekt einen Anwalt. Aber würde er ihn vorher auf seinen Bürostuhl fesseln und mit brennenden Zigaretten traktieren?"

Ich zuckte die Schultern. Das war mir auch ein Rätsel. „Was haben eigentlich die Bullen gestern gesagt?“

„Nichts Besonderes. Die haben das volle Programm abgezogen, Tatort absperren, Spurensicherung usw.“ Freya grinste auf einmal. „Mattu war da, hat sich um Verena gekümmert und versucht, sie zu beruhigen.“

Mattu oder korrekterweise Kriminalhauptkommissar Matthias Mattuschewski kannten wir von einem Fall an der Frankfurter Uni. Er war Bulle, aber in Ordnung.

„Und wie geht’s Verena?“, fragte ich.

„Sie ist ziemlich mitgenommen.“ Freya zögerte. Dann seufzte sie: „Verena hat sich auf die Idee fixiert, dass es Hausbesetzer waren. Dass die kurzen Prozess mit ihrem Vater gemacht haben. Und deshalb“, sie holte tief Luft, „deshalb sollst du den Fall übernehmen. Sie denkt, dass du bei den Hausbesetzern mehr heraus findest als die Polizei. Kannst du nachher mal zu ihr gehen? Sie will sonst niemanden sehen, aber du sollst dich melden, hat sie gesagt.“

Ich schluckte. Wollten mich die beiden Rechtsanwältinnen in irgendwas reinziehen? Sofort verwarf ich den Gedanken wieder. Freya hatte einen neuen Schützling gefunden, nämlich Verena, und wollte ihr mit allen Mitteln helfen. Aber wollte ich das auch?

„Schätze, das ist ne Nummer zu groß für mich“, wehrte ich ab.

„Verena braucht deine Hilfe.“ Freya ließ nicht locker. Wenn sie einmal ein Opfer für ihr Helfersyndrom gefunden hatte, gab sie nicht auf. Sie blickte mich bittend an.

Verena hatte gestern einen verzweifelten Eindruck gemacht. Vielleicht konnte ich sie ja von der Idee abbringen, dass es die Hausbesetzer waren. Ich hatte mit denen zwar nichts mehr zu tun, aber irgendwie ärgerte mich, dass ihnen ein Mord angehängt wurde.

„Doppelt hält besser", setzte Freya wieder an. „Für die Polizei ist das nur ein Fall unter vielen. Wenn du dich dranhängst, wird die Sache schneller aufgeklärt."

Freya würde mir keine Ruhe lassen, bis ich den Fall übernahm. Aber noch etwas anderes würde mir keine Ruhe lassen: Das Bild des gequälten, gefesselten Anwalts, der erbärmlich in seinem noblen Büro verreckt war.

„Okay, ich mach's", knurrte ich.

Freya gab mir Verenas Adresse. Der Straßenname war im Stadtplan nicht verzeichnet, aber sie meinte, die Wohnung sei in einem neu gebauten Viertel im ehemaligen Osthafen. Wir tranken unseren Kaffee aus, ohne den Mord noch mal zu erwähnen.

Als das Koffein meine Lebensgeister geweckt hatte, schwang ich mich auf mein Rad. Keine schöne Aufgabe, die trauernde Verena zu befragen. Hoffentlich war sie heute nicht mehr so fertig wie gestern. Vielleicht würde etwas Süßes Verena helfen. An einem Kiosk kaufte ich eine Tafel Schokolade.

Die neuen Häuser am Osthafen waren leicht zu finden. Block um Block drängten sie sich am Ufer des Mains, acht

Etagen hoch. Die Wohnungen hatten Balkons in unterschiedlichen, pastelligen Farben. Ich fand schnell die richtige Hausnummer und klingelte. Sofort wurde mir geöffnet. Verena wohnte ganz oben im achten Stock. Ich fuhr mit dem Aufzug hoch.

Sie stand in der geöffneten Tür und wartete auf mich. Ihre Augen waren noch rot, aber sie schien ruhiger zu sein als gestern. Sie trug schwarz, ein schlichtes T-Shirt und eine schwarze Stoffhose. Dadurch wirkte sie noch zierlicher.

Ich drückte ihr die Tafel Schokolade in die Hand.

„Genau die Sorte hat mir mein Vater früher immer mitgebracht", sagte Verena. Ihre Stimme war tonlos und drückte keinerlei Gefühl aus. Sie klang wie ein Schüler, der ein Gedicht aufsagte.

Sie führte mich in ein Wohnzimmer, in dem eine Reihe ganz unterschiedlicher Sessel in wilden Popfarben standen. Sie waren zum großen Glasfenster ausgerichtet, hinter dem ganz unten der Main grau und träge dahin floss. Ein Schlepper zog langsam den Strom abwärts. Ich stellte mir vor, wie Verena hier saß und den Schiffen auf dem Main zuschaute, und beneidete sie einen Moment lang.

Durch die große Fensterfront fiel eine Menge Licht in den Raum, obwohl der Himmel immer noch bedeckt war. An der Wand gegenüber von den Fenstern hingen riesige abstrakte Gemälde in Knallfarben. Verena sackte in eines der Sessel-Ungetüme und wies mit der Hand auf das daneben. Ich setzte mich.

Schweigen. Wie sollte ich ein Gespräch mit Verena anfangen? ‚Und was machst du so?', wär jetzt wohl falsch.

„Du hattest ein enges Verhältnis zu deinem Vater?"

„Ging so."

Verena starrte mich an, als hätte sie schon vergessen, wer ich bin und was ich hier wollte. Ihre Stimme klang belegt. Wahrscheinlich hatte Pit ihr eine ordentliche Menge Beruhigungsmittel verpasst.

„Soll ich Kaffee machen?", fragte ich. Zwar hatte ich gerade einen getrunken, aber sie wirkte so weggetreten, dass etwas Koffein nicht schaden konnte.

„Warum nicht", sagte sie, ohne die Stimme zu heben. „Da".

Sie wies auf eine Tür im Hintergrund.

Ich hievte mich hoch und ging in die angegebene Richtung. Die Küche stellte sich als eine Art Laboratorium heraus, jedenfalls war sie voller Geräte aus Edelstahl, wie eine Hotelküche oder so. Ich fand die Kaffeemaschine nur, weil sie das gleiche Modell war wie die in Freyas Büro. Bald hatte ich zwei Kaffee zubereitet.

Ich kehrte in den Salon zurück und drückte Verena eine Tasse in die Hand. Also wieder von vorne.

„Hast du deinen Vater oft gesehen?"

„Oft, was heißt oft." Sie verstummte wieder.

„Habt ihr telefoniert? An Geburtstagen oder so?"

„Also, das war so." Verena wurde etwas lebendiger. „Früher hatten wir kein gutes Verhältnis, ich war traurig, weil er uns allein gelassen hatte und er meldete sich nur an meinem Geburtstag und zu Weihnachten. Aber dann ..." Verena holte tief Luft, „ ...als ich älter war, in den letzten Jahren, haben wir uns oft gesehen, einmal die Woche oder so."

„Er hat euch allein gelassen? Was meinst du damit?"

„Als ich 14 war, haben sich meine Eltern getrennt."

Ich versuchte zu schätzen, wie alt Verena war, und nachzurechnen. Sie erriet meine Gedanken.

„Jetzt bin ich 29, also vor 15 Jahren."

„Und deine Mutter? Weiß sie schon, dass dein Vater nicht mehr lebt?"

„Ich habe sie heute Morgen angerufen. Sie lebt auf Teneriffa, jedenfalls solange es hier noch nicht Sommer ist. Es ist ihr egal, glaube ich." Verena seufzte. „Sie hat meinen Vater gehasst." Verächtlich setzte sie hinzu: „Wahrscheinlich wartet sie jetzt nur darauf, ob sie vielleicht doch was erbt, als Verflossene."

Es hatte keinen Sinn, wenn sich Verena in alte Familienerinnerungen verstrickte. Ich holte sie wieder in die Gegenwart: „Wenn du deinen Vater getroffen hast, was habt ihr dann gemacht?"

„Wir hatten unsere Donnerstage. Donnerstagsabends sind wir immer zusammen essen gegangen oder so."

Verena hielt den Kaffee auf dem Schoß und wärmte ihre Finger an der Tasse, aber sie trank nicht.

„Worüber habt ihr an diesen Donnerstagen gesprochen?"

„Alles Mögliche, natürlich viel über meine Pläne, was ich machen möchte, dann über Mutter, wie sie zurechtkommt, das wollte er schon wissen."

„Hat er über seine Arbeit geredet?"

„Eigentlich nicht, er hat mehr über seine Hobbys gesprochen, über Opern, über das Golfen und so."

„Hat er nie von seinen Fällen erzählt?"

„Nicht so oft. Klar, manchmal hat er erzählt, dass er einen neuen Klienten hat, wenn der was Besonderes war zum Beispiel. Oder wenn er ein schwieriges Verfahren gewonnen hat."

„Was waren denn das für Klienten und Verfahren?"

„Er hatte sich auf Immobilienfragen spezialisiert. Also Streit mit Mietern oder wenn die Bauherrn was nicht richtig ausgeführt haben oder so ..."

Verena drehte die Tasse mit dem heißen Kaffee in der Hand.

Ich nahm selbst einen Schluck, um sie zu ermuntern, auch was zu trinken, aber sie starrte aus dem Fenster auf den Main und beachtete mich nicht.

„Hatte er Feinde?" Das klang wie in einem Fernsehkrimi. „Also, ich meine, hatte er Streit mit einem Kunden? Oder gibt es Leute, die ihn hassten, weil sie gegen ihn verloren haben?" Erwartungsvoll schaute ich Verena an.

„Nein, das kommt nicht in Frage. Seine Klienten waren sehr distinguiert."

Ich war mir nicht ganz sicher, was sie meinte. Verena spürte meine Unsicherheit und bekräftigte: „Auf jeden Fall haben seine Klienten nichts damit zu tun. Ich glaube, es waren diese Hausbesetzer. Denen ist alles zuzutrauen."

„Was denn für Hausbesetzer?", fragte ich vorsichtig.

„Na, die er rausgeklagt hat. Die hatten eine Villa im Westend besetzt, die der Sparkasse gehörte. Die Sparkasse hat sich jahrelang nicht drum gekümmert, aber dann wollten sie dort eine Stiftung unterbringen und die Villa renovieren lassen. Mein Vater hat den Räumungsbescheid erwirkt."

„Ich dachte, es sei um ein Hotel in Oberrad gegangen?"

„Wieso?

„Hab ich in der BILD gelesen."

„Ach, lies doch nicht sowas!" Verena machte eine wegwerfende Handbewegung.

„Und du meinst, die Besetzer der Villa hätten ihn ermordet?"

„Die bringen alles fertig. Das sind Anarchisten und so."

„Hm." Ich enthüllte ihr jetzt besser nicht meine Vergangenheit.

„Bei Demonstrationen schmeißen die Steine."

Das konnte ich nicht leugnen.

„Und verbrennen Autos." Verena schauderte.

Auch da hatte sie Recht. Obwohl: Zwischen Autos abfackeln und Anwälte abschlachten bestand ein Unterschied. „Du scheinst keine gute Meinung von Hausbesetzern zu haben", meinte ich vorsichtig.

Sie macht einen undefinierbaren Laut und rümpfte die Nase.

Ich betrachtete sie schweigend.

Verena beugte sich vor. „Ich habe eine Frau verteidigt, die in einem besetzten Haus wohnte." Sie machte eine Pause. „Und dort vergewaltigt wurde."

Dazu konnte ich nichts sagen. Die Sitten waren rau in der Szene und mehr als einmal hatte ich mich nachdrücklich gegen Gegrabsche gewehrt. Mancher Mann nahm das „Nein" einer Frau nicht ernst. Verena als feministische Anwältin hatte sich offenbar ein sehr einseitiges Bild von Hausbesetzern gemacht.

„Hast du einen konkreten Hinweis auf die Hausbesetzer als Täter?", fragte ich.

„Das ist dein Job. Ich beauftrage dich. Du bist doch Detektivin, oder?"

Ich nickte.

Verena schien wacher. Der Kaffee konnte nicht schuld sein, denn die Tasse stand unbeachtet auf einem Beistelltischchen.

Verena richtete sich im Sessel auf. „Wie viel bekommst du?"

Wenn Verena sich diese Wohnung mit Blick auf den Main leisten konnte, war sie wohl nicht ganz arm. Und mit dem zu erwartenden Erbe des Staranwalts in Aussicht …

Ich multiplizierte meinen normalen Tagessatz und nannte ihr die Summe.

Verena zog eine Augenbraue hoch.

Ich fürchtete, ich hätte übertrieben.

Doch dann nickte sie. „Ich überweise ein Drittel als Vorschuss."

Meine Miete für die nächsten Monate war gesichert. „Gut, aber ich habe noch ein paar Fragen."

„Ja." Sie wirkte jetzt erschöpft. Mir fiel auf, dass sie tiefe Schatten unter den Augen hatte.

„Ihr wolltet gestern zu deinem Vater, um ihn als Unterstützer für Freyas Kampagne zu gewinnen?"

„Ja, gegen häusliche Gewalt. Er hätte bestimmt unterschrieben, wenn ich ihn drum bitte ... also, wenn ich ihn gebeten hätte ... gebeten haben könnte." Sie brach ab und stöhnte.

„Sicher. Er hätte sicher unterschrieben. Was mich interessiert: War es normal, dass dein Vater abends noch im Büro war?"

„Ja, er arbeitete oft bis spät in die Nacht."

„Ich glaube, er kannte den Täter. Wem könnte er geöffnet haben?"

„Vielleicht hat er uns erwartet? Aber es gibt eine Sprechanlage. Oder ein Klient kam noch abends spät vorbei? Aber, überleg mal, die Hausbesetzer kennen doch bestimmt Tricks, die kommen überall rein."

Sie war nicht von ihrer fixen Idee abzubringen. Natürlich konnten Hausbesetzer mit einem Dietrich oder einem Kuhfuß eine Tür knacken, aber weder an Tür noch Fenster des Büros hatte ich Einbruchspuren bemerkt.

„Wer könnte noch etwas darüber wissen, was am Freitagabend passiert ist? Hatte er eine Sekretärin?"

„Nein, er hat nur eine Frau für die Buchhaltung, aber extern. Er schickt ihr die Daten per Mail, ich glaube, sie sitzt in Brandenburg oder so."

„Hat sonst noch jemand einen Schlüssel zum Büro?"

„Die Putzfrau, nehme ich an. Ich kann dir die Telefonnummer geben."

„Die Telefonnummer? Das wäre klasse."

Sie stand auf und suchte in einem Wandschrank herum. Schließlich gab sie mir einen Zettel. „Hier, das ist die Nummer von Olga, der Putzfrau."

Ich stopfte den Zettel in meine Hosentasche.

„Woher kennst du eigentlich Freya?", fragte ich im Hinausgehen.

„Von der Uni. Wir haben beide Jura studiert und eine feministische Studiengruppe gegründet, JUFAM." Verena lächelte fein. „Und du?"

„Mhm, ich kenn sie schon etwas länger. Aus Hannover." Verena musste ja nicht unbedingt wissen, dass wir uns bei den Chaostagen in Hannover kennen gelernt hatten, als die Polizei uns mit vielen anderen Punkern mit einem Wasserwerfer in eine Sackgasse gejagt und dann so richtig durchnässt hatte. Freya hatte ihre roten Haare als Dreadlocks getragen. Ein Bulle zerrte daran, bis ich ihm in den Rücken sprang. Vor Schreck ließ er Freya los und ich griff ihre Hand, zog sie mit und rannte durch eine Toreinfahrt. In den nassen Klamotten hatten wir uns zitternd vor Kälte in dem Hinterhof versteckt, bis die Straßenkämpfe abebbten. Seitdem waren wir Freundinnen.

3

VOLKSKÜCHE

Den Sonntag nutzte ich, um mal wieder so richtig auszuschlafen. Hin und wieder blinzelte ich unter der Decke hervor und warf einen Blick Richtung Fenster. Draußen war es immer noch grau und trübe. Es gab einfach keinen Grund, aufzustehen.

Irgendwann mittags rollte ich mich dann doch von der Matratze und starrte entnervt in den leeren Kühlschrank. Im Brotkorb fand ich ein etwas hartes, aber noch essbares Brötchen. Dazu kochte ich einen starken Kaffee und verzog mich wieder ins Bett.

Ich kramte den Zettel mit der Nummer von der Putzfrau von Verenas Vater hervor. Es war eine Handynummer. Ich wählte. „The person you are calling is temporarily not available", sagte eine mechanische Frauenstimme. Können die kein Deutsch bei diesen Handybetreibern?

Der Kaffee hatte meine Geister angeregt. Ich brachte es

fertig, mich anzuziehen. Schwarze Jeans, schwarzes Sweatshirt. Dann fiel mir ein, dass ich Vera im Ex besuchen und nach Hausbesetzern ausfragen könnte. Jede zweite Woche sorgte sie dort für die „Volxküche“, vielleicht auch heute.

Also kramte ich in dem Einkaufswagen, der mir als Kleiderschrank diente, nach der Lederjacke, warf sie mir über und ging die paar Schritte von meiner Wohnung zur Leipziger Straße. Hier hatten Autonome vor undenklich langer Zeit ein altes Kino besetzt und in ein Kulturzentrum verwandelt. Oder vielmehr in das, was sie unter einem Kulturzentrum verstanden. Die Schaufensterscheiben waren mit Plakaten zugeklebt, die für Punkkonzerte und Demos warben. Oben an der Fassade hing ein Betttuch mit dem Spruch „Don’t be a slave to the system!“. Auch die Autonomen konnten offensichtlich kein Deutsch.

Ich stieß die Tür auf. Ein Schwall abgestandenen Rauchs vermischt mit dem Geruch nach Küchenfett kam mir entgegen. Aus den Lautsprechern pochte eine harte, treibende Musik.

Im Halbdunkeln erkannte ich Vera, die hinter der Theke hantierte. In dem Saal des ehemaligen Kinos hingen eine Menge Leute rum. Soweit ich erkennen konnte, waren die meisten jünger als ich. Alle trugen schwarze oder graue Klamotten und dazu einen roten oder schwarzen Palästinenserschal. In Hamburg damals wurden die mit dem schwarzen Schal zu den Anarchisten gerechnet und die mit dem roten zu den traditionellen Linken. Irgendwann waren die Auseinandersetzungen zwischen Schwarz- und Rot-Schal-Trägern eskaliert, bis sie die Szene unter sich aufgeteilt hatten. Die mit dem schwarzen Schal gingen nur noch in bestimmte Kneipen und die mit dem roten in andere. Ich hatte Glück, denn irgendjemand hatte mir einen Schal mit einem seltenen blau-weißen Muster geschenkt, damit konnte ich in allen Kneipen mein Bier trinken. In Frankfurt waren die Verhältnisse offenbar nicht so kompliziert, denn im Ex hockten sowohl Leute mit rot-weißem wie mit schwarz-weißem Schal. Einträchtig löffelten sie die Pampe in sich hinein, die hier als Volksküche, die so genannte „VoKü", serviert wurde.

„Hey, Vera!" Ich schlüpfte hinter die Theke und griff mir ein Bier aus dem Kühlschrank.

„Ey, Sandy! Lässt du dich auch mal blicken!" Vera grinste mir über die Schulter zu, während sie einen weiteren Teller Pamp abfüllte und über die Theke schob. „Super, dass du kommst, du kannst mir kassieren helfen."

Schnell kamen wir in einen Rhythmus. Während Vera abwechselnd im Topf rührte und Portionen austeilte, strich ich das Geld ein und reichte Wechselgeld rüber. Wir waren ein eingespieltes Team, denn ich hatte ihr schon öfter geholfen. Die Musik war hier meistens gut und für die Thekenkräfte fiel immer kostenloses Bier ab.

Als der Andrang etwas nachließ und die meisten abgefüttert waren, setzten wir uns in eine Ecke, in der man sich trotz der lauten Musik unterhalten konnte.

Vera erzählte von ihrem Ethnologie-Studium, das sie

schon seit Jahren betrieb. Sie forschte über irgendwelche afrikanischen Stämme, wenn ich sie richtig verstand.

Ich berichtete vom Alltag in der Detektei und erwähnte möglichst unauffällig den Mord an dem Anwalt, den die BILD den Hausbesetzern in die Schuhe schieben wollte.

„Krass, oder?“

„Ja, voll krass ey.“

„Gibt doch kaum noch Hausbesetzer.“

„Ja, nicht mehr so viele wie zu unseren Zeiten.“ Vera grinste mich an. „Na, du warst ja in Hamburg, aber hier war auch ganz schön was los.“ Sie blickte in Richtung Theke, ob Kundschaft wartete, aber alle waren in eine Art Verdauungsschlaf versunken. Jedenfalls rührte sich keiner. Einige rauchten, wobei es so roch, als ob sie nicht nur Tabak konsumierten.

„Jedenfalls mehr als jetzt“, setzte Vera hinzu.

„Jetzt gibt's doch gar keine besetzten Häuser mehr in Frankfurt.“

„Na, dieses hier“, Vera wies mit dem Kopf in die Runde. „Und ich glaube, ein paar jüngere Typen haben ein Seitengebäude von einer Schule besetzt oder so. Aber du hast Recht“, sie wandte sich wieder mir zu. „Das letzte besetzte Haus war die Villa, die dieser Anwalt räumen ließ, also der, der jetzt tot ist.“

„Weißt du, wer der Typ ist auf dem Foto in der BILD?“, fragte ich.

„Nee, ich hab geguckt, aus Neugierde, aber das Foto war so schlecht, da hätte ich mich selber nicht erkannt.“

„Kevin H. soll er heißen.“

„Kevin kenn ich überhaupt keinen. Warum fragst du?“

„Nur so.“

„Ach komm, du bist doch bestimmt wieder am Ermitteln, oder?“ Sie blickte mich mit großen Augen an.

Ich wusste nicht, ob sie mich bewundern oder verachten würde, wenn ich erzählte, dass die Tochter des Anwalts mich engagiert hatte. Darum zuckte ich nur mit den Schultern.

„Wenn ich du wäre, würde ich am Dienstagabend zu dem Besetzer-Plenum gehen. Die treffen sich hier immer so um neun Uhr. Wenn jemand den Typ aus der BILD kennt, dann die.“

Ich merkte mir die Uhrzeit und lenkte das Gespräch auf andere Themen. Wir quatschten eine Weile über gut aussehende Typen, die weder arrogant noch langweilig und vor allem noch nicht vergeben waren. Zu viele Bedingungen auf einmal. Uns fiel kein Kandidat ein.

Später räumten wir die leeren Teller auf, die überall herum standen. Ich half Vera beim Spülen, bis die Musik schließlich so laut war, dass man sich nicht mehr unterhalten konnte.

„Danke für den Tipp!“, schrie ich Vera ins Ohr und ging nach Hause, nicht ohne noch ein Bier mitzunehmen.

4

FLUCHT VOR DEM AMT

Unerbittlich klingelte das Telefon. Der grelle Ton bohrte sich in mein Ohr. Ich wälzte mich von der Matratze und angelte nach dem Hörer.

Es war nicht mein Tag. Eine trockene Beamtenstimme forderte mich auf, sofort ins Polizeipräsidium zu kommen. Ich sollte mich bei Kriminalhauptkommissar Mattuschewski melden.

Am liebsten hätte ich mich in einem Mauseloch versteckt. Oder meine Bettdecke über die Ohren gezogen. Aber war ich nicht inzwischen eine rechtschaffene Bürgerin? Ich grübelte ein bisschen, dann beschloss ich, zu den Bullen zu fahren und mir anzuhören, was sie wollten.

Aus dem Spiegel schaute mir eine strubbelige Frau mit verschlafenen Augen entgegen. Ich schmiss mir Wasser ins Gesicht, fuhr mit den Fingern durch die Haare, was die Frisur nicht verbesserte, und warf mir die Lederjacke über.

Draußen schwang ich mich aufs Rad. Es war ein grauer Tag. Der Frühling kam überhaupt nicht in die Gänge dies Jahr. Die Wolken hingen tief und es roch nach Abgasen. Gerade als ich losfuhr, fing es an zu nieseln.

Ich radelte zum Polizeifort, einem derart scheußlichen, abweisenden Gebäude, dass selbst der bravste Bürger bei seinem Anblick jedes Vertrauen in die Polizei verlor.

Als ich ankam, war ich tropfnass. Der Regen war zwar nicht heftig, aber stetig und hatte meine Jeans vollkommen durchnässt. Meine Haare hingen in Strähnen herunter. Die Polizistin an der Pforte guckte mich kritisch an, schickte mich dann aber doch kommentarlos in den dritten Stock in das Büro von Matthias Mattuschewski.

Von innen sah das Polizeifort auf jeden Fall besser aus als von außen. Durch die Fensterfront drang eine Menge Licht. Der Straßenlärm vom Cityring war nur gedämpft zu hören.

Die Tür mit der Aufschrift „K 11 – Tötungsdelikte, Leichen- und Vermisstensachen“ war die richtige.

Hinter einem großen Schreibtisch aus grauem Resopal thronte Mattu. Er war nur wenig älter als ich, hatte einen Bürstenhaarschnitt. Die Haare waren schon angegraut. Spontan hätte ich gerne über diese lustigen grauen Stacheln gestrichen. Er sah mich aufmerksam an. Auch seine Augen waren grau. Dann ging er zu einem Metallspind an der Wand, kramte drin herum und zog ein rosa geblümtes Handtuch hervor, das er mir zuwarf. „Deine Haare sind ja völlig nass.“

Ich rubbelte meine Haare ab und sagte nichts.

Mattu setzte sich wieder und wies auf den Bürostuhl vor seinem Schreibtisch. Jetzt tat er so, als hätten wir uns noch nie gesehen. Wahrscheinlich für die Tonaufnahme. „Sie sind Sandra Isolde Hardenberg?“

„Ja.“

„Wohnhaft in der Basaltstraße 12?“

„Ja.“

„Frau Hardenberg, wo waren Sie am Freitagabend?“

„Auf dem Bockenheimer Straßenfest, Herr Kommissar.“

Ein Muskel in seinem Gesicht zuckte. Ich konnte nicht erkennen, ob er sich ein Lachen verbiss oder ob er beleidigt war.

„Und danach?“

„Im Bett, Herr Kommissar.“

„Haben Sie dafür Zeugen?“

Ich zögerte.

Der Bulle starrte mich durchdringend an. Natürlich war ihm mein Zögern aufgefallen.

Eigentlich hatte ich einen Zeugen, Jerry, falls der denn wirklich so hieß. Aber ich hatte keine Adresse oder Telefonnummer. Wusste nicht, ob er vor der Polizei für mich aussagen würde. Ohnehin war er ja recht schnell wieder gegangen.

„Nein, Herr Kommissar.“

Der Mann knallte die flache Hand auf den Tisch.

Ich zuckte zusammen.

„Wir machen hier keine Scherze. Wir haben Ihre Fingerabdrücke am Tatort gefunden."

Meine Gedanken rotierten. Wo hatte ich Fingerabdrücke hinterlassen?

„Also, was haben Sie am Tatort getrieben? Oder wollen Sie gleich ein Geständnis ablegen?"

„Aber ich habe den Anwalt nicht ..."

„Ich will wissen, wie Ihre Fingerabdrücke in sein Büro gekommen sind."

Verdammt. „Ich war da. Freya, also Gräfin von Buckow, hat mich angerufen, sie war ganz außer sich. Ich hab mir die Sache angeguckt, dann bin ich gegangen und Freya hat Sie alarmiert. So war das."

„Aber Sie haben ihn nicht umgebracht." Das war eher eine Feststellung als eine Frage.

„Nein, ich bring doch keinen um. Ich kannte den doch gar nicht."

„Das glaube ich sogar." Er seufzte. „Aber es wäre trotzdem besser, wenn Sie einen Zeugen hätten. Der Staatsanwalt muss es schließlich auch glauben."

Ich rollte mit den Augen. Die nasse Hose klebte unangenehm an meinen Oberschenkeln. Ich zupfte daran herum.

„Wäre also besser, wenn Sie jemand am Freitagabend gesehen haben könnte. So gegen 21 Uhr."

„Tja, wenn ich aber alleine vor dem Fernseher gehockt habe?"

Mattu konnte ja nicht wissen, dass ich gar keinen hatte.

Er stand plötzlich auf und kam hinter seinem Schreibtisch hervor. „So bringt das doch nichts." Er sah mir tief in die Augen. „Komm, trinken wir einen Kaffee." Er legte mir die Hand auf die Schulter. Eine sehr warme, feste Hand. Wider Willen durchfuhr mich ein Schauer.

Er dirigierte mich zu einem Kaffeeautomaten auf dem Flur. Bückte sich und fummelte umständlich an dem Kaffeeautomaten herum. Ich betrachtete seinen hübschen Hintern. Zum Glück musste er nicht so eine schlecht sitzende Uniform tragen wie seine Kollegen, die auf dem Gang vorbeikamen. Er entlockte dem Automaten zwei Plastikbecher, die sich mit einer hellbraunen Flüssigkeit füllten.

„Was hast du bei dem toten Anwalt gemacht?"

Ich schwieg. War ich nicht vorsichtig genug gewesen mit der Plastiktüte? In Gedanken ging ich die Gegenstände durch, die ich angefasst hatte.

„Komm, Sandy, wir haben deine Fingerabdrücke auf der Kaffeetasse gefunden."

Der Kaffee in der Küche! Freya hatte vergessen, zu spülen, bevor sie die Bullen rief. Na, mit der würde ich ein Wörtchen reden.

„Deine Fingerabdrücke sind in unserem System, das weißt du."

Ich wusste es nur zu gut. Als Punkerin war ich x Mal ID-behandelt worden.

„Hast du einen Auftrag übernommen?"

„Nö." Noch hatte ich keinen Vertrag und auch noch

keinen Vorschuss auf mein Honorar erhalten. War also nicht gelogen.

„Sei bloß vorsichtig, Sandy." Mattu schien mir direkt ins Hirn schauen zu können. „Dies ist kein normaler Fall. Hier geht's richtig zur Sache. Hast du dir den Mann genau angeguckt?" Er starrte mich bohrend an.

Ich zuckte mit den Schultern. „Ja."

„Was denkst du?"

„Über die Brandmale?"

„Ja, genau."

Ich überlegte eine Weile. Der Mann musste starke Schmerzen erlitten haben. Mir fiel der Socken wieder ein, den ich neben ihm gefunden hatte. Der Anwalt war geknebelt worden, damit er nicht die ganze Nachbarschaft zusammen schrie. Die Brandwunden waren aber keine sinnlose Quälerei. „Er sollte was sagen, und dann sollte er schweigen."

„Für immer", ergänzte Mattu. „Und was sollte er sagen?"

„Keine Ahnung."

„Und hat er`s gesagt?"

Ich dachte kurz nach. Rief mir das Bild vor Augen. Die Zigaretten-Brandmale näherten sich bedrohlich dem Slip des Opfers, doch dann stoppten sie.

„Ja. Der Täter hat erfahren, was er wissen wollte."

„Sandy!" Mattu schaute mir tief in die Augen. „Dieses Detail bleibt unter uns, ja? Die Sache mit den Brandblasen."

Ich nickte ergeben.

„Das ist Täterwissen."

Wieso zog er mich ins Vertrauen? War irgendwie ein Trick bei der Sache? So freundlich konnte ein Bulle doch gar nicht sein. „Ja, ich werd's niemandem erzählen", versicherte ich lahm.

Mattu schwieg eine Weile. Dann sagte er: „Wenn der Täter erfahren hat, was er wissen wollte, wieso hat er dann den Anwalt umgebracht?"

Der stellte echt schwere Fragen. Wieso bringt man jemanden um, der eine Aussage gemacht hat?

„Weil er Zeit brauchte", sagte ich zögerlich und hoffte, Mattu würde mich nicht auslachen.

„Genau." Er reckte einen Daumen in die Höhe. „Möglichkeit eins. Er brauchte Zeit, um irgendwas zu erledigen. Die Infos dazu hat er dem Anwalt abgepresst. Zweite Möglichkeit ...", er streckte diesmal den Zeigefinger aus, „er kann sich nicht darauf verlassen, dass der Anwalt schweigt. Er braucht Ruhe. Ruhe oder Zeit oder beides", wiederholte er. „Also, da stehen wir: Ein renommierter Anwalt, gequält und abgeschlachtet in seinem Büro. Nicht der geringste Hinweis auf den Täter."

„Die Hausbesetzer ...", wandte ich zaghaft ein.

„Muss ne neue Qualität von Hausbesetzern sein, wenn die so zuschlagen. Was sollten die davon haben? Rache?" Er zuckte die Schultern. „Möglich ist alles."

Wir quatschten noch ein bisschen und tranken Kaffee.

Der mieseste Kaffee seit langem. Der Staat sparte offensichtlich an der Versorgung seiner Angestellten.

„Es muss alles seine Richtigkeit haben. Wir nehmen ein Protokoll auf, du unterschreibst, dann kannst du gehen. Und Freya, äh, Gräfin von Buckow, muss deine Aussage natürlich bestätigen."

„Freifrau", korrigierte ich automatisch. „Klar."

Wir regelten den Papierkram. Ich zückte meinen orangen Kuli und setzte meinen Namen unter das Protokoll. Mattu machte dumme Witze, weil der Kuli eine CDU-Aufschrift trug. „Für Freiheit und Ordnung." War mir noch nie aufgefallen. Musste mir bei einem Wahlkampf in die Hände gefallen sein. Zum Abschied legte mir Mattu seine Hand auf den Arm. Wieder durchzuckte es mich. Mein Körper reagierte eindeutig auf diesen Mann. Ich brauchte dringend einen Lover, der mich ablenkte, damit ich nicht ausgerechnet mit einem Bullen was anfing.

In meinem Büro türmte sich die Post. Als ich die Briefe geöffnet hatte, war der Papierkorb voll. Alles Reklame.

Dann fütterte ich den Computer mit dem Namen „Hans-Jochen Ebert". 1.265 Treffer. Puh. Ich fügte „Frankfurt/Main" hinzu, dadurch reduzierte sich die Trefferzahl auf 872. Bevor ich das erste Dokument aufrufen konnte, klingelte das Telefon.

Es war Meier von der Großdetektei, für die ich regelmäßig Aufträge erledigte. Er hatte eine eilige Anfrage. Eigentlich waren bei ihm alle Anfragen eilig. Diesmal ging es um die Lebensläufe von rund hundert Kandidaten für die mittlere Managementebene der örtlichen Sparkasse. Meier machte solange Druck, bis ich zusagte. Er wollte die Auswertung bis morgen Abend.

Also verbrachte ich die nächsten Stunden damit, die Lebensläufe von Betriebswirten zu checken. Die meisten waren richtig ehrlich. Wahrscheinlich fehlte ihnen schlichtweg die Fantasie, ihren Lebenslauf aufzuhübschen, dachte ich grimmig, während ich ihre Dossiers wie am Fließband zusammenstellte.

Schule, Studium der Betriebswirtschaft, Banklehre, Karriere. Oder aber: Schule, Banklehre, dann Studium der Betriebswirtschaft und noch schnellere Karriere. Erinnerte mich an meine große Schwester. Sie hielt sich auch immer hübsch auf der sicheren Seite. Das letzte, was ich von ihr gehört hatte, war, dass sie einen Aufbaustudiengang in Controlling absolvierte. Was auch immer das ist.

Mein Lebenslauf wäre etwas kürzer, falls ich ihn je zu Papier bringen würde: Schule mit 17 abgebrochen, auf der Straße rumgelaufen, bei Punks untergekommen und nach zehn Jahren als Punkerin ein Gewerbe als Privatdetektivin angemeldet. Die zehn Jahre Punk müsste ich natürlich irgendwie tarnen, wenn ich mich irgendwann mal irgendwo ernsthaft bewerben wollte. Konnte mir allerdings nicht vorstellen, wann und wo das sein sollte.

Kaum war ich etwa zur Hälfte durch den Wust an

Banker-Lebensläufen durchgedrungen, als mich lautstarkes Gebrüll aus der unteren Etage unterbrach. Die Stimme klang nach dem Gekeife der Trine, die als Freyas Empfangsdame und Sekretärin arbeitete. Ob einer der Ex-Ehemänner von Freyas Klientinnen Amok lief? Dann hörte ich eine laute Männerstimme, die versuchte, die Trine zu überschreien.

Neugierig ging ich ins Treppenhaus und lauschte. Brauchte meine Ohren nicht zu sehr anzustrengen.

„Hau ab! Hau doch endlich ab!“, kreischte die Trine.

„Ich will zu Sandy!“, schrie die Männerstimme.

„Nazis haben hier nichts zu suchen!“

„Ich will zu Sandy, lass mich durch, blöde Kuh!“

Da es offensichtlich um mich ging, rannte ich die Treppe runter ins Wartezimmer, wo die Trine Wache hielt. Sie hatte sich von ihrem Empfangssessel erhoben und stand an der Tür, wo sie einer hoch gewachsenen Gestalt den Zutritt versperrte.

„Was ist los?“

„Dieser Nazi will zu dir!“ Hilflos schaute die Trine mich an und wich einen Schritt zurück.

„Wombel!“ Vor der Tür stand mein alter Kumpel Wombel, doch auf den ersten Blick hätte ich ihn nicht erkannt. Er hatte sich den Schädel blank geschoren. Wo früher ein roter Irokese leuchtete, war nur noch Glatze. Ansonsten sah er aus wie immer: Lederjacke, Palästinensertuch, Springerstiefel.

„Komm schon rein“, sagte ich zu Wombel und „Is’n

Kumpel" zur Trine, die sich schmollend wieder in ihr Reich zurückzog.

„Wo ist überhaupt Freya?", rief ich ihr noch zu.

„Gerichtstermin", murmelte die Trine und öffnete demonstrativ ein Hochglanz-Modemagazin.

Wombel stapfte mit mir hoch unters Dach in mein Büro.

„Die hielt mich doch glatt für nen Fascho!", maulte er dabei.

„Na, mit der Frisur", hielt ich dagegen. Wombel – den Gerüchten in der Szene nach das schwarze Schaf einer schwerreichen Reederfamilie – sah exakt so aus, wie man sich den Hauptdarsteller eines echten Ariers in einem Anti-Nazi-Propagandafilm vorstellt. Groß, mit breiten Schultern und einem Gesicht mit scharfen Zügen. Nur, dass er alles andere als ein Fascho war.

Oben angekommen sackte ich in meinen Schreibtischsessel. Mein Punkerfreund hockte sich auf den Besucherstuhl.

„Und, was treibt dich her? Gehst du zu einem Konzert?" Wie viele Punks reiste Wombel per Anhalter quer durch die Republik zu Auftritten seiner Lieblingsbands.

Er zögerte mit der Antwort. „Sandy, kann ich ein paar Tage bei dir bleiben?"

Letztes Mal waren aus den paar Tagen ein paar Wochen geworden. Andererseits – wenn Wombel mein Bett teilte, war die Gefahr, dass ich mich in einen Bullen verliebte, deutlich geringer. Wir hatten immer viel Spaß zusammen.

„Was ist denn los?"

„Ich muss mal ne Weile weg aus Hamburg. Dachte, ich komm zu dir."

„Weg aus Hamburg? Wieso das denn?" Hamburg war Wombels Heimatstadt, wo er Hinz und Kunz kannte.

„Ja, äh, ich hielt's da einfach nicht mehr aus."

So kamen wir nicht weiter. Es gab allerdings eine Lösung, Wombel zum Sprechen zu bringen.

„Wombel, wie ist das, wenn wir ein Bier trinken und du erzählst mir alles in aller Ruhe?"

„Geile Idee, ey!"

Wir gingen runter und stiefelten zum Kiosk an der Ecke. Hier im edlen Westend gab es keine Kneipen, die mitten am Tag offen waren. Freya und ich residierten eben in einem besonders noblen Viertel in einem Stilaltbau. Gut, das schnieke Gebäude hatten Freyas Eltern ihr geschenkt, als sie sich vom Punk ab und dem Jurastudium zuwandte. „Ich hab die Nase voll von den Punkerspielchen und will wirklich was bewegen", hatte sie mir gesagt. Sie stürzte sich geradezu aufs Studium und schloss es in Rekordtempo ab. Ihre Eltern waren sehr erleichtert, vor allem, als sie auch noch die Dreadlocks abschnitt, und überließen ihr diese Villa. Sie wiederum hatte mir das Dachgeschoss mit den runden Erkern zu einem Spottpreis als Büro vermietet, was ihre Eltern wiederum nicht so toll fanden, aber hinnehmen mussten. Seither setzte sich Freya mit aller Kraft für misshandelte Frauen ein. Für ein Bierchen mitten am Tag mit Wombel und mir am Kiosk hatte sie natürlich keine Zeit mehr.

Der Kioskbesitzer trug sommers wie winters eine Baskenmütze, als sei sie auf seinem Kopf festgewachsen. Aber er war kein Baske, sondern Grieche, so weit ich weiß. Jedenfalls lief in seinem Büdchen lautstark eine Fußballübertragung in einer Sprache, die ich für Griechisch hielt.

Wir erstanden zwei Flaschen Pils. Leider gab es nur das Bier einer Frankfurter Brauerei, das für seine Ungenießbarkeit bekannt ist. Aber immerhin enthielt es Alkohol und es würde genügen, um Wombels Zunge zu lösen.

„Also, was ist los?“ Ich ließ einen ordentlichen Schluck meine Kehle runter laufen. Der Kioskbesitzer akzeptierte, dass wir uns gleich an seiner Theke aufbauten.

„Ich musste weg aus Hamburg. Und da dachte ich, ich komm ne Weile zu dir.“

Das hatten wir doch schon. Ich wurde nicht schlau aus meinem Kumpel. „Wieso musst du weg aus Hamburg? Ist doch nett da.“

„Ja, eigentlich schon, aber ...“, er zögerte, dann platzte er raus: „Das Jugendamt ist hinter mir her.“

„Das Jugendamt?“

„Ja, ich muss ne Weile abtauchen.“

„Wie kommst du darauf, dass das Jugendamt hinter dir her ist? Du bist doch volljährig.“

„Ja, nicht wegen mir. Aber die haben nen Brief geschickt.“

Hatte Wombel sich um den Verstand gesoffen? Ich wurde nicht ganz schlau aus seinem Gestammel.

„Ja und, was stand drin?"

„Keine Ahnung."

„Wie, keine Ahnung?"

„Ich hab ihn nicht aufgemacht."

Ich verlor langsam die Geduld. „Und, was ist dann? Du hast nen Brief bekommen und nicht aufgemacht. Wie soll ich das verstehen?"

„Nee, ich hab drauf rumgetrampelt und drauf geschrieben ‚Unbekannt verzogen', dann hab ich ihn zurückgeschickt."

Ich atmete tief durch. „Gut, dann hast du das ja erledigt." Ich machte mir ernsthafte Sorgen um meinen Kumpel. Überdosis Alkohol? Ich versuchte es noch mal. „Also, du glaubst, das Jugendamt ist hinter dir her."

„Ja, die wollen Kohle von mir. Alimente und so. Ich sag's dir."

„Wie kommst du darauf? Bist du Vater geworden?"

„Na ja, so ungefähr."

„Wie, so ungefähr?" Entweder man ist Vater oder nicht.

„Also, da hat sich so 'ne Alte an mich rangemacht und ..."

„ ...und du hast sie geschwängert," vollendete ich den Satz.

Er nickte unglücklich.

Schweigend saugten wir an unserem Bier. Keine schöne Angelegenheit, in die Wombel da reingeraten war, aber es sollte doch eine Lösung dafür geben. Eine Lösung, die verhindern würde, dass er sich auf der Flucht vor dem Jugendamt für immer bei mir einnistete.

„Stehst du wenigstens auf sie? Ich meine ...“, ich suchte nach Worten, „vielleicht könntet ihr ja, du und sie, ich meine ... so als Paar mit Kind, ist doch auch ganz nett.“

Wombel schüttelte heftig den Kopf, sagte aber nichts.

„Ist es denn ein Junge oder ein Mädchen?“

„Keine Ahnung. Ich hab mich nicht drum gekümmert.“

Wir kippten die Biere ab. Mir schien, der Kioskbesitzer hörte uns interessiert zu, aber er verzog keine Miene und sagte kein Wort. Vielleicht galt sein Interesse aber auch ganz und gar dem Fußballspiel im Radio. So wie der Reporter brüllte, waren mindestens drei Tore gefallen, seit wir gekommen waren.

„Jedenfalls, jetzt ist das Jugendamt hinter mir her“, sagte Wombel.

Es gab ja auch Dinge wie Kondome. Damit wäre das nicht passiert. So richtig bedauern konnte ich Wombel irgendwie nicht. Trotzdem sprach ich ihm Mut zu. Wir schluckten unser Bier in stiller Eintracht. Dann gab ich Wombel meinen Haustürschlüssel und ging wieder ins Büro.

Unmöglich konnte ich bis morgen alle 100 Kandidaten der Sparkasse durchchecken. Das Bier hatte mich träge gemacht. Ich begnügte mich mit Stichproben.

Nachdem ich die Universitätszeiten vor allem derer abgeglichen hatte, die besonders schnell oder langsam studiert hatten, wandte ich mich den Auslandsaufenthalten zu. Fast alle hatten ein Jahr in den USA gelebt, einer war in Großbritannien gewesen und einer in Australien. Außerhalb des englischen Sprachraums hatte sich niemand aufgehalten.

Komisch, von der Uni in Australien konnte ich keine Webseite finden. Es gab keine "University of the sunshine city" in Melbourne, nur eine "University of the sunshine coast" in Queensland. Ob der Bewerber sich verschrieben hatte? In seinem sorgfältig aufgesetzten Lebenslauf? Ich schrieb eine Mail an die Uni in Queensland mit der Bitte, das Studienjahr des Bewerbers zu bestätigen. Dabei gab ich mich als Sekretärin eines Profs aus, der den Kandidaten als Forschungsassistenten einstellen wollte. Meiner Erfahrung nach bekam ich so immer eine Auskunft. Was konnte harmloser sein als die Anfrage einer armen Sekretärin, die völlig überarbeitet für ihren pingeligen Chef eine Information haben wollte, die der Empfänger mit einem Mausklick ermitteln könnte?

Zufrieden mit meiner Routine als Ermittlerin wandte ich mich spannenderen Fragen zu. Was konnte mir der Computer über Hans-Jochen Ebert, den toten Anwalt, sagen?

Ich machte dort weiter, wo mich Meiers Anruf unterbrochen hatte und durchforstete das Internet nach seinem Namen und kombinierte ihn mit verschiedenen anderen Schlagwörtern. Nach kurzer Zeit hatte ich seinen Lebenslauf zusammengestellt. Vor allem in den Klatschseiten der Boulevardpresse war Ebert ein häufiger Gast gewesen, vielleicht wegen seines Silberhaars, das sich auf den Fotos gut machte. In den älteren Artikeln war er in Begleitung einer etwa gleichaltrigen Frau zu sehen, die auffallend schlank war. Sie sah Verena zwar nicht sehr ähnlich, aber zumindest der grazile Körperbau war gleich. Die Bildunterschriften wiesen sie als Eberts Gattin aus, also die Frau, die es sich jetzt unter Teneriffas Sonne gut gehen ließ. Draußen trommelten schon wieder Regentropfen gegen die Scheibe. Neid!

Dann kamen Artikel, in denen über die Abfindung der Frau bei der Scheidung spekuliert wurde. Sie musste einen ordentlichen Batzen Geld bekommen haben, wollte man der Klatschpresse trauen. Auf allen jüngeren Bildern war der Anwalt in Begleitung wechselnder Frauen zu sehen, die meisten waren kaum halb so alt wie er. Alle waren so schlank, dass sie als Models hätten arbeiten können. Vielleicht waren es auch welche und Ebert hatte sie direkt an der Modelschule abgegriffen.

Ich änderte meine Suchbefehle, um mehr über die Arbeit des Anwalts zu erfahren. Doch die Ausbeute war spärlich. Die Fälle des Anwalts waren anscheinend weit weniger spektakulär gewesen als sein Privatleben. Meist trat sein Name in Verbindung mit der „Eigentümer-Schutzgemeinschaft Haus und Hof“ auf. Vielleicht sollte ich mit denen mal sprechen.

Es schien zu stimmen, dass er Hausbesetzer rausgeklagt hatte. Einzelheiten konnte ich nicht finden. Schon wollte ich aufgeben und den Rechner zuklappen, als mir auffiel, dass Ebert seine Kanzlei erst seit etwa drei Jahren alleine führte. Zuvor hatte er als Leyendecker & Ebert fungiert. Ich gab diesen Namen als neuen Suchbefehl ein. Jetzt kamen mehr Berichte über Rechtsstreitigkeiten, die diese Kanzlei ausgefochten hatte.

Ich pfiff leise durch die Zähne, es kam aber nur ein jämmerlicher Ton raus. Egal, ich hatte was gefunden. Leyendecker & Ebert hatten was besonders Pikantes durchgefochten. Ob Freya mehr darüber wüsste? Dieser Fall hatte sich in der Juristenszene bestimmt herumgesprochen.

5

KUMPEL MIT GLATZE

Schon wieder klingelte mich das Telefon aus dem Bett.

„Hmmpff?“, grunzte ich in den Hörer.

„Hier Olga Kudrjawzew. Guten Morgen!“

Es klang ungefähr wie „Guttän Morrrgän!“ Wer war Frau Kudrdingsbums?

„Hmm ja?“

„Sie haben versucht, mich zu erreichen. Sie haben mein Handy angerufen.“

Diese Frau betonte alle „i“s in den Worten so stark, dass ihre Sprache ganz piepsend klang. Was wollte sie von mir?

„Äh, ja?“

Sie gab nicht auf. „Sie suchen jemand fürs Putzen?“

Ich blickte mich in meiner Ein-Zimmer-Wohnung um. Sauber war es zwar nicht, aber eine Putzfrau brauchte ich auch nicht wirklich für die paar Quadratmeter. Schlaftrunken wollte ich sie abwimmeln, doch dann fiel bei mir der Groschen. Olga, die Putzfrau von dem toten Anwalt.

„Hallo, Frau Kudrrrr", ich murmelte irgendwas. „Es ging nicht ums Putzen. Verena hat mir Ihre Nummer gegeben. Sie wissen doch, Verena, die Tochter von dem Anwalt Ebert. Ich wollte Ihnen ein paar Fragen zu Herrn Ebert stellen."

„Ja", antwortete sie gedehnt. „Herr Ebert?"

„Bei dem haben Sie doch geputzt?"

„Ja."

„Ich würde Ihnen gerne ein paar Fragen stellen, können wir uns treffen?"

Es klackte in der Leitung. Aufgelegt.

Dummer Anfang für eine Befragung. Ich musste mir was einfallen lassen, wenn ich mit ihr reden wollte. Genervt wälzte ich mich im Bett herum und schmiegte mich eng an Wombels Rücken. Der hatte sich durch den Anruf nicht wecken lassen. Kein Wunder, gestern Abend hatte er einige Biere mehr vertilgt als ich, wahrscheinlich, um das Hamburger Jugendamt zu vergessen.

Ich schlief noch mal ein. Als ich wieder wach wurde, diesmal einfach so und ohne nerviges Telefongebimmel, rüttelte ich auch Wombel aus dem Schlaf und schickte ihn Brötchen holen. Er maulte fast gar nicht, sondern stieg in seine Springerstiefel.

Als er zurückkam, knallte er eine BILD auf den Tisch.

„Diese Scheiß-Presse hetzt mal wieder total, ey."

Ich hatte gerade Wasser für Kaffee aufgesetzt.

„Wieso kaufst du auch so'n Hetzblatt."

„Hab ich ja gar nicht, das blieb so an mir kleben."

Na klasse, Wombel hatte ne BILD geklaut, wahrscheinlich am Kiosk um die Ecke. Ich griff nach dem Blatt und suchte die Frankfurt-Seiten. In Riesen-Buchstaben knallte mir entgegen „Polizei sucht Hausbesetzer wegen Mord". Darunter war ein Foto des Anwalts, das ich gestern schon im Internet gesehen hatte. Es war relativ neu und zeigte ihn mit einer seiner dürren Gespielinnen am Arm bei einem Besuch in der Alten Oper.

„Glaub nicht, dass das stimmt. Mattu hat mir gestern noch erzählt, das sei Quatsch mit den Hausbesetzern."

„Mattu, Mattu." Wombel verdrehte die Augen. „Der würde dir doch alles erzählen, damit du ihm vertraust."

Ich blickte ihn prüfend an. Ich hatte Wombel haarklein von Mattu berichtet und erklärt, wie offen er seine Infos mit mir geteilt hatte.

„Mattu ist anders als die anderen. Dem kann man echt vertrauen."

Wombel schnaubte nur durch die Nase. „Vertrauen kann man keinem."

„Musst du grad sagen."

„Wieso, was soll'n jetzt das?"

„Na, gestern hast du mir noch erzählt, du hättest ne Frau geschwängert. Also hast du drauf vertraut, dass sie verhütet", erinnerte ich ihn.

„Hmm ja." Wombel war das Thema sichtlich unangenehm. Er stand auf, nahm den Wasserkessel vom Herd und goss Kaffee auf. Wir kauten eine Weile schweigend unsere Brötchen. Aber ich wollte ihn nicht einfach so davon kommen lassen.

„Wieso gehst du nicht zurück zu ihr, machst einen auf Kleinfamilie, ist doch nett, so mit Nachwuchs und so."

„Aber, das geht nicht ..." Wombel wand sich. „Sie hat ja schon ..."

„Sie ist verheiratet?"

„Nein, aber so ähnlich."

Was konnte so ähnlich sein wie verheiratet? Wombel sprach in Rätseln. Ich stieß ihn in die Seite. „Sag schon!"

„Sie ist Lesbe," rang er sich schließlich ab. Abrupt stand er auf, holte den Kaffee und goss ein.

Fast hätte ich gelacht. „Wie, du hast mit 'ner Lesbe gepennt? Wie das denn?"

„Also, ich war blank und hab im Frauen-Lesbencafe gefragt, ob ich leere Flaschen nach der Party einsammeln kann. Um das Pfand einzulösen. Bringt nicht viel, die trinken immer Prosecco. Und als die Fete zuende war, hab ich halt die Pfandflaschen eingesammelt, und da war nur noch sie da, und dann hat sie mich angemacht und so kam das dann." Während er sprach, rührte Wombel heftig in seiner Kaffeetasse.

„Wombel, du warst der Samenspender," bemerkte ich trocken.

Er zuckte unbehaglich die Schultern. Dann tippte er mit dem Zeigefinger auf die BILD. „Und wenn die doch Recht haben?"

„Ich werd mal diesen Hausbesetzer, diesen Kevin, suchen. Heute Abend geh ich ins Ex zum Plenum. Vera hat mir den Tipp gegeben. Die wissen vielleicht was."

„Ich komm mit", bot Wombel an.

„Du! Mit deiner Glatze! Kannst froh sein, wenn du keine Prügel beziehst."

„Ey, Quatsch, ey. Ich bin doch 'nen Redskin, wa."

„Red-was?"

„Na, nen Redskin. Wir sind keine Faschos."

„Aha. Muss man aber dran schreiben."

„Achte doch mal auf meine Schnürsenkel. Die sind doch rot."

In der Tat hatte er leuchtend rote Schnürsenkel in seine Springerstiefel gezogen. „Ja, und?" Irgendwie konnte ich ihm nicht folgen.

„Mann, die tragen nur die Redskins. Die Faschos tragen weiße Schnürsenkel, von wegen Arier und white power und so."

„Na dann." Ich schluckte an meinem Brötchen. Die Szene hatte sich anscheinend wieder weiter entwickelt. Früher waren die mit den bunten Haaren Punks und die Glatzen Faschos. Jetzt gab es auch Punks mit Glatze und man musste sogar auf die Farbe der Schnürsenkel achten.

„Kennst du wen von den Hausbesetzern aus Frankfurt?", wollte ich wissen.

„Hm, kann sein. Vom Sehen vielleicht. In Hamburg wäre das kein Problem, aber hier ... Vielleicht kenne ich wen von einem Konzert oder so."

„Na gut, dann lass uns zusammen hin gehen.“ Wombels Erscheinung mache mich vielleicht trotz seiner Glatze vertrauenswürdig bei den Hausbesetzern. Ich war nämlich keineswegs sicher, ob die überhaupt mit mir reden wollten. Außer Vera kannte ich kaum noch jemanden aus der Szene.

Vorher aber musste ich noch den ganz normalen Bürokram erledigen. Ich verabredete mich mit Wombel für den Abend und fuhr ins Büro. Der Regen hatte endlich nachgelassen. Noch standen Pfützen auf der Straße und die Autofahrer rauschten in vollem Tempo durch, so dass ich voll eingesaut wurde, bis ich im Westend ankam.

Ich betrat schwungvoll die Kanzlei und rief der Trine einen munteren Gruß zu. Sie antwortete mit einem kurzen „Hallo“ und vertiefte sich wieder in ihr Hochglanzheftchen. „Na, heute Schminktipps oder Diätplan?“, fragte ich, erhielt aber keine Antwort. Die Trine und ich hatten eigentlich Waffenstillstand geschlossen, nachdem sie mich neulich so auf die Palme gebracht hatte, dass ich ihr eine knallte. Daraufhin hatte mich natürlich Freya ins Gebet genommen. Die Trine gehörte zu ihren Schutzbefohlenen. Nachdem ihr Ex-Mann sie windelweich geprügelt hatte, musste sie nun für ihren Unterhalt arbeiten, offensichtlich zum ersten Mal im Leben. Sie war eigentlich ganz in Ordnung, aber ihr Modefimmel nervte mich wirklich.

Im Wartezimmer saßen vier Frauen. Eine kramte hektisch in ihrer riesigen Handtasche. Zwei waren damit beschäftigt, sich zu ignorieren. Sie sahen ähnlich aus mit ihren versteinerten Gesichtszügen. Entweder waren sie in Trauer erstarrt oder der Schönheitschirurg hatte ihre Gesichtsmuskeln lahmgelegt. Etwas in der Ecke saß auf der Kante des Sofas eine Frau in einem abgewetzten Kleid, die ausländisch wirkte. Sie blickte die Wand an.

Ich ging zu Freya. Noch bevor ich die Tür ihres Büros geöffnet hatte, rief die Trine: „Frau von Buckow ist beschäftigt."

Ich beachtete sie nicht. Freya hing am Telefon. Als sie mich sah, wedelte sie in Richtung Sitzgruppe. Trotz des mächtigen Schreibtisches und der Bücherwand mit den ganzen juristischen Schinken hatte sie es geschafft, dem Raum etwas Gemütliches zu geben. Wahrscheinlich durch die Sitzgruppe in der Ecke. Ich ließ mich in die Kissen sinken. Hier schütteten die Klientinnen Freya ihr Herz aus. Häufig ging es darum, dass der Gatte sie gegen ein jüngeres Modell eintauschen wollte. Freya sollte das dann wahlweise verhindern oder aber eine möglichst hohe Abfindung rausschlagen. Außerdem kümmerte sich Freya gegen ein eher geringes Honorar um die Bewohnerinnen des Frankfurter Frauenhauses.

Am Telefon gurrte und flötete Freya. Sie bat irgendwen um Akteneinsicht. Privat fiel es ihr schwer, einen Mann auch nur anzusprechen. Wenn es dagegen um Dienstliches ging, wickelte sie die Männer um den kleinen Finger. Auch diesmal erreichte sie, was sie wollte. Triumphierend legte sie auf und kam zu mir. „Warten viele draußen?" Sie nickte in Richtung Tür.

„Vier."

„Puh, heute geht es wieder rund", klagte sie und ließ sich neben mir ins Polster sinken. „Ne Minute hab ich, aber dann muss es weiter gehen. Was gibt's denn?"

Ich erzählte ihr die Neuigkeiten von Wombel.

„Wombel als Samenspender. Ausgerechnet der." Freya lachte schallend und ausgiebig. „Muss ne Lesbe mit komischem Geschmack sein."

Ich zuckte die Schultern. So lustig war die Sache nun auch wieder nicht. Die Lesbe hatte Wombel reingelegt, fand ich.

„Und jetzt hat er Angst vor dem Jugendamt?"

Ich nickte. „Ja, weil die nen Brief geschickt haben. Den hat er aber nicht geöffnet."

„Dann hat die Mutter, also die Lesbe, dem Jugendamt den Namen des Vaters mitgeteilt. Nur so bekommt sie Unterhalt."

„Aber Wombel hat doch gar nichts," wandte ich ein. „Bei dem ist doch wirklich nichts zu holen."

„Das weiß das Jugendamt doch nicht. Es zahlt der Mutter Unterhalt und versucht, diesen vom Vater wieder zu bekommen. Ganz normale Sache," erklärte Freya mir. „Wombel ist doch selbst schuld. Er hätte ja verhüten können. Nun muss er halt dazu stehen, dass er Vater wird."

„Aber die Lesbe hat doch ne Frau, mit der sie lebt. Muss die denn nicht Unterhalt für das Kind zahlen? Sie ist doch irgendwie die Mutter ... oder der Vater, oder so."

Freya runzelte die Stirn und überlegte eine Weile. „Tja,

komplizierte Sache. Da muss ich mich erst mal schlau machen. Ist ja ne seltene Konstruktion. Ich les mal nach oder frage eine Kollegin."

„Das wäre super!" Vielleicht fand ja Freya eine Lösung, die verhinderte, dass Wombel sich auf alle Ewigkeit bei mir vor dem Jugendamt versteckte.

„So, jetzt muss ich aber weiter machen. Die Frauen warten auf mich."

„Eine Sache noch." Ich wollte ihr von dem seltsamen Prozess erzählen, den der Anwalt geführt hatte.

„Ja?" Freya wirkte langsam genervt. Ihre Arbeit nahm sie immer furchtbar ernst. „Was denn?"

Ich wollte ihre Geduld nicht überstrapazieren. „Schon gut," ich winkte ab. „Ein andermal. Und: Danke!"

Dann stieg ich die Treppe hoch in mein Büro. Ich liebte diesen Raum mit den drei großen Fenstern, von denen aus ich die ganze Straße überblicken konnte.

Ich checkte meine Post. Nichts als Rechnungen. Telefonrechnung, eine Rechnung für Büromaterial, ein Schreiben vom Finanzamt, das irgendwelche Steuern eintreiben wollte. Ich warf sie auf den Haufen ähnlich unerfreulicher Papiere. Jetzt hatte ich Wichtigeres zu tun, nämlich einen Mord aufzuklären.

Auf dem Schreibtisch lag noch der Stapel Banker-Lebensläufe. Meier wollte heute einen Bericht von mir haben. Seufzend warf ich meinen Computer an. Tatsächlich hatte die Uni aus Australien geantwortet. Der Name des Studenten sei bei ihnen nicht verzeichnet, soweit verstand ich die englische Mail.

Ich tippte also für Meier einen Bericht, in dem ich alle Unstimmigkeiten in den Lebensläufen auflistete. Es waren nicht besonders viele. Ich überlegte, ob ich ein schlechtes Gewissen haben sollte, weil ich nur Stichproben gemacht hatte, aber dann vertraute ich der Ehrlichkeit der Bewerber. Bei so unkomplizierten Lebensläufen wie Schule – Banklehre – Studium konnten sie einfach nicht viel gelogen haben. Ich schickte meinen Bericht an Meier und war mit mir selbst zufrieden.

Ein Döner würde jetzt gut tun.

Als ich mir den Bauch mit dem fettigen Fleisch und extra viel Knoblauchsoße voll geschlagen hatte, ging ich nach Hause und legte mich aufs Ohr. Wombel hing sicher noch mit irgendwelchen Kumpels in der Fußgängerzone rum, er war nicht da.

Als er schließlich kam, war es schon dunkel. Ich erzählte ihm, was Freya gesagt hatte. Besonders erleichtert schien er nicht zu sein.

„Mach dir keine Sorgen!“ Ich haute ihm auf die Schulter. „Du hast eh nichts, was die Lesbe dir abluchsen könnte.“

Er schaute nicht besonders überzeugt. „Wollten wir nicht zu dem Plenum?,“ wechselte er das Thema.

Wir machten uns auf den Weg. In wenigen Minuten waren wir beim Ex. Es war nicht besonders voll. Musik dröhnte aus den Lautsprechern. Wir holten Bier und setzten uns in eine Ecke. Niemand schenkte uns Beachtung. Zu meiner Erleichterung fiel auch Wombel nicht auf. Er hatte sich noch extra mit Sicherheitsnadeln einen großen Anti-Nazi-Aufnäher an die Jacke geheftet, ein Hakenkreuz, das von einer Faust zerschmettert wurde. Nur für den Fall, dass jemand den Code mit den roten Schnürsenkeln nicht kannte.

Nach und nach kamen immer mehr Leute, meist jüngere Männer. Nachdem wir zwei Bier getrunken hatten, wurde die Musik leiser gestellt und das Plenum eröffnet. Es gab keinen, der die Diskussion leitete, und trotzdem wurden ziemlich viele Sachen besprochen. Eine Gruppe klagte, dass die Stadt ihren Bauwagenplatz gekündigt hatte. Eine andere plante ein Musikkonzert, um mit den Einnahmen aus dem Eintritt Anwaltskosten zu bezahlen.

Dann wurden die Stimmen lauter und die Beiträge länger. Es ging um das Essen in der Volksküche. Ich verstand anfangs nicht genau, was das Problem war. Offensichtlich waren sich alle einig, dass kein Fleisch angeboten werden sollte. Eine Fraktion aber verlangte „veganes Essen." Sie trat sehr entschlossen auf und argumentierte ausschweifend. Die Diskussion zog sich hin. Die Leute waren aufmerksam bei der Sache und plädierten leidenschaftlich für oder gegen diese Art Essen.

Ich griff mir ein neues Bier. Es dauerte, doch die Veganer konnten sich durchsetzen. Sie stellten daraufhin den Antrag, dass in allen besetzten Häusern nach ihren Regeln gekocht würde. Die Debatte darüber wurde vertagt. Danach schien das Plenum mehr oder weniger beendet. Die Musik wurde wieder aufgedreht, doch kaum einer ging.

„Worüber haben die gestritten?", schrie ich Wombel ins Ohr.

„Komm raus!", schrie er zurück.

Wir gingen vor die Tür, wo ein paar Raucher standen.

„Die Vegetarier essen kein Fleisch", belehrte mich Wombel.

„Weiß ich. Aber die anderen, was wollten die?"

„Die essen kein Fleisch und auch keine Eier. Oder keine Milch? Oder was weiß ich, ist doch Scheiße, wa?"

„Wir Veganer essen überhaupt nichts, was von Tieren stammt," klärte uns einer der Raucher auf. Er war klein und eher dünn, trug aber eine mächtige Motorradjacke aus Kunststoff. Eine Haarsträhne, die ihm immer wieder ins Gesicht fiel, hatte er blau gefärbt.

Ich überlegte, was jemand aß, der tierische Produkte ablehnte. Mir fiel nicht viel ein. Bier und Pommes? Oder eher Salat und Müsli? Aber Müsli ohne Milch?

„Ihr seid neu dabei, oder?", fragte der Kleine mit der Haarsträhne.

„Aus Hamburg", brummte Wombel. „Von der Schanze." Das wirkte. Alle blickten uns ehrfürchtig an. Der Mythos von Hafenstraße, Schanzenviertel und Roter Flora machten jeden Hamburger Hausbesetzer zu einem legendären Helden. Ich sagte einfach nichts, das schien mir am einfachsten.

Eine Weile plauderten wir über Hamburg und Frankfurt und wo es mehr besetzte Häuser gegeben hatte und wo die Polizei schlimmer war und welche Demos uns am besten gefallen hatten.

Dann sagte ich: „Habt ihr die BILD gesehen diese Woche? Voll krass, oder?"

„Echt voll krass", antworteten einige wie im Chor.

Der kleine Veganer mit der blauen Haarsträhne fing an zu lachen. „Da haben die doch glatt den Che abgebildet. Als ob der wen ermorden könnte." Er kicherte.

„Ausgerechnet Che!" Die anderen lachten auch.

„Das ist aber gar nicht gut für den Che, ey", stellte ich fest. „Der kann echt voll Ärger bekommen."

„Ja, echt krass," fanden die anderen.

„Der ist abgetaucht, den finden die nicht so leicht," brüstete sich der Kleine mit seinem Wissen. „Jetzt lebt der im Zelt."

„Ich hab ihn besucht, der lebt gar nicht schlecht da oben," berichtete ein anderer, der viele große Nietengürtel um seine schwarze Jeans geschlungen hatte. Dabei warf er einen Seitenblick auf Wombel, um zu sehen, ob dieser riesige Punker aus Hamburg gemerkt hatte, dass er zum absoluten Insiderkreis gehörte.

Wombel lutschte gedankenverloren an seiner Bierflasche.

„Echt, du hast den besucht, einfach so?", fragte ich

bewundernd. „Hattest du nicht Angst, die Bullen folgen dir?“

Er zuckte mit den Schultern. „Ach, die Bullen. Die haben doch keinen Plan. Ich bin einfach nach Oberrad und hab so getan, als würde ich den Goetheturm besuchen. Wie so’n Tourist. Dann hab ich von oben runtergeguckt, ob mir jemand folgt. War aber nicht.“ Stolz blickte er in die Runde.

Die anderen schauten zu ihm auf.

„Ja, der Che, voll krass“, meinte einer.

„Mir wär’s zu kalt“, sagte der mit den Nietengürteln.

„Euch haben se doch auch die Heizung abgedreht“, warf der mit der blauen Haarsträhne ein. Dann unterhielten sie sich eine Weile darüber, ob Gasöfen oder Kohleöfen besser waren, um die besetzten Häuser zu heizen.

Nach einer Weile hatten die Raucher aufgeraucht.

Ich kaufte noch zwei Bier zum Mitnehmen und zerrte Wombel nach Hause. Fürs Erste hatte ich genug erfahren. Ich wusste nun, wo ich Kevin H., den seine Freund „Che“ nannten, finden würde.

6

TOTAL BEKIFFT

Es nieselte unerbittlich. Meine Laune sank stetig. Das Oberräder Kleingartengebiet war unübersichtlich und vor allem sehr ausgedehnt. Seit zwei Stunden stapfte ich durch die Gegend. Der Rucksack lastete immer schwerer auf meinem Rücken. Wieso hatte ich so viel Kleinkram mitgenommen? Die Gärten lagen einsam da. Ich hatte nicht bedacht, dass bei schlechtem Wetter mitten in der Woche niemand hier sein würde. Mir schien, als hätte ich nun schon tausend Seitenwege erkundet.

Jetzt hatte ich das Gelände fast verlassen, die ersten Wohnblocks waren zu sehen. Weiter unten stand ein Kiosk. Trotz des Regens war ich durstig. Ich ging hin und klopfte an die Scheibe. Ein Mann schob das Glastürchen auf.

„Ein Wasser, bitte."

Er brummelte irgendwas.

Wasser wurde hier wohl selten getrunken. In der Auslage rund um das Glasfensterchen stapelten sich Mini-Schnapsflaschen. In der Düsternis des Kiosk sah ich mehrere Bierkästen. Der Mann verschwand irgendwo im Inneren des Kiosk und kam mit einer Flasche Wasser zurück.

„Zwei Dreißig."

Happige Preise hatten die hier draußen. Ich kramte nach Kleingeld.

Dann trank ich hastig aus der Flasche. Als ich meinen ersten Durst gestillt hatte, fragte ich den Mann: „Ich suche einen Freund, der hier zeltet. Haben Sie ein Zelt gesehen?"

„Nee. Was glauben Sie, was ich hier mache?" Der Mann blickte mich verdrießlich an. „Ich arbeite hier." Dann knallte er das Glastürchen zu.

Ich griff mir die Wasserflasche und wanderte den Berg wieder hoch. Aus einer der Hütten in den Gärten stieg Rauch auf. Trotz des schlechten Wetters schien jemand hier zu sein. Ich blieb vor dem Törchen stehen und starrte in den Garten. Die Hütte war aus allen möglichen Materialien zusammen geschustert. Irgendwann war es wohl ein ganz normales Gartenhäuschen aus Holz gewesen, aber unzählige Anbauten aus Wellblech und alten Fenstern und Plastikplatten hatten es in eine kuriose Behausung verwandelt. Vor der Hütte war eine Art überdachte Terrasse, über der bunte Wimpel hingen. Sah nach tibetischen Gebetsfahnen aus.

„Was suchen Sie hier?“, fragte eine tiefe Stimme hinter mir. Ich fuhr herum.

Da stand ein Mann mit grauen, hüftlangen Haaren. Er trug eine abgewetzte Jacke, Jeans und Gummistiefel. Im Arm hatte er einen Haufen Reisig.

„Äh, ich ... mir gefällt die Hütte. Ist das Ihre?“

„Ja, ich wohne hier.“ Er blickte mich durch eine randlose Brille scharf an. Offensichtlich erwartete er eine Reaktion auf diese Auskunft. War er stolz darauf, in dieser Hütte zu hausen? Oder fürchtete er Zurückweisung?

„Sie wohnen hier?“

„Ja, spart die Miete“, er grinste.

Er schien mir lange noch nicht im Rentenalter, aber seine Haut war tief gebräunt. Kleingärtner hatte ich mir anders vorgestellt, spießiger irgendwie, aber dies war wohl kein normaler Kleingärtner. Neugierig fragte ich: „Und im Winter? Ist das nicht kalt?“

„Na ja, man gewöhnt sich dran. Hab gerade Anmachholz geholt.“ Er hob den Arm voll Reisig hoch. „Für den Ofen.“ Dann sagte er eifrig: „Außerdem gibt es ein paar Yoga-Übungen, die durch mentale Energie wärmen. Soll ich dir mal eine zeigen?“

„Nee danke.“ Wer weiß, was er darunter verstand. „Ich suche eigentlich einen Freund.“

„Einen Freund?“

„Ja, der soll hier zelten Er hat mir den Weg beschrieben, aber ich habe mich verirrt.“ Ich blickte den Mann hilflos an. Vielleicht zog ja die Nummer „arme, kleine Frau hat sich verlaufen".

„Zelt? So ein Campingzelt?", fragte der Yogi.

„Ja genau. Er ist Student und hat keine Wohnung gefunden," fantasierte ich.

„Na, da biste hier fast richtig. Siehst du den Pfad dort hinten?" Er wies irgendwo in das üppige Grün um uns herum. „Dort langgehen, dann an der Gabelung links und dann siehst du ein Tor, das musst du aufdrücken. Geh noch 100 Meter weiter, dann siehst du das Zelt." Er guckte mich prüfend an. Hatte die junge Frau verstanden?

Ich nickte.

„Soll ich dir nicht doch mal ne Yoga-Übung zeigen? Es würde dein Leben positiv verändern, echt jetzt."

Der Typ meinte das ernst. Ich schüttelte heftig den Kopf. „Danke, ich will nur meinen Freund besuchen."

„Ist das einzige Zelt weit und breit." Er lächelte stolz. „Kannst es nicht verfehlen. Ich kenn mich hier aus, glaub mir."

Er schloss das Tor zu seiner Hippiebehausung auf, nickte mir noch mal zu und verschwand in seiner Hütte.

Ich folgte seiner Beschreibung. Mir schien, dass ich heute schon mal an dem Tor vorbei gegangen war, aber natürlich hatte ich es nicht aufgedrückt. Tatsächlich ging der Pfad dahinter weiter und bald stand ich vor einem Jägerzaun und blickte in einen etwas verwilderten Kleingarten, in dem ein leuchtend blaues Zelt stand. Der

Eingang war zu, aber vor dem Zelt glimmten die Reste eines Feuers, darauf stand ein Kessel.

Ich räusperte mich.

Dann rief ich: „Hallo, Che!"

In dem Zelt regte sich was. Der Reißverschluss wurde aufgezogen und ein Kopf schaute heraus. Auf dem Kopf saß eine Mütze, an der ein Sticker mit einem Bild von Che Guevara steckte.

Ob das der Typ aus der BILD war, konnte ich nicht erkennen. Dafür war klar, wieso sie ihn Che nannten.

„Hi Che, kann ich rein kommen?"

„Was willst du? Wer bist du?" Seine Stimme klang verschlafen.

„Deine Kumpels aus dem Ex schicken mich", log ich.

Das Wort „Ex" schien Zauberkraft zu haben.

„Komm rein! Steig einfach über den Zaun!" Er kroch ganz aus dem Zelt. Dann holte er ein paar Zweige von einem Reisighaufen, der sorgfältig mit einer Plastik-Mülltüte abgedeckt war, und warf sie aufs Feuer.

Ich stieg über den Jägerzaun.

Che blies in die Glut, bis Flammen hoch züngelten. Er stellte den Kessel auf ein paar Steine über die Flammen. Dann zerrte er eine Isomatte aus dem Zelt und hockte sich drauf. Er wies neben sich: „Setz dich!"

Ich legte meinen Rucksack ab, der durch die Wasserflasche noch schwerer geworden war, und hockte mich neben ihn.

„Ich bin Sandy."

Er nickte mir zu.

„Haben die Typen im Ex dir gesagt, wo ich bin?“ Er musterte mich kritisch.

„Na, die haben gesagt, dass du hier im Zelt lebst und dann habe ich mich durchgefragt. War nicht so schwer.“

„Scheiße Mann, die sollten doch die Klappe halten.“

Das kommentierte ich nicht.

„Warum hast du mich gesucht? Was willst du hier?“

Ich erzählte von dem Plenum gestern und dass die BILD sein Foto veröffentlicht hatte.

„Das bin ich nicht!“ Seine Stimme klang alles andere als sicher. Er schob nach: „Die BILD lügt. Weiß man doch.“

„Deine Kumpels haben dich erkannt.“

Er starrte mich skeptisch an.

„Du warst am Tatort“, beharrte ich. Die BILD log zwar wie gedruckt, aber irgend einen Anhaltspunkt musste sie haben, um ausgerechnet Kevin H., genannt Che, anzuklagen.

„Woher weißt du das?“, fragte Che. Im gleichen Moment merkte er, dass er damit zugegeben hatte, dass er dort gewesen war. Beschämt über seinen Patzer wandte er sich dem Feuer zu und stocherte drin rum.

„Che, ich will dir helfen. Ich bin Privatdetektivin.“

Er starrte mich entgeistert an.

Schnell sprach ich weiter. „Die Tochter von dem toten Anwalt hat mich beauftragt, den Mörder zu finden. Und ich glaube nicht, dass du es bist.“

Er atmete auf. „Scheiße, Mann, bin ich auch nicht. Ich bring doch keinen um!"

„Genau. Aber du steckst ganz schön in der Klemme. Die BILD hat dein Foto abgedruckt. Als Verdächtigen."

„Scheiße, weiß nicht, wie die an das Foto kommen."

Wahrscheinlich hatte sich einer seiner so genannten Freunde ein kleines Taschengeld verdient. Das sagte ich aber nicht.

Das heiße Wasser in dem Kessel brodelte. Che kroch ins Zelt und kam mit einem Teebeutel und zwei Bechern aus blauer Emaille zurück. Den Teebeutel hängte er in die Becher und goss heißes Wasser drauf. Er reichte mir eine Tasse. Dankbar schlürfte ich das heiße Getränk.

Che verschwand noch mal mit halbem Oberkörper im Zelt und zauberte einen Beutel Tabak hervor. Er drehte sich eine und bröselte dabei etwas Hasch aus einer Alufolie in den Tabak.

„Aber du warst doch bei dem Anwalt." Ich wärmte meine Hände an dem heißen Tee.

„Mann, ich war in der Straße da, aber ich war nicht bei dem Anwalt im Büro." Er nahm einen heftigen Zug von dem Joint. Dann streckte er ihn mir hin.

„Nee danke, lass mal." Mir wurde schlecht von dem Zeug, das wusste ich. „Du hast gesprüht, genau an dem Abend, an dem der Anwalt starb," sagte ich aufs Geratewohl.

„Ja, Mann, hab ich. Der Anwalt ist ein Schwein."

„Er hat euch aus dem Haus geklagt, oder?"

„Ohne den wären wir heute noch da. Wir hatten uns gut eingerichtet, alles prima. Der blöde Anwalt hat den Räumungsbefehl durchgesetzt. Ohne den würde ich nicht hier sitzen, Mann, in dem blöden Garten bei dem Scheißwetter."

Eine Weile nippten wir schweigend an dem heißen Tee. Der Nieselregen ging unaufhörlich weiter und ich war froh, die dicke Lederjacke anzuhaben. Der gute Che hatte sicher ein paar kalte Nächte hier verbracht. Wahrscheinlich verhalf ihm der Hasch zu süßen Träumen und er bemerkte die Kälte nicht.

„Und dann hast du ihn besucht, ihr habt gestritten und dir ist das Messer ausgerutscht," versuchte ich es weiter.

„Nee, Mann, sag ich doch. Ich war`s nicht!" Che starrte mich drohend an. „Ich bin doch kein Mörder, Mann."

„Wie war es dann?"

„Ja, ich hab gesprüht!", rief er trotzig. „Aber ich war nicht in dem Haus drinne."

„Hör mal, ich will dir helfen. Aber dafür muss ich mehr wissen. Wann warst du da?"

Es dauerte eine Weile, bis er antwortete. Wahrscheinlich wog er ab, ob es sich lohnen würde, mir zu antworten. Dann sagte er: „Es war dunkel. So um neun Uhr abends, würde ich sagen."

„Hat dich jemand gesehen?"

„Nee, Mann. Hab ich doch extra drauf geachtet. Kein Bock, wegen Sprühen ne Anklage zu kriegen. Du weißt schon, das gilt als Sachbeschädigung und so."

„Also war niemand auf der Straße?“

„Nee, da ist abends nichts los in der Ecke.“

„War der Anwalt da? Hast du ihn gesehen?“

„Es war noch Licht im Büro. Ich wollte nicht, dass er mich sieht und hab schnell gemacht.“

Dabei hatte er sich verschrieben, aber das würde ich ihm jetzt nicht unter die Nase reiben.

„Waren die Fenster offen? Von der Kanzlei, meine ich?“

Che schien nachzudenken. Dabei bewegten sich seine Hände unruhig hin und her. Irgendetwas belastete ihn und ich musste herausfinden, was.

„Ich weiß nicht. Kann sein, kann aber auch nicht sein.“

„Stell dir die Szene noch mal vor. Du standst neben dem Eingang und hast gesprüht. Hast du was gesehen? Oder gehört?“

Che drehte den Teebecher unentwegt in seinen Händen. Schließlich blickte er auf. „Du glaubst mir ja eh nicht.“

„Wieso, erzähl doch. Was war los?“

„Scheiße, Mann, da war ein Geist!“

Alles hatte ich erwartet, nur das nicht. Che, der Hausbesetzer, sah Geister. „Ein Geist?“

„Ich sag doch, du glaubst mir nicht!“

„Wieso denkst du, dass da ein Geist war?“

„Mann, ey, da war einer. Einer ohne Kopf. Ich hab`s genau gesehen.“

„Ohne Kopf? Was hast du gesehen?“

„Also, ich hab gesehen, dass der keinen hatte, also

keinen Kopf. Das Büro von dem Anwalt hat so ne seltsame Terrasse. Und da drunter, da war er." Che wand sich.

Ich erinnerte mich, dass die Kanzlei eine Art Mini-Balkon hatte, obwohl sie im Erdgeschoss lag. Das Büro lag etwas höher als der Garten und unter dem großen Fenster war ein Vorsprung, den man als Terrasse bezeichnen konnte.

„Also du hast einen Mann ohne Kopf gesehen unter der Terrasse?"

„Ja, ich hab gesprüht und dann hör ich ne Bewegung und guck mich um. Dann seh ich, dass da jemand unter dieser Terrasse hockt, also unter diesem Vorsprung. Aber der hatte keinen Kopf. Ich habe die Jacke gesehen und alles, aber der hatte kein Gesicht." Che wirkte jetzt geschrumpft. Es war klar, dass er sich fürchtete. Die BILD-Schlagzeile war wohl nicht der einzige Grund, wieso er sich hier versteckte. Ob er sich das Hirn weggekifft hatte? Vielleicht hatte er ja auch vor dem Sprühen ordentlich einen getankt, um sich Mut zu machen?

„Und danach? Was hast du dann gemacht?"

„Also, ich ... äh, ich bin abgehauen. Ich hatte echt Schiss, Mann!"

„Kann ich mir vorstellen", heuchelte ich. Vielleicht hatte er gesoffen und gekifft? „Wo bist du denn hin?"

„Ich bin runter an den Main und hab ne Weile da gesessen. Dachte, die frische Luft tut mir gut. Wollte nicht zu den anderen, die hätten mich bestimmt ausgelacht."

„Hm," brummte ich. Schallend hätten die gelacht, so viel war klar. Ein Alibi war das auch nicht gerade.

Wir nippten wieder eine Weile schweigend an dem Tee. Che schmauchte seinen Joint. Der Regen tröpfelte langsam, aber stetig. Das Geräusch des Regens auf der Zeltplane erinnerte mich an ein dringendes Bedürfnis.

„Gibt es hier ein Klo?" Erst das Wasser, jetzt der Tee, das war zu viel.

„Musst du zu dem Kiosk am Goetheturm gehen." Che wies vage in eine Richtung.

„Bin gleich zurück."

Ich fand den Kiosk ohne Probleme. Er war recht groß, fast wie ein kleines Gasthaus. Dahinter war ein Schuppen mit Toiletten. Ich pinkelte und kehrte zu Che zurück. Vielleicht konnte ich seinem Gedächtnis noch weiter auf die Sprünge helfen.

Che stöberte in meinem Rucksack. Ich sprang über den Zaun.

„He, lass deine Finger von meinen Sachen."

Che antwortete nicht. Er stand auf und haute mir voll eine in den Magen. „Du alte Schlampe!"

Ich klappte zusammen. Ich rang nach Luft, aber der Faustschlag hatte meinen Magen getroffen. Heiße Angst würgte mich. Ich dachte, ich würde ersticken, aber schließlich strömte wieder Luft in meine Kehle. Ich richtete mich ein wenig auf.

Che haute mir eine runter. Mitten ins Gesicht. „Du bist gar kein Detektiv, du bist ein Bullenschwein."

Ich taumelte einen Schritt zurück, stützte mich an einen Baum und drückte meine Hände auf den Magen.

Che folgte mir nicht. Er trat heftig gegen die Äste, die im Feuer lagen. Funken stoben auf.

Es dauerte, bis ich wieder genug Atem hatte, um was zu sagen. „Spinnst du", röchelte ich.

Che trat zur Abwechslung nach meinem Rucksack. „Dein Scheiß-Chef hat angerufen. Dein Kommissar Mattuschinski, du blöde Bulette!"

Mattu hatte sich also genau den falschen Moment ausgesucht, um anzurufen. Warum hatte ich bloß den Rucksack nicht mitgenommen, als ich aufs Klo ging? Oder wenigstens das Handy?

Ich drückte meine Hand auf den Magen und hoffte, dass der Schmerz nachließ. Es schien Stunden zu dauern. Schließlich wurde es so weit besser, dass mein Atem gleichmäßig ging. Vorsichtig richtete ich mich auf, was eine neue Schmerzattacke auslöste. Als das Stechen nachließ, raffte ich in Zeitlupe meinen Rucksack zusammen, stieg mühsam über den Zaun und ging, ohne mich umzugucken. Sollte dieser Che doch hier draußen im Regen vergammeln.

Als ich zuhause angekommen war, hatte sich mein Magen wieder einigermaßen beruhigt. Trotzdem hatte ich keine Lust mehr, irgendetwas zu unternehmen. Ich haute mich auf die Matratze und zog mir ein Bier rein.

Dann rief ich Mattu an. Er nahm sofort ab. Gerade noch rechtzeitig fiel mir ein, dass wir uns ja jetzt duzten.

Auch mal was. Sandy, ehemalige Punkerin und Polizeihasserin, duzt einen Kriminalhauptkommissar.

„Hallo, du hast mich angerufen?" Genau im falschen Moment, aber das erklärte ich ihm nicht.

„Ja, aber da war nur so'n komischer Typ dran. Hat sofort wieder aufgelegt. Wer war denn das?"

„Och, nur ein Kumpel."

„Sandy, du verschweigst uns doch nichts, oder?"

„Wieso sollte ich?"

„Sandy, wenn du uns Informationen vorenthältst, gibt es Probleme. Du weißt, dass es deine Bürgerpflicht ist, uns alles mitzuteilen, was du entdeckst."

Ich schwieg.

„Okay, okay. Ruf mich an, wenn du was raus kriegst, ja?"

„Warum hast du vorhin angerufen?"

„Ich wollte wissen, ob du wegen dem Anwalt was unternimmst."

„Verena Ebert hat mich beauftragt", quetschte ich hervor. Das würde Verena wahrscheinlich selbst der Polizei mitteilen und daher konnte ich es schlecht verschweigen.

„Dacht ich mir's doch. Sie hat eine Riesenterz gemacht bei der Befragung, sie würde nur mit Beamtinnen reden, mit mir hat sie kein Wort gewechselt."

Der Feminismus saß bei Verena offensichtlich ganz schön tief. Ich brummte etwas Unbestimmtes.

„Also, wie gesagt, wenn du was erfährst, ruf mich an."

„Hmm, ja. Was machen denn die Ermittlungen?"

Mattu seufzte. „Hier geht die Post ab. Eine Messerstecherei am Hauptbahnhof und die Leute sagen uns noch nicht mal, wer genau beteiligt war. In Fechenheim hat ein Jugendlicher seine Ex-Freundin niedergestochen. Und in Oberrad in den Kleingärten wurde der Kopf einer Frau gefunden, der Rest der Leiche fehlt. Der Großteil unserer Männer durchkämmt gerade die Kleingärten ... Was soll ich noch sagen?"

Seine Stimme klang warm und angenehm. Meine Gedanken rotierten. Was wollte ich noch wissen? „Wann ist der Anwalt gestorben?"

„Ach ja, das hat der Gerichtsmediziner rausgekriegt: Der Anwalt starb, bevor du kamst. Falls ihr die Wahrheit sagt, du und deine Gräfin."

Meine Gräfin. Was stellte der sich vor? Aber ich sagte artig: „Danke, Mattu. Ist gut zu wissen, dass ihr uns nicht oben auf der Liste habt."

„Sandy? Ruf mich an." Mattu druckste herum. „Melde dich. Wenn du was Neues hast, und ... und auch einfach so. Nett, dich zu hören." Schlagartig legte er auf.

War das jetzt ne Anmache gewesen?

Ich dachte eine Weile an Mattus strammen Hintern, seine schönen grauen Augen und den Bürstenhaarschnitt.

Später kam Wombel und brachte eine Fertigpizza mit, die wir teilten.

Ich erzählte ihm, wie ich den Che gefunden hatte und wie er mich zusammen geschlagen hatte. Wombel war drauf und dran, die Pizza in die Ecke zu schmeißen. Er sprang auf. „Dieses Schwein, dieser Che! Den mach ich fertig!“

„Nun reg dich nicht so auf. Du kriegst den eh nicht mehr. Der ist doch jetzt bestimmt abgehauen.“

„Glaubst du?“

„Wenn er mich für ne Bulette hält, bricht der bestimmt sein Zelt ab und sucht sich was anderes.“

„Auch wieder wahr. Was meinst du, wo er hin ist?“

„Keine Ahnung.“ Ich überlegte eine Weile. „Er taucht in die Hausbesetzerszene ab. Die decken ihn. Vielleicht geht er nach Wiesbaden oder Hanau oder so ... gibt viele Möglichkeiten.“

„Denkst du, er war's?“

Ich versuchte, mir den kiffenden Che vorzustellen, wie er den Anwalt quälte und ihm dann die Kehle aufschlitzte. Das ergab für mich keinen Sinn. „Nee, dazu ist der viel zu harmlos.“ Ich wollte die Geschichte von dem Geist ohne Kopf jetzt nicht wiederholen, das war mir zu albern. Aber Che schien eher empfindsamer Natur zu sein, wenn er sich von einem Geist erschrecken ließ und abhaute, ohne sein Graffito zu beenden. Offensichtlich war er jähzornig und schlug schon mal zu, aber definitiv war er kein eiskalter Folterer. „Und du?“

„Er hatte keinen Grund, den Anwalt umzubringen. Aus Rache?“ Wombel schüttelte den Kopf. „Ist doch Quatsch, wa. Er hätte nen anderes Haus besetzt oder den Anwalt mal geärgert, okay, maximal sein Auto abgefackelt. Aber umgebracht? Kann ich mir nicht vorstellen. Weißt du, was ich glaube?“

„Was denn?“

„Verena war's.“

„Hä? Wieso denn die?“

„Na, die erbt doch jetzt alles. Die ganze Kohle von dem Anwalt gehört jetzt ihr. Das Büro und alles.“ Wombel guckte mich triumphierend an.

Auf die Idee war ich noch nicht gekommen. Verena killt ihren Vater? Um zu erben? Hatte sie doch eigentlich nicht nötig.

„Wieso hat sie mich dann beauftragt, den Mörder zu suchen?“

Wombel grinste oberschlau. „Na, um den Verdacht von sich abzulenken. Sie beauftragt dich, denkt aber, du kriegst eh nichts raus.“

Diese Idee war natürlich abwegig. Wombel unterschätzte mich total. Gut, ich hatte jetzt nicht so viele Anhaltspunkte, aber ich würde noch eine Menge Informationen sammeln und am Ende wissen, wer der Killer war. Dann würde ich ihn Mattu auf dem Silbertablett präsentieren, damit er ihn verhaftete. Mein Ruhm als Detektivin würde sich rumsprechen und ich würde noch viele, verzwickte Fälle lösen.

„Pah, ich krieg's schon raus."

Ich dachte daran, wie geschockt Verena gewesen war wegen dem Tod ihres Vaters. Sie hatte die Trauer nicht gespielt. Oder war sie geschockt, weil sie die Täterin war? Wombels Theorie begann mir zu gefallen. Ich würde Verena mal unter die Lupe nehmen.

Wombel stopfte die Pizzapappe ungeschickt in den Mülleimer und holte Bier aus dem Kühlschrank.

Dann bestand er darauf, genau zu untersuchen, ob die Schläge von Che Spuren an meinem Körper hinterlassen hatten. Ich genoss seine Zärtlichkeit und wir vergnügten uns eine Weile auf der Matratze. Dabei achtete Wombel peinlich genau darauf, dass das Kondom richtig saß. Am liebsten hätte er zwei übereinander gezogen, aber davon konnte ich ihn gerade noch abhalten. Die Hamburger Erfahrung hatte ihn traumatisiert.

7

PUNKERMUCKE

Der Aufzug ließ auf sich warten. Der Anzeige nach hielt er im fünften Stock, und das nun schon eine Ewigkeit. Ich gab auf und nahm die Treppe. Leider wohnte Verena ganz oben, aber ich wollte mir nicht länger die Beine in den Bauch stehen.

Im fünften Stock blockierte eine Aktentasche die Tür vom Aufzug. Sie gehörte einem Mann in dunklem Anzug mit nach hinten gegelten Haaren. Er strahlte puren Erfolg aus.

Er redete auf einen mittelalten Mann ein, der sportlich, aber edel gekleidet war. Neben ihnen stand eine Frau mit herben Zügen in Kostüm und weißer Bluse. Während ich die Treppe hochstieg, musterte sie mich langsam von oben bis unten.

Sie sah eine kleine, drahtige Frau in abgenutzten, schwarzen Klamotten mit mausfarbenem Haar, das durch jahrelanges Färben ausgelaugt war: eindeutig nicht ihre Wunschnachbarin. Noch nicht einmal das, was sie sich als passenden Besuch einer Wunschnachbarin vorstellte. Sie verzog ihren Mund seitwärts.

Dem Makler hatte ich sein Geschäft für heute versaut. Diese Frau würde nie eine Wohnung in einem Haus kaufen, in dem sie Leuten wie mir im Treppenhaus begegnen musste.

Ich grüßte extra freundlich und trottete die letzten drei Treppen hoch zu Verenas Wohnung. Dort dröhnte mir klassische Musik in voller Lautstärke entgegen.

Ich klingelte und Verena öffnete sofort. Heute trug sie ein Wollkleid in dunklem Lila, über das sie einen curryfarbenen Schal drapiert hatte.

Sie bat mich herein. Ich blickte mich um. Die Wohnung war unverändert, nur auf der Kommode im Wohnzimmer stand ein großes Foto ihres Vaters. Am Rahmen heftete ein schwarzes Samtband. Davor brannte eine kleine Kerze.

Verena forderte mich mit einer Handbewegung auf, in einem der Sessel Platz zu nehmen. Ich starrte runter auf den Main, der unerschütterlich sein braunes Wasser vorantrieb.

Verena holte zwei Becher O-Saft aus der Küche. Sie drehte die Musik leiser und setzte sich in einen der bunten Sessel.

„Wie geht es dir?“

„Geht so“. Sie blickte mich offen an. „Ich habe beschlossen, keine Beruhigungsmittel mehr zu nehmen. Jetzt hab ich viel zu organisieren, da muss ich wach sein."

„Kann mir vorstellen, dass viel zu ordnen ist."

„Ja, die, äh ... Bestattung und dann kommt meine Mutter und dann muss ich die Wohnung auflösen und so weiter ..."

Sie hatte offensichtlich beschlossen, die Trauer durch Betriebsamkeit zu bekämpfen.

„Hat die Polizei die Wohnung frei gegeben?"

„Ja, zuerst die Wohnung und jetzt auch die Kanzlei. Es scheint, sie haben ihre Untersuchungen beendet und alles entsiegelt."

„Dann erbst du jetzt ...", versuchte ich das heikle Thema anzusprechen.

„Ja, na ja, ist ja nicht viel."

„Also, die Kanzlei ist doch sicher einiges wert." Ich dachte an den Flur mit den Mosaikböden und die großzügigen Büroräume.

„Die Kanzlei ist gemietet, die muss ich möglichst schnell kündigen. Die Wohnung erben wir, also meine Mutter und ich, aber vielleicht verkaufen wir die."

„Aber so ein erfolgreiches Anwalt muss doch eine Menge Vermögen haben."

„So erfolgreich war er eigentlich nicht. Geld hat in unserer Familie eigentlich immer meine Mutter gehabt, so lange ich denken kann." Verena hatte noch keinen Schluck Orangensaft getrunken. Sie beugte sich vor, um mir näher zu sein. „Ich glaube, das war auch ein Grund, der damals zur Scheidung führte. Ich war ja noch nicht so alt, aber ich glaube, es hat meinen Vater genervt, dass er nicht das große Geld nach Hause brachte. Meine Mutter hielt ihn für einen Versager."

Sie lachte gequält. „Siehst du, ich sage immer ‚mein Vater', blöd, oder?"

„Na ja. Was ist daran blöd?"

„Als er damals ausgezogen ist, war ich voll sauer auf ihn. Ich habe nie wieder ‚Papa' gesagt und jeden Kontakt abgelehnt. Dann haben wir uns jahrelang nicht gesehen, bis ..."

„Bis was?"

„Ja, bis so vor drei Jahren, da meldete er sich auf einmal an meinem Geburtstag. Er lud mich in die Oper ein und in gute Restaurants ... wenn ich drüber nachdenke, lief die Kanzlei da wohl besser."

Verena nickte in Richtung Musikanlage.

„Hörst du? ‚Don Carlos' unter der Regie von Guilini." Sie lauschte einen Moment andächtig.

Das Gekreische war gerade etwas leiser, aber genauso nervig wie eben.

„Habe ich früher nie gehört, aber mein Vater hat mich mit seiner Leidenschaft angesteckt. Einmal in der Woche hat er mich in die Oper eingeladen." Sie drehte das Glas in der Hand. „Hätte gerne noch ein paar Jahre mit ihm gehabt, wo wir uns jetzt so gut verstehen ... verstanden haben." Sie stockte. Ihr Mund zog sich verdächtig nach unten.

Ich hatte Angst, dass sie weinen würde. Schnell fragte ich: „Er mochte Opern?"

„Ja, dieses Dramatische, das bewunderte er. Die opulenten Kostüme, das Artifizielle ... Er ist sogar nach Mailand gefahren, um die Scala zu besuchen. Er mochte Opern, und natürlich Reisen ... und Golf ... und gutes Essen." Verena wurde schon wieder rührselig.

„Alles nichts für arme Leute. Er muss dir – oder euch – doch ne ganze Stange Geld hinterlassen haben."

„Sandy, was willst du damit sagen?" Verena wurde ärgerlich. „Das mit dem Geld ist doch egal. Kein Geld der Welt kann mir meinen Vater ersetzen. Er hat mir damals ne Stange Geld gegeben, damit ich diese Wohnung kaufen konnte. Das war wie so ne Art vorgezogenes Erbe. Damals jedenfalls war er ziemlich flüssig."

„Also hinterlässt er euch nichts?"

„Nichts außer seiner Wohnung und etwas Bargeld. In seinem Schreibtisch in der Wohnung habe ich Geld gefunden, Dollar und südafrikanische Rand."

„Dollar und Rand?"

„Wahrscheinlich hatte er die von seinen Reisen übrig. Im Winter, wenn hier die Golfplätze geschlossen sind, flog er nach Südafrika. Im Übrigen, seine Konten waren ziemlich leer, wenn du es genau wissen willst. Die Bankensache musste ich ja inzwischen auch regeln."

„Aber er war doch ein wirklich bekannter Anwalt."

„Ja, nun, das heißt nicht, dass er auch ausgebucht war. Er hat ein paar spektakuläre Fälle gehabt, aber dazwischen auch Leerlauf. Und natürlich Ausgaben, das teure Büro und so weiter."

„Natürlich. Aber er hat doch die Stadt gegen so einen Bordellbesitzer verteidigt, war das nicht ein Erfolg?"

„Dadurch wurde er recht bekannt, stimmt."

„Glaubst du, die Zuhälter könnten sich an ihm gerächt haben?"

Verena starrte mich an. „Du meinst ...?" Sie schluckte. „Aber das Gerichtsverfahren liegt schon eine Weile zurück. Meinst du, die sind nachtragend? Und hat nicht die Gegenseite gewonnen?"

Ich zuckte die Schultern. „Irgendwer muss es ja getan haben. Das wäre zumindest ein denkbares Motiv."

„Die Hausbesetzer – hast du dich bei denen umgetan? Die haben meinen Vater gehasst."

Verena war besessen von der Idee, dass die ihren Vater ermordet hatten. Vielleicht kam es in besetzten Häusern zu Übergriffen gegen Frauen, wie sie gesagt hatte, aber einen Anwalt in seinem Büro zu überfallen und zu killen, war eine andere Nummer. Aber wie sollte ich das erklären? Die Brandflecken an den Oberschenkeln wollte ich Verena gegenüber vorerst nicht erwähnen. Die Vorstellung, dass ihr Vater ermordet worden war, war schlimm genug, aber, dass er zuvor gefoltert worden war, würde Verena jetzt nicht auch noch verkraften können.

„Nun, ich hab mit einem ehemaligen Hausbesetzer gesprochen," gab ich zu.

„Und? Hat er's zugegeben?," aufgeregt rutschte Verena in ihrem Sessel nach vorne.

„Er hat zugegeben, dass er in der Nacht was an die Fassade gesprüht hat."

„Top, der war's. Du hast ihn erwischt!" Verena schien erleichtert.

Ich stellte mir vor, dass es einfacher war, mit dem Tod des Vaters klar zu kommen, wenn man den Täter kannte. Die Hausbesetzer waren sowieso ein rotes Tuch für sie. Doch leider musste ich sie enttäuschen. „Er sagt, er war's nicht."

„Na klar. Würde ich ja auch sagen. Hat er ein Alibi?"

„Nein", gab ich zu. „Nicht so richtig."

„Dann melde ihn der Polizei, die nehmen ihn fest und weisen ihm den Mord nach. Die bringen zwar nichts auf die Reihe, aber ab diesem Punkt ist es ihr Job. Du bringst die Beweise, sie verhaften den Täter." Für Verena war alles klar.

„So einfach nehmen die niemanden fest. Da brauche ich schon handfeste Beweise, eine Zeugenaussage oder so." Da fiel mir was ein. „Hör mal, eine der letzten Personen, die deinen Vater gesehen hat, könnte die Putzfrau sein. Du weißt schon, diese Olga, du hast mir ihre Nummer gegeben."

„Ja, und?"

„Sie will nicht mit mir reden," gab ich zu. „Hat wahrscheinlich Angst. Kannst du sie anrufen und ihr sagen, wer ich bin? Vielleicht hat sie einen Hinweis, der uns weiterbringt."

Verena versprach, das zu erledigen. Dann berichtete sie noch etwas von den ganzen Formalitäten, die sie erledigen musste. Sie hatte eine Checkliste aufgestellt, die sie Punkt für Punkt abarbeitete.

Ich fragte, ob ihre Mutter nicht helfen könne, aber Verena winkte ab. „Mama ist nicht so gut im Organisieren. Sie lebt fast das ganze Jahr auf Teneriffa und ist nur selten hier. Jetzt kommt sie zur Beerdigung und dann wird sie wieder abreisen. Ich glaube, mit der ganzen Bürokratie in Deutschland kommt sie gar nicht mehr klar."

„Und, Verena, noch ne Frage. Dein Vater war doch geschieden."

„Ja, schon lange, wieso?"

„Hatte er ne Neue? Ich meine ..."

Verena zuckte zusammen. Die Frage schien ihr unangenehm. „Na ja, er hatte immer mal welche, mit denen er ausging."

„Und eine, mit der er öfter ausging? Was Festes?"

„Ich glaube nicht." Sie überlegte. „Wir haben nie drüber gesprochen. Aber er hätte mir doch erzählt, wenn er sich verliebt hätte, oder?" Hilflos blickte sie mich an.

Ich zuckte mit den Schultern. Was weiß ich, worüber geschiedene Anwälte mit ihren Töchtern sprachen und worüber nicht.

Wir redeten noch etwas hin und her, aber ich erfuhr

nichts Neues. Schon an der Tür fragte ich, ob noch Wohnungen im Haus frei wären.

Verena schaute mich erstaunt an. „Ja, wenn du Interesse hast? Eine Wohnung ist noch frei, im fünften, glaube ich. Und im Haus gegenüber ist auch noch was zu haben. Soll ich dir die Nummer der Hausverwaltung geben?"

Ich schüttelte den Kopf. „Nee, nicht nötig." Aber jetzt war ich sicher, dass der Mann mit den gegelten Haaren ein Makler war, dem ich seine Provision vermasselt hatte.

Im neuen Osthafenviertel gab es keinen Kiosk, kein Döner, nichts. Ich musste eine ganze Strecke radeln, bis ich an der Konstablerwache einen Hamburger kaufen konnte.

Dann ging ich zur „Schutzgemeinschaft Haus und Hof". Ein älterer Herr mit Bart erklärte mir, ja, Rechtsanwalt Ebert habe gelegentlich für den Verband gearbeitet. Nein, es sei nie zu Problemen gekommen. Nein, auch Drohungen gegnerischer Parteien seien nicht eingegangen. Und wenn ich noch mehr Fragen hätte, sollte ich sie schriftlich einreichen.

Zuhause war niemand. Ich köpfte ein Bier und dann noch eins. Irgendwann muss ich eingeschlafen sein.

Diesmal störte das Telefon zur Abwechslung abends.

„Hallo, ich möchte meinen Bruder sprechen, Sven." Eine Frauenstimme mit deutlich hanseatischem Akzent.

„Gibt's hier nicht," knurrte ich in den Hörer. Fast hätte ich aufgelegt, doch die Frau sagte schnell: „Ich glaube, ihr nennt ihn Wombel. Ist Wombel da?"

Schlagartig war ich hellwach.

„Wer ist da?“

„Ich bin Gesa Borcherdt, die Schwester von Sven, den ihr Wombel nennt. Ich möchte bitte meinen Bruder sprechen.“

Ich tastete neben mich. Wombel war nicht da.

„Wombel ist nicht da.“

„Können Sie ihm bitte sagen, er soll mich anrufen? Es geht um sein Erbe.“

„Um sein Erbe“, wiederholte ich dumm.

„Er kennt meine Nummer. Herzlichen Dank für Ihre Mühe.“ Gesa verabschiedete sich formvollendet.

Ich guckte auf die Uhr. Halb zwölf. Kein Wunder, dass Wombel nicht hier war. Um die Zeit fingen die Punk-Konzerte gerade erst an. Ich war mir ziemlich sicher, dass er in der Halle hinter dem Exzess war, wo heute ein Konzert einer Band aus München angekündigt war.

Wombel hieß eigentlich Sven. Ich musste lachen. Das würde ich ihm gleich als Erstes auf die Nase binden, wenn er nach Hause kam. Ich hatte nie über seinen Namen nachgedacht. Für mich war er immer Wombel gewesen. In der Punkerszene hatten viele Spitznamen, und „Wombel“ war nicht der schlechteste. Ich erinnerte mich an einen, der „Dicke-Eier-Martin“ genannt wurde. An den Grund für diesen Namen erinnerte ich mich aber nicht mehr.

Und wieso hatte Wombel ein Erbe zu erwarten? Oder hatte sich diese Gesa einen schlechten Scherz erlaubt? Ich hatte überhaupt nicht gewusst, dass Wombel eine Schwester hatte. Er hatte einiges zu erklären.

Meine Neugier war geweckt. Jetzt war ich ohnehin wach. Ich zog mich an und ging die paar Schritte zur Leipziger Straße. Ein paar Jugendliche standen vor einem Kebab-Laden, ansonsten war alles still. Ich ging zur Halle hinterm Exzess. Der riesige Punker vor der Tür winkte mich durch. Das Konzert hatte schon angefangen, jetzt wurde kein Eintritt mehr verlangt.

Kaum hatte ich die Halle betreten, sprang mich der Lärm an. Sofort wurde ich von der Menge verschluckt. Die Halle war gestopft voll. Es war unheimlich heiß und roch nach Schweiß und Bier. Auch ich fing sofort an zu schwitzen. Die Leute sprangen im Rhythmus der Musik auf und ab. Sie fingen an, wild zu schubsen. Ich wurde immer wieder angerempelt. Die Menge grölte mit, was der Typ auf der Bühne ins Mikro brüllte. Die Anlage war seiner Stimme nicht gewachsen und produzierte Rückkopplungen, die mir in den Ohren schmerzten.

Die rohen Betonwände der hohen Halle waren schwarz gestrichen. Es war dunkel, nur die Bühne war mit Spots erleuchtet. Darauf sprangen ein paar abgerissene Gestalten hin und her, der Frontmann schrie ins Mikro. Er war an den Armen üppig tätowiert und hatte einen wuscheligen blauen Haarschopf. Damit ähnelte er ein wenig einer Kinderfigur, Schlumpf glaube ich, heißen die. Aber er versuchte, gefährlich zu wirken, schnitt Grimassen und zeigte immer wieder seinen Stinkefinger, worauf das Publikum begeistert grölte.

Wie sollte ich hier Wombel finden? Ich war zu klein,

die Masse zu überblicken. Langsam ließ ich mich immer weiter an den Rand drängen. In der Masse der Leute konnte ich mich nicht gut bewegen. Nachdem ich einige Ellenbogen in die Seite bekommen hatte, stand ich an der Seitenwand der Halle. Dort waren Heizungsrohre verlegt. Ich stellte einen Hacken auf ein Rohr und sprang nach oben. Drei, vier Mal musste ich springen, bis ich sicher war, Wombel gesehen zu haben. Sein kahl rasierter Schädel ragte ziemlich weit vorne vor der Bühne aus der Masse.

Ich tauchte wieder in die tanzende Menge. Inzwischen brachte die Band einen Ska-Titel. Alle Leute regten ihren Zeigefinger nach vorne und skandierten mit. Ich kannte den Song nicht, aber mir schien, dass alle „Fuck you" riefen. Ich hüpfte mit den anderen Auf und Ab und versuchte dabei, mich nach vorne zu drängeln.

Es dauerte eine Ewigkeit. Als ich schließlich neben Wombel stand, war ich genauso durchgeschwitzt wie alle anderen. Er bemerkte mich sofort, schrie mir was ins Ohr, was ich als „geile Mucke" verstand und kugelte mir fast den Arm aus, als er meine Hand ergriff und mit seiner nach oben riss.

„Wombel, du hattest einen Anruf. Von deinem Schwesterherz!," brüllte ich in sein Ohr.

„Was für'n Schmerz?"

„Schwester! Deine Schwester!"

Wombel reagierte nicht.

Ich klopfte ihm kräftig auf die Schulter und schrie ihm zu: „Es geht um dein Erbe!"

„Ja, echt herbe! Super Band!," röhrte Wombels mächtige Stimme.

Er grinste mich an und schubste mich gegen einen Punk mit vielen Piercings im Gesicht. Pogo! Eine wilde Schubserei begann. Weil ich klein und leicht war, flog ich immer hin und her zwischen den ganzen Typen. Irgendwann schaffte ich es, wieder weiter nach hinten zu kommen. Da fand ich auch die Bierquelle. Vom Geschwitze und Geschubse war ich so ausgetrocknet, dass ich erst mal eine Flasche zischen musste.

8

BONAMES

Bonames ist ohnehin nicht schön, aber mit dem ausgewachsenen Kater im Kopf kam es mir geradezu grotesk hässlich vor. Hochhäuser säumten einen Straßenring, an dem nur Schrottlauben parkten. Das Hochhaus, das ich suchte, sah genauso verkommen aus wie seine Nachbargebäude. Zwischen heraushängenden Klingelkabeln und mehrfach überpflasterten Namensschildern suchte ich eine Weile, bis ich den mit Klebeband angebrachten Namen „Kudrjawzew" fand.

Ein halbwüchsiger Typ mit Kapuzenjacke musterte mich misstrauisch. Ich starrte ihn böse direkt in die Augen, bis er sich verdrückte. Dann senkte ich meinen Daumen entschlossen auf das Klingelschild.

„Ja?", knarzte es aus dem Lautsprecher.

Ich nannte meinen Namen.

„Dreizehnter Stock", hörte ich. Die Tür sprang auf.

Im Aufzug lag eine leere Coladose. Die Taste für die 12. Etage fehlte, aber ich wollte ja in die 13. Oben trat ich in einen trostlosen Flur. Am Ende war eine Tür geöffnet.

Dort erwartete mich eine mittelalte, mittelgroße Frau. Sie hatte einen herben Zug um den Mund. Sie nahm mir meine Jacke ab und hängte sie an die Garderobe. Ich blickte durch die offene Tür ins Wohnzimmer. Ein kleiner Junge saß am Tisch und schmierte selbstvergessen auf einem Papier herum. Auf einem plüschigen Sofa lag eine Wolldecke, unter der sich eine Gestalt abzeichnete.

Olga schob sich geschickt zwischen mich und die Tür. Sie hatte meinen neugierigen Blick bemerkt.

„Wir gehen besser in die Küche."

Sie führte mich durch den langen, düsteren Flur in eine winzige Küche, die blitzblank geputzt war. Ich setzte mich an den Küchentisch. Olga zapfte schwarzen Tee aus einem Samowar. Ein Bier wäre mir jetzt lieber gewesen.

„Verena sagt, Sie haben Fragen an mich?" Olga sprach korrekt Deutsch, doch sie betonte alle „i"s übertrieben und rollte alle „r"s gründlich.

„Ja, Sie waren wahrscheinlich die letzte Person, die Rechtsanwalt Ebert lebend gesehen hat." Ich versuchte, die bohrenden Kopfschmerzen einfach zu vergessen und mich zu konzentrieren.

Olga guckte unsicher. „Sie meinen doch nicht, dass ich ..."

„Nein, nein, auf keinen Fall", beruhigte ich sie. „Ich wollte nur wissen, wann Sie zuletzt bei ihm waren."

„Am Mittwochabend. Ich gehe immer mittwochs und samstags." Sie stockte. Wahrscheinlich wurde ihr jetzt erst bewusst, dass diese Routine nun wegfiel. Dass es ihren Job in der Kanzlei Ebert nicht mehr gab. Ich überlegte. Wenn sie am Mittwoch bei Ebert geputzt hatte, war es unwahrscheinlich, dass nach ihr niemand mehr den Rechtsanwalt gesehen hatte bis zu seinem Tod am Freitagabend.

„Also wären Sie am Samstag wieder hin gegangen."

„Ja. Aber Verena rief mich morgens an und sagte mir ... also, sagte, was passiert ist."

„Wie kamen Sie mit Ebert aus?"

„Nicht schlecht. War ein guter Kunde. Er zahlte pünktlich. Er hat sich nie beschwert, war immer zufrieden mit meiner Arbeit."

So wie sie das sagte, hörte es sich an, als seien nicht alle Kunden immer zufrieden.

„Hatte er sich in letzter Zeit verändert? War er irgendwie anders als früher?"

Ein markerschütterndes Schreien unterbrach uns.

Mein Kopf platzte fast.

„Der Kleine." Olga hetzte hinaus. Als sie wiederkam, hatte sie einen Säugling auf dem Arm.

„Das ist Nikolaj, unser Jüngster." Sie präsentierte ihn stolz.

Das Baby lachte mich an. Es strampelte munter mit den Beinchen und streckte seine Arme nach mir aus. Mir wurde warm ums Herz. Am liebsten hätte ich den Kleinen genommen und an mich gedrückt. Da rülpste er laut und spuckte etwas Milch auf Olgas Bluse. Schon war mein Kinderwunsch im Keim erstickt.

Trotzdem machte ich Olga Komplimente wegen des hübschen Babys, was sie sichtlich freute.

„Also, ich würde gerne wissen, ob sich Herr Ebert in letzter Zeit verändert hat?“, nahm ich meine Frage wieder auf.

„Ich weiß nicht. Ich habe einen Schlüssel zu dem Büro. Manchmal war er noch da und arbeitete, wenn ich kam. Aber in letzter Zeit habe ich ihn kaum gesehen.“

Ein Mann polterte in die Küche. Er trug einen ausgeleierten Jogginganzug, war unrasiert und verströmte den Gestank von Alkohol. Er raunzte Olga auf Russisch an.

Olga sprang auf, wuchtete den Säugling, der schreiend protestierte, auf ihre Hüfte, öffnete mit einer Hand den Kühlschrank und reichte ihrem Mann ein Bier. Der schnaufte zufrieden und zog wieder ab.

Olga schlug die Augen nieder. Das also war es, was ich nicht sehen sollte: Ihr nichtsnutziger Säufer von einem Mann. Wahrscheinlich brachte Olga mit ihren Putzjobs ihn und die Kids ganz alleine durch.

Sie schien meine Gedanken zu erraten. „Dimitri ist nicht schlecht“, sagte sie leise. „Er findet keine Arbeit. Daheim war er Astrophysiker, aber hier gibt es keinen Job für ihn.“

Ich starrte sie entgeistert an. Mir war nicht ganz klar, was ein Astrophysiker tat. Klang jedenfalls furchtbar kompliziert. „Mhm“, machte ich.

Sie nahm das als Zustimmung. Oder Mitleid. Jedenfalls fühlte sie sich ermuntert, weiter zu sprechen.

„Wir haben uns auf der Uni kennengelernt. Ich habe in der Sowjetunion Mathematik studiert." Sie machte eine Pause. Ihre Gedanken wanderten zurück in ihre Heimat. „Aber dann brach alles zusammen. Der Staat hatte für Mathematikerinnen keine Jobs mehr, für Astrophysiker erst recht nicht." Sie lachte bitter auf.

Nikolaj zupfte an ihren Haaren und krähte laut. Das brachte sie wieder in die Gegenwart zurück. „Hier ist es besser", bekräftigte sie, als wolle sie sich selbst davon überzeugen.

„Noch mal zurück zu dem Anwalt. Sie sagten, in letzter Zeit hat er seltener abends gearbeitet, wenn Sie kamen. Ist das richtig?" Ich schaute sie streng an, damit sie sich konzentrierte.

„Ja, er saß manchmal am Schreibtisch, wenn ich putzen kam. Aber in letzter Zeit nicht mehr so häufig." Olga beugte sich vor und sagte leise: „Ich glaube, er hatte eine Freundin. Mit der ging er aus." Ihre Augen glitzerten. Ihr versoffener Mann war sicher schon lange nicht mehr mit ihr ausgegangen.

„Er hatte eine Freundin?" Davon hatte Verena nichts gesagt. Oder nichts gewusst, korrigierte ich mich in Gedanken.

„Ja, ich kam mal etwas früher, weil ein anderer Termin ausgefallen war. Da trafen wir uns an der Tür." Wieder beugte sich Olga verschwörerisch vor: „Eine ganz junge."

Ich erinnerte mich an die Model-Typen, die ich an Eberts Seite in den Klatschzeitungen gesehen hatte.

„Sind Sie sicher, dass es seine Freundin war? Nicht irgendeine Bekannte?"

Olga verzog den Mund. „Wissen Sie, als Putzfrau weiß man eine Menge über die Kunden. Diese Frau holte ihn regelmäßig im Büro ab. Ich habe immer den gleichen Lippenstift von den Gläsern geputzt. Ich bin sicher."

„Wissen Sie, wie sie heißt?" Ich hielt den Atem an.

„Nein."

„Und wie sieht sie aus?"

Olga überlegte eine Weile. „Schick. Sie trug Schuhe mit so hohen Absätzen." Mit den Fingern zeigte Olga eine schwindelerregende Höhe an.

Es war nicht klar, ob sie solche Schuhe toll fand oder eher als Zumutung betrachtete.

„Ist sie groß oder klein? Blond oder dunkel?"

„Eher groß und schlank. An die Haarfarbe erinnere ich mich nicht, ich glaube, eher blond. Aber ich habe es nicht so genau gesehen, sie hatte einen Schal um oder einen Hut oder so."

Eigentlich erinnerte sich Olga also nur an die Farbe des Lippenstifts und die hochhackigen Schuhe. Na toll! So würde ich die Freundin nie auftreiben.

Ich unterhielt mich noch eine Weile mit Olga, aber es kam nichts dabei heraus, was ich nicht schon wusste. Als das Baby mit nervenzerrüttendem Geschrei seine Rechte einforderte, verabschiedete ich mich schnell.

Ich fuhr nach Hause und legte mich aufs Ohr. Wombel war schon wieder unterwegs, jedenfalls war er nicht bei mir. Als ich mich ausgeschlafen hatte, ging ich ins Büro.

Freya hatte ausnahmsweise mal keine Klientinnen und auch keinen Gerichtstermin. Als ich vorsichtig bei ihr reinschaute, hämmerte sie in einer Höllengeschwindigkeit einen Bericht in die Tastatur ihres Computers.

„Gut, dass du kommst."

„Was ist los?"

„Ich muss unbedingt eine rauchen, lass uns vor die Tür gehen."

Ich stellte mir vor, wie Freya heldenhaft gegen die Nikotinsucht ankämpfte und versuchte, sich auf ihre Akten zu konzentrieren. Ich erlöste sie sozusagen aus einem inneren Zwiespalt.

Wir stellten uns vor die Tür der Kanzlei. Freya zog erleichtert an ihrer Zigarette.

„Sandy, ich kann's nicht fassen, was du mir erzählt hast. Wombel schwängert eine Lesbe!" Sie kicherte.

„Wenn es ein Mädchen geworden ist, kam es bestimmt mit einem rosafarbenen Irokesenschnitt zur Welt. Und wenn es ein Junge ist ..."

Freya unterbrach mich: „ ... dann mit hellblauen Springerstiefeln. In ganz klein. Die Lesben haben sicher gut gestaunt!"

Wir lachten bei der Vorstellung ihrer verdutzten Gesichter. „Tja, wer sich mit einem Punker einlässt ..."

„Muss schon einiges aushalten", ergänzte Freya. Dann fragte sie: „Wie kommst du mit dem Fall voran? Hast du irgendwas rausbekommen?"

Ich berichtete ihr von dem Treffen mit diesem Che und seiner Geistererscheinung.

Freya tippte sich nur an den Kopf. „Der war wahrscheinlich total stoned. Der hat ja noch nicht mal sein Graffito richtig geschrieben."

Sie sog heftig an ihrer Zigarette und stieß paffend Rauch aus.

Ich erinnerte mich an das fehlende „L" im „Kapitalistenknecht". „Er war wahrscheinlich nervös und wollte schnell fertig werden. Erinnerst du dich daran, was Wombel in Hamburg gesprüht hat?"

„Nicht bitten, nicht betteln, nur mutig gestritten." Freya grinste. „Was haben wir gelacht."

Wombel war damals tagelang nicht rausgegangen, weil die ganze Szene sich über seinen Fehler amüsierte. Natürlich hatte er schreiben wollen „Nicht betteln, nicht bitten, nur mutig gestritten."

Eine Weile schwelgten wir in Erinnerungen an Hamburg. „War keine schlechte Zeit", meinte Freya.

Ich zuckte die Schultern. Sie hatte sich rechtzeitig Richtung Studium abgesetzt, während ich den Niedergang der Szene bis zum bitteren Ende miterlebte. Ich schüttelte die Erinnerung ab und fasste zusammen, was Verena und die Putzfrau Olga mir erzählt hatten.

„Führt jetzt auch nicht weiter." Freya schmiss ihre Kippe auf die Straße. Geschickt trat sie sie mit der Fußspitze aus. „So, jetzt muss ich aber wieder ran."

„Warte mal. Eine Sache noch."

„Ja?" Freya legte den Kopf schräg und sah mich fragend an.

„Dieser Ebert hat einen seltsamen Prozess geführt. Einen ungewöhnlichen jedenfalls."

Freya horchte auf. Ihr Beruf und alles, was damit zusammen hing, interessierte sie mehr als alles andere. Ich berichtete, was ich im Internet gefunden hatte. Ebert hatte für die Stadt einen Bordellbesitzer verklagt.

„Rotlichtmilieu?" Freya runzelte die Brauen.

„Kann doch sein, dass die Zuhälter einen Hass auf den Anwalt hatten", kombinierte ich eifrig.

Freya runzelte immer noch die Augenbrauen. „Und ihn abschlachten?" Sie überlegte eine Weile. „Brutal genug sind die jedenfalls."

„Jedenfalls brutaler als die Hausbesetzer. Das ist ne ganz andere Nummer."

„Und du willst wissen, was genau passiert ist?"

„Ich brauche Insiderinformationen. An diese Kreise komme ich nicht ran."

Freya zückte ihre Zigarettenschachtel, aber dann schüttelte sie den Kopf und stopfte das Päckchen entschlossen in ihre Hosentasche. „Da kann ich dich nur weiter reichen“, sagte sie schließlich. „Rotlicht ist nicht meine Ecke, aber eine Kollegin hat neulich eine Prostituierte vertreten, eine Kolumbianerin, die bei einer Razzia aufgegriffen wurde. Sie hat die Abschiebung verhindert. Vielleicht kann sie dir weiterhelfen.“

„Würdest du sie für mich fragen?“

„Na klar, mach ich.“

Wir gingen in unsere Büros.

Ich rief Verena an und fragte sie nach Notizbüchern, Telefonverzeichnissen oder Kalendern ihres Vaters. Ich musste einfach mehr über den Rechtsanwalt erfahren. Alle bisherigen Informationen zeigten das Bild eines braven, arbeitsamen Bürgers, der niemandem etwas zu Leide tat. Und doch war er gefoltert worden, nur um ihm dann die Kehle durchzuschneiden. Das war nicht gerade der typische Tod eines braven, arbeitsamen Bürgers. Verena versprach mir, nach einem Kalender oder ähnlichem zu suchen und ihn mir zu senden.

9

DER ZUHÄLTER

Freyas Kontakte waren unbezahlbar. Schon am nächsten Abend hatte ich eine Verabredung mit einem Bordellbesitzer. An einem Ort, den ich mir für so ein Treffen nie hätte träumen lassen. Der Club Voltaire war eine stadtbekannte Kneipe der Linken und Gewerkschafter.

Ich stieg die Treppen zum Club hinunter. An der Theke standen wie festgeschraubt die grauhaarigen Herren, die hier jeden Abend ihre Bierchen tranken. Ich kannte sie vom Sehen, es waren immer die gleichen.

Hinter der Theke stand eine Frau, ebenfalls schon ergraut, und trocknete Gläser mit einem Geschirrtuch.

Ich nickte ihr zu. „Hallo Bettina!"

Sie wusste, wen ich suchte. Mit dem Kopf wies sie in den hinteren Raum. Es war nur ein Tisch besetzt. Ein Mann saß hinten an der Wand, so dass er den ganzen Raum im Blick hatte. Er musterte mich aufmerksam, als ich auf ihn zuging. Er trug eine dunkle Jeans, ein weißes Hemd und einen Sakko. Er sah unauffällig aus. Ich konnte seine Größe im Sitzen nicht abschätzen, aber er schien ein wenig größer zu sein als ich, von drahtiger Figur. Als ich näher trat, versuchte ich sein Alter zu schätzen, aber exakter als „irgendwas zwischen 40 und 55" fiel mir nicht ein. Das musste der Bordellbesitzer Dietmar Berger sein.

Ich setzte mich an den Tisch. Sofort überfiel mich ein Gefühl von Gefahr. Meine Nackenhaare stellten sich auf. Noch nie hatte ich die Gegenwart eines anderen Menschen als so bedrohlich empfunden. Instinktiv rutschte ich mit meinem Stuhl ein bisschen nach hinten.

Der Mann beobachtete mich, ohne eine Regung zu zeigen. Dann winkte er Bettina zu. „Zwei Bier", rief er zur Theke rüber.

„Sie wollen was von mir wissen?" Er blickte mich an, nicht unfreundlich eigentlich.

„Ja, ähm." Irgendwie hatte ich den Faden verloren.

Berger legte mir seine Hand auf den Arm. Am liebsten hätte ich meinen Arm weggezogen, aber dies war ein Test. Ich unterdrückte mein Unbehagen. Mein Arm zuckte nicht zurück, aber ich versuchte, alles Leben aus ihm weichen zu lassen. „Er berührt nur deine Jacke", redete ich mir ein.

„Es geht um Rechtsanwalt Ebert", half Dietmar Berger mir auf die Sprünge. „Der von uns gegangen ist."

So konnte man es ausdrücken. „Rechtsanwalt Ebert hat die Stadt vertreten in einer Klage gegen Sie", sagte ich. Mir fiel auf, dass Berger tatsächlich eine fette goldene Uhr trug, was für ein Klischee. „Es geht um das Gebäude in der Nähe des zukünftigen Eurozentralbank-Geländes."

„Mein Bordell", sagte Berger ganz trocken. „Die Stadt hält es für einen Schandfleck, der nicht in der Nähe der zukünftigen Bank bleiben sollte."

„Deshalb hatte Rechtsanwalt Ebert einen Prozess gegen Sie geführt."

„Und verloren", sagte Berger. Er hatte immer noch seine Hand auf meinem Arm liegen. In der anderen hielt er das Bier, von dem er jetzt einige große Schlucke trank.

Ich griff ebenfalls zum Glas und zog dabei möglichst unauffällig meinen Arm zurück, bis ich seiner Berührung entkommen war.

„Und jetzt wollen Sie wissen, ob wir ihn ... nun, sagen wir, ob er unseren Interessen im Wege stand." Berger blickte mich ausdruckslos an.

Ich konnte nur nicken.

„Sehen Sie, Frau Hardenberg ... Hardenberg ist Ihr Name, oder?"

Ich schluckte und nickte. Hoffentlich stand ich nicht als Nächstes auf seiner Abschussliste. Das Gefühl der Bedrohung hielt an. Wie viele Frauen hatte dieser Typ wohl schon zusammengeschlagen?

„Frau Hardenberg, die Stadt klagt gegen uns und ich verlange eine Million Euro Aufwandsentschädigung, wenn ich mit meinem Bordell umziehen soll. Die Stadt will aber nicht zahlen, also bleiben wir. So einfach ist das."

„Aber jetzt ist der Anwalt tot“, wagte ich einzuwerfen.

„Tot, ja. Aber im Ernst, Sie glauben doch nicht, dass ich oder meine Freunde das waren?“

Ich zuckte mit den Schultern. Den Zuhältern traute ich alles zu.

„Wir haben auch Anwälte, und keine schlechten. Die lösen solche Probleme für uns.“

„Sie schließen also aus, dass der Tod des Anwalts was mit Ihnen zu tun hat?“ Deutlicher konnte ich es ja wohl nicht sagen.

„Sehen Sie, Frau Hardenberg, das ist ganz einfach. Wenn, sagen wir, die Albaner hier einfallen und unser Geschäft aufrollen wollen, dann zum Beispiel würden wir Gegenmaßnahmen ergreifen. Wenn Sie verstehen, was ich meine. Aber dieser Anwalt, das war doch ne ganz kleine Nummer.“

Aha, ganz kleine Nummer. Ich schluckte an meinem Bier.

„Vielleicht hat ja der Anwalt die Albaner vertreten“, mutmaßte ich.

Er schaute mich streng an. „Hör mal, nimm mich nicht auf den Arm. Erstens nehmen die sich keine Anwälte, die kommen direkt zur Sache. Und zweitens hätten wir den zu Hackfleisch gemacht. So leicht wäre der nicht davon gekommen.“

Gut, dass die BILD nichts von den Folterspuren veröffentlicht hatte. Berger schien nichts davon zu wissen, sonst würde er hier nicht so rumtönen. „Hackfleisch." Viel hatte ja nicht gefehlt.

Berger schien die Geduld mit mir zu verlieren. „Sonst noch was?", fragte er.

Ich schüttelte den Kopf.

Er beugte sich rasch über den Tisch, küsste mich mitten auf den Mund, stand auf und ging.

Seine Lippen waren hart und trocken gewesen. Der Kuss schmeckte falsch. Das hatte er mit Absicht gemacht. Er wollte mich erniedrigen, weil er sich herabgelassen hatte, mich zu treffen und meine Fragen zu beantworten. Mit dem Kuss waren wir quitt.

Ich stolperte in den Keller zu den Toiletten und wusch meinen Mund. Das Gefühl, beschmutzt zu sein, verschwand nicht. Nur meine Lippen schmerzten vom vielen Rubbeln mit dem Handtuch.

Ich ging wieder hoch, trat an die Theke und bat Bettina um einen Schnaps. Bettina führte diesen Laden seit Jahr und Tag. Der Club war eine Kneipe, in der regelmäßig Diskussionen, kleine Musikveranstaltungen und Kabarett stattfanden. Er war fest in der Hand von Sozis und Gewerkschaftlern, doch auch Passanten von der nahen Zeil schneiten immer wieder hier rein. „Wieso verkehrt der bei euch?", fragte ich Bettina und wies mit dem Kopf in Richtung Tür, wo Berger verschwunden war.

„Ach, das ist ne lange Geschichte." Brigitte zapfte sorgfältig ein Pils.

Die Männer an der Theke hatten sich in eine Diskussion vertieft, in der es anscheinend um das Verhalten der Sozialdemokraten im Jahr 1914 ging. Ich versuchte, ihre leidenschaftlich vorgetragenen Argumente zu überhören, und wandte mich wieder an Bettina.

„Aber wieso hier? Er könnte mich doch auch ins Marriott oder ein anderes großes Hotel bestellen, wo man nicht auffällt, statt ausgerechnet hier."

Bettina knallte den Schnaps auf die Theke.

„Das hat seinen Grund."

„Und der wäre?"

Sie stöhnte, „Wir hatten mal ne Diskussion veranstaltet, wo es darum ging, dass die Banken das Rotlichtmilieu aus dem Bahnhofsviertel vertreiben wollen, um sich die wertvollen Grundstücke unter den Nagel zu reißen."

Die Linken vom Club Voltaire mit den Bordellbesitzern im Schulterschluss gegen das Finanzkapital? Ich wunderte mich über nichts mehr.

Bettina bemerkte meinen erstaunten Blick. „Tja, wir sind eben offen für alle demokratischen Diskussionen. Jedenfalls, seither kommt der Typ manchmal her. Nicht häufig. Manchmal trifft er hier Leute, wenn er von seinesgleichen nicht gesehen werden will, glaube ich." Sie zuckte mit den Achseln. „Oder es gefällt ihm bei uns."

Das hätte mich gewundert. Der Club Voltaire hatte nichts Spektakuläres. In dem Keller standen ein paar Holztische, die Bedienung war freundlich, das Bier okay, das Essen erträglich – nichts Besonderes, abgesehen von den Diskussionen, die hier anscheinend besonders „offen" und

„demokratisch" waren. Als ich zahlen wollte, sagte Bettina „Geht auf's Haus." Ich bedankte mich und ging.

Die Idee, den Mord nicht den Hausbesetzern, sondern den Luden anzulasten, war leider geplatzt. Oder zumindest nicht beweisbar. Ich hatte mein Pulver verschossen.

Ich ging nach Hause, in der Hoffnung, mich an Wombels breiter Brust ausheulen zu können. Auf der Zeil kam ich am Straßenstand eines Tamilen vorbei, der Zeitungen verkaufte.

„Hausbesetzer endlich verhaftet", lautete die Schlagzeile der BILD. Ich starrte solange auf den Titel, dass der Tamile mich schließlich aufforderte, zu kaufen oder weiter zu gehen.

Entnervt kaufte ich ihm eine BILD ab und studierte den Artikel im Gehen. „Kevin H. ging der Polizei ins Netz, als er in der S-Bahn schwarz fuhr. Der Hausbesetzer wird verdächtigt, den bekannten Frankfurter Anwalt Hans-Jochen Ebert ermordet zu haben." Langatmig wiederholte der Schreiberling dann alles, was sein Blatt schon in den vergangenen Tagen verblasen hatte. Neben dem Artikel war ein Foto, auf dem ich Kevin H. unverwechselbar als „Che" erkannte. Sogar seine Mütze mit dem Anstecker hatte er noch auf. Was für ein Depp! Schwarzzufahren, wenn er wegen Mordes gesucht wurde.

Ich schwankte zwischen Wut auf den blöden Che und Wut auf die Polizei, die sich die Sache so leicht machte. Che brachte alles Mögliche fertig, aber ich traute ihm nicht eine Minute zu, einen Anwalt zu überfallen, mit Zigaretten zu quälen und ihm die Kehle durchzuschneiden.

Noch deprimierter schwenkte ich in meine Straße ein und stieg die Treppen zur Wohnung hoch. Wombel stand am Herd und mengte in einem Topf herum.

„Überraschung, ich habe gekocht", trötete er, als er mich sah.

Wortlos knallte ich die Zeitung auf den Tisch.

Wombel zuckte zusammen. Er legte einen Deckel auf den Topf und griff sich das Blatt.

„Krass, ey!" Mehr fiel ihm dazu wohl nicht ein.

„Der Typ muss auch noch schwarzfahren, so ein Idiot", regte ich mich auf.

„Na, einen Denkzettel hat er ja verdient, so wie er dich behandelt hat", meinte Wombel.

„Denkzettel? Die buchten den jetzt ein und Schluss."

„Irgendwann kommen sie doch drauf, dass er es nicht war."

„Meinst du?" Wombels Vertrauen in die Weisheit der Polizei erstaunte mich. „Die sind doch froh, wenn sie einen Täter präsentieren können."

„Die merken doch bald, dass Che keiner Fliege was zu Leide tun kann. Dann bist du wieder im Spiel", meinte Wombel unerschütterlich. „Du hast bis dahin den echten Täter und präsentierst ihn auf einem Silbertablett."

Er ging wieder an den Herd und rührte im Topf. Bald darauf tischte er stolz sein Werk auf: Spaghetti mit Tomatensoße. Leider hatte er die Spaghetti verkocht, so dass sie fast in der Soße zerflossen. Nächstens würde ich ihn lieber wieder Pizza holen schicken. Einige Biere halfen uns, das schleimige Gericht herunterzukriegen.

Ich wollte Wombel irgendetwas fragen, aber hatte vergessen, was genau. Irgendwie hatte es mit Hamburg zu tun ... was war eigentlich mit der Lesbe los? „Sag mal, wegen der Sache in Hamburg ..."

„Ja? Was denn?" Er klang alarmiert.

„Woher weißt du eigentlich, dass die Lesbe wirklich schwanger ist?"

„Tja, die Freundin von der hat's überall rumerzählt. Sonst hätte ich gar nichts davon erfahren. Aber die Marion, so heißt die, hat in der ganzen Szene rumgetönt ‚Wir werden Mütter'." Den letzten Satz äffte er mit hoher Stimme nach. „Na, irgendwann kam auch mir das zu Ohren. Dann hab ich eins und eins zusammen gezählt. Ich meine, wie sollen Susi und Marion denn Mütter werden, wa?"

Ich zuckte mit den Schultern. Viele Möglichkeiten gab es da tatsächlich nicht.

„Na, und dann bin ich zum Frauen-Lesben-Café und hab auf Susi gewartet und tatsächlich, da kam sie und hatte schon nen Bauch wie ne Kugel." Wombel malte mit seinen Händen eine runde Kugel vor seinen Bauch. Er seufzte. „Dann hab ich sie gefragt."

„Und?"

„Für sie war das gar kein Problem. Sie sagte: ‚Klar, du bist der biologische Erzeuger.' Wenn ich das schon höre:

bi-o-lo-gi-scher Er-zeu-ger." Wombel spuckte die Worte in Silben aus.

Das Klingeln meines Handys unterbrach uns.

„Ja?"

„Hallo Sandy!" Ich erkannte Verenas helle Stimme.

„Good Job! Du hast echt gute Arbeit geleistet, ich danke dir! Der Mörder ist hinter Schloss und Riegel."

„Aber ..."

„Ich hatte doch von Anfang an gewusst, dass es einer von den Hausbesetzern war. Danke Sandy, das hast du echt gut gemacht."

„Aber ich glaube ..."

„Sandy, wirklich, ich bin so froh, dass ich weiß, wer meinen Vater auf dem Gewissen hat. Du kannst vorbei kommen und dein Honorar abholen, wann immer du willst. Weißt ja, wo du mich findest. Oder schreib ne Rechnung."

Klack, sie legte auf.

„Siehst du, alle glauben, der Che war der Mörder", sagte ich zu Wombel. „Jetzt bin ich auch noch meinen Auftrag los." Tränen stiegen in mir hoch.

Vor dem Frühstück

Wombel hing am Montag die meiste Zeit auf der Zeil rum, wo er immer ein paar Punker traf, und auch Freya ging mir aus dem Weg. Meine schlechte Laune machte alle unruhig.

Ich verkroch mich in mein Büro und schob Papier hin und her. Verena überwies mir das Honorar und ich zahlte die offenen Rechnungen. Zu mehr konnte ich mich nicht aufraffen. Meine Ermittlungen waren im Sand verlaufen. Ich hatte keine Anhaltspunkte gefunden. Trotzdem, Che war nicht der Mörder, da war ich mir sicher.

Mattu zitierte mich ein weiteres Mal zu sich. Seine Laune war womöglich noch schlechter als meine.

„Musst du immer denken, du bist schlauer als wir?“ Er ließ eine Standpauke los, die sich gewaschen hatte. Aus seiner Strafpredigt hörte ich schließlich raus, dass Che mich im Verhör als „Verräterin“ beschimpft hatte. Mattu, nicht blöde, hatte verstanden, dass ich Che gefunden hatte – bevor er beim Schwarzfahren der Polizei ins Netz ging.

„Wieso hast du mir nicht gesagt, wo dieser Che steckt? Also der Kevin?“ Seine grauen Augen blickten mich forschend an.

Mir fiel nicht ein, was ich sagen sollte. Warum hatte ich Che nicht der Polizei gemeldet?

„Ich glaube nicht, dass er der Mörder ist“, sagte ich lahm.

„Glauben, glauben – Glauben gehört in die Kirche“, polterte Mattu. „Du wusstest genau, dass der Mann eines Mordes verdächtigt wird. Ob er schuldig ist oder nicht, muss die Justiz entscheiden.“ Er machte eine Pause. Seine Finger bogen eine Büroklammer auf und zu, auf und zu. „Wir leben in einem Rechtsstaat, da läuft das eben so.“

Langsam nahm sein Gesicht wieder eine normale Farbe an. Er schluckte.

„Also, raus mit der Sprache, wo hast du diesen Che gefunden?"

Ich erzählte ihm, wie ich das Kleingartengebiet abgesucht hatte. Von wem ich den Tipp bekommen hatte, musste er nicht wissen.

„Die Kleingärten in Oberrad!" Mattu fummelte wild an der Büroklammer herum. Sie zerbrach. „Da hätten meine Männer ihn finden müssen, die haben doch die ganzen Kleingärten durchkämmt wegen der fehlenden Leiche für den Kopf."

Ich verkniff mir die Frage, ob sie die Leiche dort gefunden hatten. Ich war zum Glück nicht drüber gestolpert. Dann dachte ich daran zurück, wie ich durch das unübersichtliche Gewirr der Pfade und Wege geirrt war. „Da oben läuft man leicht mal an einem Garten vorbei, das ist nicht so einfach, alle Wege abzusuchen." Wieso nahm ich jetzt die Bullen in Schutz?

Mattu schaute mich lange an, dann knurrte er etwas Unverständliches. „Und warum glaubst du, dass er nicht der Mörder ist?", wechselte er das Thema.

„Der ist doch viel zu blöd dazu", entfuhr es mir.

„Na ja. Das ist kein Beweis."

„Also hör mal, der ist ein kleiner Punker oder so, aber der foltert keinen Rechtsanwalt und sticht ihn dann ab. Habt ihr seine Fingerabdrücke in der Kanzlei gefunden?"

„Nein", quetschte Mattu hervor. „Wir haben gar keine

Fingerabdrücke gefunden, die sich nicht zuordnen ließen, jedenfalls keine in der Nähe der Leiche. Am Besuchertisch waren zahlreiche Abdrücke, aber die sind älter und stammen wahrscheinlich von Klienten."

„Na siehst du."

„Dieser so genannte Che hat kein Alibi", versuchte Mattu seine Theorie zu retten.

Ob Che der Polizei von dem Geist erzählt hatte, den er sich einbildete, gesehen zu haben? Mir schien es besser, diesen Punkt nicht zu erwähnen. Einen Geist konnte man nicht als Zeugen verhören, er würde Che nicht entlasten. Ich riskierte nur, dass Mattu mich für durchgeknallt hielt.

„Haltet ihr Che weiter fest?"

„Morgen hat er einen Haftprüfungstermin", grummelte Mattu. „Sehen wir, ob wir den Richter überzeugen können. Solange wir Che festhalten, wiegt sich der wahre Täter in Sicherheit und wir gewinnen Zeit zu ermitteln."

Mattu gab also zu, dass auch er Che nicht für den Täter hielt.

„Und du, Sandy, wenn du nächstes Mal was entdeckst, sagst du mir Bescheid." Er streckte seinen Zeigefinger aus. „Vergiss das nicht!" Dann setzte er hinzu: „Ich werde dich nicht schützen, wenn du uns Informationen vorenthältst." Es klang, als würde er eben das liebend gerne tun. Keine Ahnung, wieso Mattu mir so zugetan war. Wenn er kein Bulle wäre, würde ich mir ernsthaft überlegen, mit ihm mal ein Bier trinken zu gehen. Aber er war nun mal Bulle, noch dazu in einem Fall, in dem auch ich ermittelte. Fast hätte ich geseufzt.

Es dauerte noch eine Weile, bis Mattu seine ganzen Ermahnungen losgeworden war. Dann schickte er mich mit weiteren guten Ratschlägen nach Hause.

Ich ließ das Rad bergab rollen, bis ich ein Straßencafé sah. Nach dieser Strafpredigt am frühen Morgen hatte ich ein zweites Frühstück verdient, zumal fürs erste die Zeit gefehlt hatte.

Doch kaum hatte ich mich an einen der Tische gesetzt, klingelte mein Handy.

„Ja?"

„Sandy, ich bin's, Freya. Wo steckst du?"

„Koffein tanken."

„Sandy, hier im Büro ist jemand, der dich unbedingt sofort sprechen will."

Wer konnte es so eilig haben, mich sehen zu wollen? Ob Meier ein Fehler in den Lebensläufen aufgefallen war? Eine zweite Standpauke auf nüchtern Magen hielt ich nicht aus.

„Wer denn?", fragte ich vorsichtig.

„Es ist ...ähm, ein Schwarzer", sagte Freya halblaut. Ich merkte, wie es in ihrem Gehirn ratterte, als sie überlegte, ob „Schwarzer" eine korrekte Bezeichnung für einen Schwarzen ist.

„Jerry?“, fragte ich hoffnungsvoll. Immerhin der einzige Schwarze, den ich kannte.

„Er will seinen Namen nicht sagen, aber er behauptet, ihr kennt euch. Sein Handy ist nicht aufgeladen, deshalb kann er dich nicht erreichen und sucht dich hier. Kommst du?“

Ich versprach Freya, sobald wie möglich im Büro zu sein. Der Bedienung, die auf mich zusteuerte, murmelte ich eine Entschuldigung zu, verließ das Café und schwang mich wieder auf mein Rad.

In weniger als zehn Minuten war ich im Büro, beflügelt von der Hoffnung, den hübschen Jerry wieder zu sehen. Vielleicht wollte er sich ja für seinen überstürzten Abgang entschuldigen. Oder er hatte seine Einstellung zu Kondomen noch mal überdacht. Es war tatsächlich Jerry, doch er ließ mit keiner Bemerkung erkennen, dass er sich an unsere Bettgeschichte überhaupt erinnerte. Er war kurz angebunden. Wäre er nicht schwarz gewesen, hätte ich behauptet, er sei bleich im Gesicht. Er wirkte merkwürdig fahl trotz der schwarzen Haut.

„Komm mit!“, sagte er, und es klang eher wie ein Kommando als eine Bitte.

„Was soll denn das? Wohin willst du?“

„Sandy, bitte komm mit.“

„Hör mal, ich hab noch nicht gefrühstückt. Hat das nicht Zeit?“

„Nein“, sagte er schroff. „Jetzt komm schon. Ich will dir was zeigen.“

„Was denn?“

„Du bist doch Privatdetektivin.“ Das lange Wort sprach er sorgfältig Silbe für Silbe aus.

„Ja, und?“

„Komm bitte mit.“ Jetzt schaute er bittend. „Ich brauche deine Hilfe.“

Mehr war offensichtlich nicht aus ihm rauszukriegen. Ich ging mit und wir nahmen die Straßenbahn zum Hauptbahnhof. Während der ganzen Fahrt schwieg Jerry. Jedes Mal, wenn die Straßenbahn ruckelte, versuchte ich, ihn wie unabsichtlich zu berühren. Aber er reagierte nicht. Seine Finger waren kalt. Überhaupt wirkte er seltsamerweise kleiner als letzte Woche, irgendwie in sich zusammengefallen.

Am Hauptbahnhof stiegen wir aus und Jerry führte mich in die Ottostraße, wo einige unbewohnte Backsteinhäuser standen. Jedenfalls hatte ich immer geglaubt, dass sie unbewohnt waren, denn ihr Zustand war jämmerlich. Selbst Hausbesetzer hätten einen Bogen drum gemacht. Einige Fenster waren zerbrochen. Die Backsteinwände waren mit bunten Schriftzügen besprüht.

Jerry hielt vor dem ersten dieser Häuser, kramte einen Schlüssel aus der Hosentasche und schloss die Haustür auf. Allerdings war das Schloss ein Witz. Ich hätte es mit einem Stück Draht aufgekriegt. Das Flurlicht war offenbar defekt. Wir tasteten uns eine dunkle Stiege hinauf. Die ausgetretenen Stufen knarrten.

Im ersten Stock schubste Jerry eine Tür auf und schob

mich in einen Flur. Es roch vage nach Curry, nach ungewaschenen Klamotten und noch etwas anderem, was ich nicht identifizieren konnte. Wir gingen durch den Flur, der einen neuen Anstrich nötig gehabt hätte. Kein Wunder, dass Jerry nicht mit der Wimper gezuckt hatte, als er meine Ein-Zimmer-Wohnung kennen lernte. Diese Bruchbude war weitaus schlimmer als meine Behausung.

Dann schaute mich Jerry ernst an. „Hier!" Er flüsterte.

Er öffnete eine Tür und schob mich wieder voran. Er folgte mir langsam.

Der Raum lag im Halbdunkel. Die Fenster waren mit Pappe verklebt. Tapeten mit einem wilden, verschnörkelten Muster erinnerten an bessere Zeiten. Meine Augen gewöhnten sich langsam an das Dämmerlicht. Ich sah eine Menge Matratzen rundum an den Wänden liegen. Auf einigen lagen zusammen geknüllte Decken, auf anderen ein paar Klamotten.

Auf einer der Matratzen lag ein Mensch. Er rührte sich nicht.

Auf einmal wurde mir bewusst, welcher Geruch in dieser Wohnung hing. Der Geruch von Blut.

Entsetzt wich ich zurück. Dann blickte ich zu Jerry hoch.

Er nickte ernst. „Bitte, schau ihn dir an", flüsterte er, als fürchtete er, den Mann zu wecken.

Aber der ruhte in ewigem Schlaf. Ich näherte mich ihm langsam. Es war ein Schwarzer, aber er schien nicht so groß und breit zu sein wie Jerry, obwohl ich das schlecht abschätzen konnte, weil er lag. Als ich näher kam, sah ich, dass ein breiter blutiger Spalt über seine Kehle klaffte. Mir wurde übel.

„Ich brauche ein Wasser“, sagte ich zu Jerry. „Mir ist schlecht.“

Er führte mich in eine Küche. Ich setzte mich an den großen Tisch in der Mitte.

Schlachtete ein Serienmörder in Frankfurt Leute ab? Wahllos? Ein Schnitt durch die Kehle – erst bei einem renommierten Rechtsanwalt, jetzt bei einem Schwarzen in dieser Bruchbude?

Jerry nahm ein Glas aus einem Haufen dreckigen Geschirrs, spülte es sorgfältig ab und ließ Wasser aus dem Hahn hinein. Er reichte es mir, und ich trank langsam in kleinen Schlucken, um die Übelkeit zu bekämpfen.

Schließlich sagte ich: „Wer ist das?“, und nickte mit dem Kopf in Richtung des Zimmers, wo der Tote lag.

„Muandro. Muandro Sevene.“

„Dein Freund?“

„Na ja, nicht so direkt. Ich kannte ihn nicht besonders. Er kam vor ein paar Wochen her. Wir leben hier mit mehreren und teilen uns die Miete.“

Nach der Zahl der Matratzen zu schließen musste es eine ziemlich große WG sein.

„Du hast ihn gefunden?“

„Ja, ich hatte ausnahmsweise Frühschicht und kam eher als sonst von der Arbeit. Die anderen kommen später.“

„Wann hast du ihn gefunden?“

„Eben, so gegen elf, halb zwölf."

Ich guckte auf meine Uhr. Es war tatsächlich schon halb eins.

„Und wann hast du ihn zuletzt gesehen?"

„Heute Nacht, als ich zur Frühschicht ging, hockte er noch mit den anderen in der Küche."

„Und wann gehen die anderen zur Arbeit?"

„Kurz nach sieben."

Also musste der Mord zwischen morgens um sieben und heute Vormittag um elf geschehen sein.

„Hast du Zeugen für die Zeit zwischen sieben und elf?"

„Da war ich bei der Frühschicht, sag ich doch."

„Können deine Kollegen das bezeugen?"

„Ja natürlich."

„Dann würde ich an deiner Stelle zur Polizei gehen."

„Polizei", sagte Jerry gedehnt. „Das geht nicht."

„Wieso, du hast doch ein astreines Alibi. Dein Kumpel ist ermordet worden, da muss die Polizei ran." Als Jerry nichts sagte, setzte ich hinzu: „Das ist deren Job."

„Ich kann nicht zur Polizei", sagte Jerry sehr ernst. „Ich habe keine Papiere."

„Du hast keine Aufenthaltserlaubnis?"

Er schüttelte den Kopf. „Und meine Kollegen auch nicht. Die sind alle illegal. Keiner von denen wird mit der Polizei reden."

„Ganz schlecht." Ich erklärte Jerry, dass die Polizei die Mitbewohner des Toten ganz oben auf ihre Liste der Verdächtigen setzen würde.

Jerry runzelte die Stirn, sagte aber nichts.

Ich löcherte ihn weiter. „Wie gut kanntest du ihn?" Ich nickte in Richtung Nebenzimmer.

„Nicht besonders. Er kam aus Südafrika, aber ich glaube, er stammt ursprünglich aus Mosambik. Jedenfalls konnte er Englisch. Wir haben Englisch miteinander geredet."

„Wieso Englisch?" Ich war verwirrt. „Sprecht ihr nicht, äh, Afrikanisch, also ... irgendeine afrikanische Sprache?"

Jerry schaute mich an. Als er feststellte, dass meine Frage ernst gemeint war, erklärte er: „Südafrika hat schon mal elf offizielle Sprachen, Englisch, Afrikaans, das ist so eine Art Holländisch, und dann afrikanische Sprachen, zum Beispiel Siswati oder Xhosa. Mosambik hat auch so ungefähr 200 Sprachen. Wenn sich Leute aus unterschiedlichen Völkern treffen, sprechen sie Englisch oder Xhosa oder was gerade beide können."

Mir wurde klar, dass ich nur sehr nebulöse Vorstellungen von Afrika hatte. „Und was machte er hier?"

„Keine Ahnung." Jerry zuckte mit seinen breiten Schultern. „Er ging morgens weg und kam abends wieder. Deshalb nahm ich an, dass er Arbeit hatte. Aber was, weiß ich nicht. Hab mich nicht drum gekümmert. Wir anderen arbeiten im Messebau, aber da war er nicht dabei."

„Wen kannte er denn sonst? Hatte er Freunde unter deinen Mitbewohnern?"

„Nein, niemand kannte ihn. Er tauchte einfach auf. Ich glaube, er hatte von jemandem am Bahnhof gehört, dass hier Afrikaner wohnen. Er hat seinen Anteil an der Miete bezahlt, immer ganz korrekt. Ja, und manchmal hat er gekocht. Das konnte er ganz gut. Wir kochen reihum, das ist günstiger."

„Warum glaubst du, dass er aus Mosambik kam?"

„Sein Name klingt danach. Ich glaube, er hat auch mal so was gesagt. Aber er sprach nicht viel. War mehr so'n stiller Typ. Außerdem sah er aus wie ein Mosambikaner."

Ich guckte Jerry erwartungsvoll an, aber er beschrieb nicht, wie ein Mosambikaner aussah. Für mich sahen die Schwarzen alle gleich aus. „Hatte er Streit mit jemandem?"

Jerry zögerte. „Nein, er hat sich mit allen hier gut verstanden. War ja nicht oft da."

„Und sonst? Hat er mit sonst jemand Streit? Hatte er Feinde?"

„Oh Mann, ich kannte ihn doch wirklich nicht." Jerry wand sich.

„Du hast mich doch hierher geschleppt, damit ich den Mord aufkläre, richtig?"

Jerry nickte. „Dir glaubt die Polizei."

Als er mein skeptisches Gesicht sah, setzte er hinzu: „Jedenfalls mehr als uns. Du kannst rausfinden, ob hier so ein Killer rumläuft, der es auf uns Schwarze abgesehen hat, ein Nazi oder so ..."

„Dann erzähl mir bitte alles, was du weißt. Auch wenn es dir unwichtig erscheint."

„Also gut, neulich bin ich zufällig etwas früher nach

Hause gekommen, mein Job war geplatzt und da ..." Er stockte.

„Ja?"

„Also, ich weiß nicht, ob das richtig ist, dass ich dir das sage."

„Sag's doch einfach. Je mehr ich weiß, desto schneller komme ich voran."

„Also, Muandro hatte Streit mit diesem Themba, den wir Import-Export-Themba nennen."

„Wer ist das?"

„Einer, der ... eine Art Künstleragentur führt."

„Künstleragentur?"

„Ja, er besorgt Visa für afrikanische Musiker und Tänzer. Und Tickets."

„Ein Schlepper", sagte ich ernüchtert.

„Sag das nicht so. Das hört sich nicht gut an. Ohne solche Leute wären wir nicht hier. Er leistet einen Service, wie ein Reisebüro."

„Ein Service, für den er ordentlich kassiert, nehme ich an."

„Na ja."

„Und wieso hatte dein Freund Mu ... Muo ..."

„Muandro."

„Also, wieso hatte Muandro Streit mit diesem Import-Export-Typ?"

„Ich glaube, es ging um Geld. Um die Raten, die Muandro zahlen musste. Ich wollte nicht lauschen, aber die beiden haben so laut geschrieen, dass ich mithören musste."

„Was hast du gehört?"

„Themba wollte Geld. Muandro hat ihn vertröstet. Er sagte, er müsse was Wichtiges erledigen, aber danach hätte er genug Geld und würde Themba auszahlen. Themba wollte aber nicht warten. Da ist Muandro ausgerastet und hat ihm Prügel angedroht."

„Und dann?"

„Dann ist Themba abgehauen. So wütend, wie Muandro drauf war, hatte er Angst bekommen."

„Und nun hat sich Themba gerächt."

Jerry schüttelte den Kopf. „Aber das macht doch keinen Sinn. Themba will doch Geld von Muandro."

„Vielleicht als eine Art Warnung an alle, die nicht zahlen."

„Nein, Themba verzichtet nicht auf einen Cent. Er presst das Geld raus."

„Wo kann ich diesen Import-Export-Heini finden?"

Wieder druckste Jerry nur herum.

„Hör mal, wie soll ich ermitteln, wenn du mir keine Informationen gibst? Irgendwo muss ich schließlich anfangen. Vielleicht ist dieser Themba völlig unschuldig, aber er kann mir vielleicht sagen, was euer Freund hier machte, dann finde ich wieder jemand, undsoweiter." Puh, noch nie hatte ich meine Vorgehensweise so ausführlich erklärt.

Jerry schien verstanden zu haben, worum es mir ging.

„Du findest ihn in seinem Import-Export-Büro am Platz der Republik, hier gleich um die Ecke. In dem Haus, wo unten der Bäcker ist. Siehst du dann schon."

„Außerdem muss ich alle deine Mitbewohner sprechen."

Jerry wiegte den Kopf. „Ich glaube nicht, dass das geht. Die werden alle abtauchen, sobald sie von Muandro erfahren. Hier schläft heute nacht keiner mehr, da kannst du sicher sein."

„Aber die Polizei wird alle zur Aussage zwingen."

„Die Polizei wird niemanden finden. Ich habe dich geholt, damit du die Sache in die Hand nimmst. Du kannst der Polizei Bescheid sagen, aber bis dahin sind hier alle weg, das ist sicher." Er guckte mich mit seinen kohlschwarzen Samtaugen an. „Wir sind alle illegal hier. Keiner von uns hat Papiere. Wenn die Polizei uns findet, schieben sie uns ab."

„Wie denkst du dir das?"

„Nimm du bitte die Sache in die Hand. Ich melde mich hin und wieder bei dir." Er klopfte auf das Handy, das er in einem Etui am Gürtel trug. „Dann kannst du mir erzählen, was du herausgefunden hast."

„Gib mir doch einfach deine Handynummer."

„Nein, das geht nicht. Das Handy ist auch nicht immer aufgeladen." Etwa sanfter setzte er hinzu: „Es wäre mir lieber, wenn ich dich anrufe."

Ganz schön umständlich. Es war klar, dass Jerry mir nicht wirklich traute. Er hatte Angst, dass ich seine Handynummer den Bullen gebe und die ihn dann über Satelliten orten oder so.

Ich hatte keine große Lust auf noch mehr Leichen. Aber bei den Ermittlungen über den Tod des Rechtsanwalts hatte ich kläglich versagt. Vielleicht konnte ich wenigstens herausfinden, wieso der Afrikaner sterben musste. Das würde mein angekratztes Selbstbewusstsein wieder kitten. Ich nickte. „Eins noch: Ich bin Privatdetektivin und arbeite gegen Honorar."

Jerry rollte mit den Augen. „Wir haben kein Geld. Siehst du doch." Er wies in der Runde. Auf den Geschirrberg, den zerkratzten Resopaltisch und die Stühle, die ganz sicher vom Sperrmüll stammten.

„Aber für den Schlepper habt ihr Geld." Ich fand es nicht richtig, eine Ermittlung ohne Honorar zu übernehmen. Schließlich war das mein Job.

„Ich rede mit den anderen", lenkte Jerry ein. „Wir legen zusammen. Schließlich hat Muandro mit uns Bett und Essen geteilt. Und die anderen werden auch wissen wollen, ob wir in Gefahr schweben. Ob irgendein Killer es auf Schwarze abgesehen hat."

„Gut, dann lass uns mal anfangen. Ich besorge kurz was und dann komme ich wieder."

Jerry nickte.

Diesmal würde ich nicht den Fehler machen und meine wohl bekannten Fingerabdrücke hinterlassen. In der Bahnhofsapotheke kaufte ich Einmal-Handschuhe. So ausgerüstet, kehrte ich zurück in die afrikanische WG.

Zusammen mit Jerry ging ich in das Zimmer mit dem Matratzenlager.

Ich betrachtete den toten Muandro lange. Sein Gesichtsausdruck wirkte entspannt, als wäre er nur kurz eingeschlafen. Der Schnitt über seine Kehle war nicht so tief wie bei dem Rechtsanwalt. Auch schien nicht so viel Blut geflossen zu sein. Oder die Matratze hatte das ganze Blut aufgesaugt.

Neben ihm lag ein blutbesudeltes Messer mit langer Klinge. Offenbar das Tatwerkzeug. Ich achtete sorgfältig darauf, es nicht zu berühren.

Eines unterschied den Toten von dem ermordeten Anwalt: Muandro hatte seine Hose an. Er trug eine Jeans und ein gelb-grünes T-Shirt mit dem Aufdruck „Brasil". Seine Schuhe waren ein merkwürdiges Modell in schwarzweiß, vorne spitz zulaufend. Seine Haare waren sehr kurz geschnitten. Ich konnte sein Alter nicht schätzen. Er konnte irgendwas zwischen Ende 20 und Anfang 50 sein.

Ich kniete mich neben den Toten und betrachtete ihn lange. Mir fiel auf, dass er eine Lederschnur um den Hals trug. Vorsichtig zog ich an der Schnur und achtete dabei darauf, den Toten nicht zu berühren. Sie war recht lang. Ein kleines Ledersäckchen, das auf seiner Brust unter dem T-Shirt gehangen hatte, kam zum Vorschein.

Ich streifte mir die Einmal-Handschuhe über und nestelte an dem Säckchen, um es zu öffnen.

Jerry, der mich die ganze Zeit beobachtet hatte, räusperte sich. „Das ist ein Amulett."

Ich blickte auf.

„Vielleicht besser, das nicht zu öffnen."

„Wieso?"

„Das Amulett hat magische Kräfte. Es sollte Muandro beschützen. Es ist nicht gut, das zu berühren."

„Hat ihm ja nicht viel geholfen."

Dazu wusste Jerry nichts zu sagen. Er schaute skeptisch zu, wie ich das Lederbändchen lockerte und das Säckchen öffnete. Es enthielt drei Dinge. Das eine war ein Zahn, aber kein menschlicher Zahn. Das andere war etwas, was ich für Pflanzenreste hielt. Und dann war da noch ein Stückchen weißes Papier.

Ich blickte Jerry fragend an.

„Ein Löwenzahn," flüsterte er. „Und eine Zauberpflanze, ich weiß nicht, welche."

„Und das?" Ich deutete auf den Papierfetzen.

Jerry zuckte die Schultern. „Vielleicht ein magischer Spruch. Oder ein Psalm aus der Bibel."

Ich griff nach dem Papierchen und pulte es auseinander. Jerry hatte Unrecht. Dieses Stückchen Papier war eine Visitenkarte von Rechtsanwalt Hans-Jochen Ebert. Etwas ramponiert und vielfach geknickt, aber sie war es. Genau so eine Karte hatte ich dem toten Anwalt abgenommen.

Ich starrte auf die Karte.

Jerry bemerkte mein Erstaunen. Er schaute mir über die Schulter, las die Aufschrift auf der Karte und blickte mich ratlos an.

„Von wegen magischer Spruch. Ganz realer Rechtsbeistand“, sagte ich. Dann faltete ich das Papier wieder zusammen, legte alle drei Glücksbringer wieder in das Säckchen, zog die Lederschnur sorgfältig zusammen und ließ das Ganze wieder unter Muandros Hemd verschwinden.

Ich schob vorsichtig meine Hände in Muandros Hosentaschen, aber sie waren bis auf ein Tempotuch und ein paar Euromünzen leer.

Ich wusste, dass ich ihm eigentlich die Hosen runterziehen musste, um zu überprüfen, ob er Brandmale an den Oberschenkeln hatte, aber dazu konnte ich mich nicht überwinden. Außerdem: Mattu würde mich einen Kopf kürzer machen, falls ich den Tatort veränderte und er das irgendwie rauskriegte.

„Wo sind seine Sachen? Hatte er einen Koffer oder so?“

Jerry zeigte auf ein Regal. „Das war seine Ecke. Dies ist seine Tasche.“ Jerry wies auf eine Umhängetasche aus Leder, die mit einem bunten Muster bedeckt war. Solche Taschen hatte ich schon bei den afrikanischen Ständen auf dem Flohmarkt gesehen.

Ich durchwühlte die Tasche, wobei ich darauf achtete, möglichst wenig zu verändern. Muandro hatte eine zweite Jeans, Unterwäsche, noch zwei T-Shirts und ein langärmliges Hemd besessen. Außerdem war ein Kugelschreiber in der Tasche und ein halbes Päckchen Kaugummi. Eine blauweiße Packung Wrigleys ohne Zucker.

Dann schaute ich mir das Regal an. Da lag nur ein Haufen Kassetten und ein ramponierter Walkman.

Jerry kramte in den Kassetten rum und wählte ein paar aus, die er mir in die Hand drückte. „Hier, gute Musik. Muandro braucht die jetzt nicht mehr."

War sicher kein Punk, aber ich wollte es nicht zurückweisen.

„Sonst nichts? Hatte er keine Jacke oder so?"

Jerry führte mich zurück in den Flur, wo eine Reihe Nägel in die Wand getrieben war, an denen einige Jacken hingen. Muandros Jacke war eine verblichene, ausgeleierte Sportjacke. In einem Ärmel steckte eine schwarze Baseballkappe mit der Aufschrift „Budweiser."

Ich suchte seine Taschen systematisch ab. Zum Vorschein kamen ein Kaugummi Wrigleys ohne Zucker, eine kleine Schraube mit Mutter, ein abgegriffener, dunkelgrüner Pass und eine genauso abgegrabbelte Geldbörse.

Die nahm ich mir zuerst vor. Jerry hatte 95 Euro in Scheinen und ein paar Münzen. In einem kleinen Seitenfach fand ich 310 Dollar.

Jerry pfiff leise durch die Zähne. „Na, damit hatte er ja noch ne Weile Geld für die Miete."

„Wieso, was zahlt ihr denn so?"

„Jeder 50 Euro." Jerry schaute mich prüfend an.

Ich versuchte, nicht zu reagieren. 50 Euro war natürlich geschenkt, aber wenn man bedachte, dass hier mindestens zehn Leute lebten, machte der Vermieter dieser Ruine trotzdem einen echten Reibach. Immerhin hätte Muandro mit den 300 Dollar noch ein paar Monate hier leben können, wenn er sparsam war.

Ich fingerte weiter in der Börse herum. Wenn man eine Seitenlasche aufklappte, sah man durch ein Plastikfensterchen das Foto eines braunen Säuglings. Ich zog das Foto heraus. Darunter kam das Foto einer jungen Schwarzen zum Vorschein. Es war schon ziemlich zerknittert, doch man konnte sehen, dass die Frau sehr ebenmäßige Gesichtszüge und mandelförmige Augen hatte. Sie lächelte in die Kamera.

Ich drehte die Fotos um, aber da war keine Aufschrift, kein Datum, nichts.

„Kennst du die?" Ich zeigte Jerry die Fotos.

Er zuckte mit den Schultern. „Seine Familie? Ich weiß nicht, ich sagte doch, er hat nie viel von sich erzählt."

Dann nahm ich den Pass. Vorne war ein goldfarbenes, verschnörkeltes Wappen aufgedruckt. Darüber stand „Republic of South Africa" und darunter „Republique D'Afrique du Sud". Ich blätterte ihn durch. Er zeigte Muandros Foto. Ausgestellt war er auf den Namen „Rungo Ngoka". Jetzt staunte ich, dafür machte Jerry ein undurchdringliches Gesicht.

„Schau mal an, euer Muandro hieß eigentlich Rungo."

„Oder der Pass wurde für Rungo ausgestellt", meinte Jerry trocken.

Ich zückte meinen CDU-Kuli und schrieb den Namen auf die Rückseite einer alten Einkaufsquittung. „Das kann mir vielleicht dieser Import-Export-Typ erklären."

Jerry nickte vage.

Laut Pass war Muandro-Rungo 35 Jahre alt. Ein paar Seiten weiter war das Visum eingeklebt. Es hatte ein spiegelndes Hologramm und wirkte auf mich völlig echt. Es galt für drei Wochen und würde übermorgen ablaufen.

Ich zeigte auf das Datum. „Vielleicht wollte Muandro eine Verlängerung des Visums und stritt sich deshalb mit diesem Künstleragenten?"

Jerry zuckte die Schultern. „Ich weiß nicht. Mir kommt das seltsam vor. Themba wollte Geld, aber Muandro hatte doch genug Geld ... Hier sind doch genug Dollars, zumindest für eine Rate oder so. Außerdem ging er jeden Morgen weg, ich glaube schon, dass er einen Job hatte ... ich verstehe das alles nicht."

Am besten knöpfte ich mir diesen Themba mit seiner so genannten Künstleragentur jetzt sofort vor, bevor sich in der ganzen afrikanischen Community rumsprach, dass Muandro – oder Rungo – nicht mehr lebte.

Ich verabschiedete mich von Jerry und schärfte ihm ein, sich wirklich regelmäßig bei mir zu melden.

Während ich zum Platz der Republik trottete, wirbelten die Gedanken durch meinen Kopf. Was hatte der Afrikaner mit dem Rechtsanwalt zu tun? Wieso hütete er die Visitenkarte des Anwalts wie einen Schatz? Und wieso waren die beiden umgebracht worden? Das ergab einfach keinen Sinn.

Am Platz der Republik sah ich gleich den Bäcker, einen dieser Kettenläden, die watteartiges Brot und klebrige Teilchen verkauften. Gleich neben dem Bäcker fand ich einen Treppenaufgang. „Künstleragentur Nkosi, 3. Etage" verkündete ein Schild mit Goldprägung auf schwarzem Plastik. Das musste es sein. Ich stieg die Treppen hinauf. Das Treppenhaus war ziemlich abgewetzt. Dauernd kamen mir Leute entgegen, darunter viele Afrikaner.

Im dritten Stock stand die Tür offen. Von einem Flur gingen mehrere Zimmer ab. Überall standen Afrikaner herum, alles Männer. Ihre Gespräche verstummten, als ich eintrat. Sie starrten mich finster an. Ich fragte in den Flur hinein: „Ist Themba da?"

Der Name „Themba" wirkte wie ein Türöffner. Die Mienen hellten sich auf. Einer der Männer sagte: „Kommen Sie bitte!" Er führte mich in ein Zimmer am Ende des Flurs.

Hinter einem großen Schreibtisch saß ein dicker Schwarzer mit fettem Gesicht und Glatze. Er trug einen Anzug und einen Schlips mit einer dicken, goldenen Krawattennadel. An seinem Ohr klebte ein Handy. Er quatschte in das Handy, ohne Luft zu holen. Ich verstand kein Wort und konnte noch nicht mal erkennen, in welcher Sprache er sich unterhielt.

An der Wand standen Sofas und Sessel, die schon bessere Tage gesehen hatten. Auch hier saßen viele Männer herum. Künstler? Menschen, die auf eine Verlängerung ihres Visums warteten? Oder die ihre Verwandten besuchen wollten? Hörten sie dem Telefongespräch zu? Ich konnte ihren Gesichtern nicht entnehmen, was sie dachten.

Der Dicke schwitzte und während er telefonierte, wischte er sich mit der freien Hand immer wieder den Schweiß vom Schädel. Er winkte mit der Hand in Richtung eines leeren Sessels, ohne sein Telefonat zu unterbrechen. Ich sackte in den Sessel.

Ich sah mich um. Die Wände waren hellblau gestrichen. Doch war nicht viel von ihnen zu sehen, sie waren über und über beklebt mit Konzertplakaten.

Als der Dicke schließlich sein Gespräch beendet hatte, wandte er sich mir zu.

„Guten Tag, was kann ich für Sie tun?" Er sprach ziemlich akzentfrei Deutsch, jedenfalls besser als Jerry.

„Ich suche Themba."

Die Männer in den Sesseln richteten sich auf. Interessiert verfolgten sie unseren Wortwechsel. Auf einmal wurde mir bewusst, dass ich die einzige Frau im Raum war. Und die einzige weiße Person.

„Ich bin Themba. Themba Nkosi. Was wünschen Sie?"

„Ein Freund von mir, Jerry, hat Sie empfohlen. Ich will ein Konzert veranstalten und suche dafür eine Band." Es schien mir nicht ratsam, mich gleich als Privatdetektivin vorzustellen.

„Was für ein Konzert?"

„Im Ex, einem autonomen Kulturzentrum in Bockenheim. Wir planen eine Reihe von Konzerten mit Weltmusik, und da soll auch afrikanische Musik dabei sein", improvisierte ich.

Themba wiegte seinen Kopf. Mir schien, er verkniff sich ein Lächeln.

„Afrika ist groß. An was für Musik dachten Sie denn?"

Fast hätte ich gesagt „Punk", aber das war sicher die falsche Antwort. „Na ja, was Authentisches." Ich überlegte fieberhaft. „Jerry hat mir einen Muandro empfohlen, was macht der denn so?"

„Muandro? Sicherlich Muandro, der bei Jerry und dessen Leuten lebt?" Mit dem Kopf machte er eine unbestimmte Bewegung, die wohl die Richtung zu der afrikanischen WG angeben sollte.

Ich zuckte die Schultern.

„Muandro spielt Gitarre. Er könnte spielen und dann hätten wir noch einen Trommler und Gesang. Sie machen moderne südafrikanische Musik, würde das passen?"

„Mhhja."

„Wann soll denn das Konzert sein?"

Es wunderte mich, dass Themba tatsächlich Künstler vermittelte. Ich hatte erwartet, dass er sich rausreden würde. Jetzt musste ich mir was einfallen lassen.

„Kommt drauf an, wir planen noch. Irgendwann im Sommer." In ein paar Tagen würde Muandros Visum ablaufen. Themba könnte ihn gar nicht vermitteln, selbst, wenn er noch leben würde.

„Kein Problem, rufen Sie mich an, wenn Sie wissen, wann genau der Auftritt sein soll." Themba reichte mir seine Karte über den Tisch. Kein Wort davon, dass Muandro nur ein begrenztes Aufenthaltsrecht hatte. Vielleicht wusste Themba nichts davon? Vielleicht war er tatsächlich ein harmloser Agent, der im Schweiße seines Angesichts Künstler vermittelte?

Ich ergriff Thembas Karte. In Golddruck stand dort: „Themba Nkosi, Agent. Import Export". Dazu die Adresse und Telefonnummer sowie zwei Handynummern. Ich starrte auf das Kärtchen und überlegte. Hier kam ich nicht weiter. Es war mir unangenehm, Themba vor der versammelten Mannschaft seiner Freunde oder Kunden oder wer auch immer diese Typen hier waren, zur Rede zu stellen. Ich musste einen Moment abpassen, wo ich ihn alleine treffen konnte.

Ich bedankte mich und ging. Unten holte ich mir beim Bäcker erst mal ein Teilchen. Es war eklig süß, aber ich biss herzhaft zu. Den Eingang zu dem Treppenhaus, wo Thembas Künstleragentur lag, behielt ich im Auge, doch er kam nicht runter.

Dann zückte ich das Handy. Mist, natürlich war der Akku wieder mal leer. Doch hier in Bahnhofsnähe gab es noch einige öffentliche Telefone. Zellen konnte man die pinkfarbenen Dinger ja nicht mehr nennen. Ich ging zu einem dieser Telefone und wählte meine eigene Nummer. Zum Glück nahm Wombel ab. Er klang etwas verschlafen, war aber sofort bereit, mir zur Seite zu stehen.

Dann rief ich die Notrufnummer der Polizei an, verstellte meine Stimme und meldete den Toten, ganz wie mit Jerry vereinbart. Die afrikanische WG würde sich inzwischen aufgelöst haben. Die Polizei würde niemanden finden außer dem leblosen Muandro.

Es dauerte nicht lange, da tauchte Wombels vertraute Gestalt beim Bäcker auf. Er holte sich ein Mett-Brötchen, dann postierten wir uns auf der anderen Straßenseite unter den Arkaden und beobachteten den Hauseingang von Thembas Agentur. Währenddessen berichtete ich Wombel, was vorgefallen war.

„Noch ein Toter?" Er war geschockt.

Ich nickte.

„Auch der Hals durchgeschnitten?"

Ich nickte.

„Ein Serienmörder!", rief Wombel halblaut. „Sei bloß vorsichtig, da rennt ein Irrer rum, der wahllos Leute abschlachtet."

„Das stimmt nicht." Ich berichtete von dem Amulett und der Visitenkarte. „Irgendwie müssen die beiden miteinander zu tun gehabt haben. Das heißt, der Mörder ist kein Irrer, sondern jemand, der ein bestimmtes Motiv hat."

Ich reckte mich, um einen Mann besser zu sehen, der das Haus gegenüber verließ. Es war aber nicht Themba.

„Ein Schwarzer, der gerade erst nach Deutschland gekommen ist und ein stinkreicher Rechtsanwalt. Was sollen die schon miteinander zu tun haben?"

Ich erinnerte mich an die Holzfiguren in der Kanzlei. Was hatte Verena gesagt?

„Der Rechtsanwalt war öfter in Südafrika zum Golfen. Vielleicht haben die sich da kennergelernt?“

„Golfer verlassen doch eh nie ihren Club“, sagte Wombel verächtlich.

Ich schaute ihn verwundert an. Wieso kannte er sich mit Golf aus?

Bevor ich nachfragen konnte, sah ich auf der anderen Straßenseite Themba das Haus verlassen. Der Dicke mit der Glatze war leicht zu erkennen. Ein Mann mit Rastalocken, der einen Gitarrenkoffer trug, begleitete ihn.

„Los, Wombel, da ist er.“

Wir liefen auf unserer Straßenseite in gleicher Höhe mit Themba. Er sprach mit dem Rastamann und achtete nicht auf die Umgebung. Außerdem liefen wir im Schatten der Arkaden.

Wir folgten Themba zum Bahnhof, wo der Rastamann mit seiner Gitarre in einen Zug nach München stieg. Vielleicht war Themba wirklich ein Künstleragent und kein Schlepper?

Egal, jetzt war unser Moment gekommen.

Als Themba den Bahnhof verlassen wollte, traten wir ihm in den Weg.

„Du schon wieder“, sagte er zu mir.

„Freundchen, jetzt komm mal mit!“ Wombel griff Themba am Arm. Er war viel größer als Themba und seine Schultern ungefähr doppelt so breit. Außerdem sah er mit seiner Glatze und der Lederjacke viel verwegener aus als Themba in seinem Geschäftsanzug.

Themba folgte uns ohne Widerstreben in den McDonalds, wo wir uns an einen Tisch setzten, ohne dass uns irgendjemand Beachtung schenkte. Seine Glatze glänzte. Er schwitzte schon wieder.

„Was wollt ihr?“ Themba wirkte eher erstaunt als eingeschüchtert. Er fummelte ein Taschentuch aus der Hosentasche und wischte sich über die Glatze.

„Du willst Muandro für unser Konzert vermitteln, aber das geht nicht.“

„Wieso? Ist doch kein Problem. Ich rede mit ihm, wir machen das ab und alles ist klar. Was soll der Aufstand?“ Themba blickte uns verächtlich an. „Wieso hast du den Macker geholt?“ Er nickte in Richtung Wombel.

„Muandro wird nicht spielen, er wird nie mehr spielen, er ist nämlich tot.“

Themba starrte mich mit weit aufgerissenen Augen an. „Aber ...“ Er klappte den Mund zu, dann stammelte er: „Wie ... wieso, ich habe doch gestern noch ...“ Er kniff seine Lippen zusammen.

„Ja? Was hast du gestern noch?“

Er antwortete nicht.

Wombel legte ihm eine Hand schwer auf den Arm und drückte ihn. „Sag schon, was hast du gestern getan?“

„Wieso? Wieso sollte Muandro nicht mehr leben? Was reden Sie da?“, fragte Themba nach einer kurzen Pause.

„Muandro wurde heute Morgen ermordet.“ Ich ließ die Information eine Weile wirken. „Ich bin Privatdetektivin.

Seine Freunde haben mich beauftragt, den Täter zu finden."

„Und? Was habe ich damit zu tun?" Themba schien sich wieder gefangen zu haben. Er schüttelte Wombels Hand ab und lehnte sich zurück. „Wieso kommen Sie zu mir?" Eben hatte er uns noch geduzt, jetzt sprach er distanziert wie zu einer Amtsperson.

„Du hast Muandro gestern getroffen."

Themba nickte. „Na und? Ich hab ihn nicht umgebracht."

Jetzt legte ich ihm meine Hand auf den Arm, so sanft, wie ich konnte. „Themba, wir wollen dich nicht reinreiten. Wir wollen mehr über Muandro erfahren."

Wir schwiegen eine Weile. Themba knetete seine Finger und schaute uns nicht an.

Wombel schaute mich an und hob die Augenbrauen.

Ich schüttelte leicht den Kopf. Es war jetzt nicht der Moment, großen Rabatz zu machen. Themba sollte freiwillig erzählen, was er wusste. Ich nahm einen neuen Anlauf.

„Du hast Muandro ein Künstlervisum vermittelt, oder?"

„Das ist mein Job."

„Wo kam er her?"

„Südafrika. Meine Agentur ist auf Südafrika spezialisiert."

„Jerry meint, Muandro sei Mosambikaner gewesen."

„Das stimmt. Er hat aber lange in Südafrika gearbeitet, in den Minen. Deshalb hatte er einen südafrikanischen

Pass. Er hat mein Büro in Johannesburg um ein Visum gebeten."

„Und dann kam er her. Als Musiker."

„Er ist Musiker." Themba sah mir fest in die Augen, als könne er mich so davon überzeugen, dass er die Wahrheit sprach.

Ich sah ihn lange an und blinzelte nicht.

„Jedenfalls kann er Gitarre spielen", räumte Themba ein.

„Und du hast ihn gestern noch gesehen."

„Ja."

„Wann war das?"

„Abends. So gegen 22 Uhr."

„Warum habt ihr euch getroffen?"

„Er war ein guter Typ. Wir wollten ein bisschen Musik zusammen machen."

„Ich hab was anderes gehört. Ihr habt euch gestritten."

Themba antwortete nicht.

„Freundchen, du solltest lieber Klartext reden", mahnte Wombel väterlich. „Wenn dir jemand helfen kann, dann Sandy."

„Die Polizei nimmt deine ganze Künstleragentur hoch, sobald sie wegen dem Mord ermittelt." Das Wort „Künstleragentur" betonte ich. Mir schien das Ganze immer noch eine Einreisevermittlung der unseriösen Art.

Themba blickte mich flehentlich an. „Sag der Polizei bloß nicht, dass ich da war." Er seufzte.

„Dann erzähl mal: Was hattest du mit Muandro gestern zu besprechen?"

Themba seufzte noch mal tief. „Ich bekam noch Geld von ihm. Er war mit seinen Raten in Verzug."

Ich dachte an die Scheine in Muandros Tasche. „Wie viel schuldete er dir denn?"

„300 Euro. Für April hatte er bezahlt, aber für Mai nicht."

„Jeden Monat zahlte er 300 Euro?"

„Die Vermittlung der Visa verursacht Unkosten."

„Wie viel denn? Was musste Muandro zahlen?"

Themba biss die Lippen aufeinander.

Wombel stieß ihn leicht in die Seite.

„Die Polizei wird nicht so freundlich mit dir umspringen, Kumpel."

„3.000 Euro", presste Themba hervor.

„Boah!" Wombel blies überrascht die Backen auf.

„Das kostet halt alles. Wir schreiben eine Einladung, füllen die Formulare aus, halten Kontakt zur deutschen Botschaft ..." Themba fühlte sich veranlasst, die Preise für seine Dienstleistung zu rechtfertigen.

„Aber das kann doch keiner zahlen! Erst recht nicht in Afrika!"

„Wir räumen den Künstlern die Möglichkeit ein, den Betrag in Raten zu zahlen."

„Und Muandro zahlte nicht mehr. Dann habt ihr gestritten und im Zorn hast du ihn abgestochen."

Themba schüttelte wild den Kopf.

„Als Warnung für die anderen. Damit sie pünktlich zahlen."

„Mann, ihr spinnt doch! Wieso soll ich den denn umbringen!" Themba sprang auf. „Ja, wir haben uns gezofft. Aber wir haben eine Einigung gefunden. Muandro hat versprochen, dass er die Rate zahlt, sobald er einen Job gefunden hat."

Wombel zog Themba am Ärmel, damit er sich wieder hinsetzte.

„Hatte er denn keinen Job?," fragte ich erstaunt.

„Glaub nicht." Themba zuckte die Achseln. „Jedenfalls hatte er kein Geld. Wir haben vereinbart, dass ich ihm ein paar Konzerte vermittle, damit er die Raten zahlen kann."

Langsam kapierte ich, wie die Künstleragentur funktionierte. „War er denn wirklich Musiker? Sang er oder spielte er ein Instrument?"

„Er konnte Gitarre spielen und auch ganz passabel Percussion, Trommeln und so", erklärte Themba.

„Mit wem war er befreundet?"

Themba zuckte mit den Schultern. „Musst du mich nicht fragen. Ich hab ihn nur zwei Mal gesehen."

„Was glaubst du, wer ihn getötet hat?"

„Was weiß ich. Ein Irrer, ein Rassist ... keine Ahnung." Themba wirkte auf einmal hilflos und ein wenig ängstlich.

„Wo warst du heute Vormittag?"

„In meinem Büro", erklärte Themba säuerlich. „Dafür gibt es Zeugen." Er hatte ganz genau kapiert, wieso ich ihm diese Frage stellte.

Wombel und ich sahen uns an. Uns fielen keine Fragen mehr ein.

Ich drückte Themba meine Visitenkarte in die Hand. „Wenn dir noch was einfällt ...“

Er blickte auf die Karte. „Privatdetektivin, so so.“ Er setzte an, um was zu sagen, presste dann aber die Lippen zusammen. Offenbar war er froh, uns loszuwerden. Eilig trottete er in Richtung Innenstadt.

„Und jetzt?“ Wombel schaute mich an, als wüsste ich, was zu tun sei.

„Ich brauche ein Bier.“

Dafür war Wombel natürlich immer zu haben. Ich rief Freya an, die noch im Büro hockte. Sie überredete mich, dass wir uns im Weinkontor in Bockenheim treffen.

Ich versuchte, ihr einen anderen Ort einzureden. Im Weinkontor gab es sicher kein Bier. Aber Freya blieb hart. Irgendwann rückte sie damit raus, dass sie mit Pit dort verabredet sei.

„Also gut“, seufzte ich. Ob Pit endlich mal zum Zuge kam? Meiner Meinung nach himmelte er Freya schon lange an, aber sie behandelte ihn einfach wie einen Sandkastenfreund. Soweit ich weiß, kannten sich die beiden von Adelstreffen ihrer jeweiligen, entfernt verwandten Großfamilien, zu denen sie als Kinder regelmäßig mitgeschleppt worden waren.

. . .

Vom Bahnhof aus war das Weinkontor nur wenige Minuten mit der Straßenbahn entfernt. Während der Fahrt schwieg Wombel nachdenklich.

Das Lokal war schon ziemlich voll. Die drei Frauen, die das Kellerlokal betrieben, waren damit beschäftigt, die Kreidetafeln mit den Weinsorten neu zu beschriften, Bestellungen entgegen zu nehmen und Weingläser zu polieren. Wombel und ich bestellten Bier, das die Bedienung mürrisch auftischte. Offensichtlich empfand sie es als persönliche Beleidigung, dass in ihrem Weinlokal Bier getrunken wurde.

„Prost!" Wir ließen die Flaschen aneinander klirren und setzten sie an. Die Gläser ließen wir unbeachtet stehen.

„Komischer Typ, dieser Themba", meinte Wombel. „Ist der jetzt wirklich Künstleragent oder was?"

„Ich glaube, dass er Leuten Einreisegenehmigungen verschafft, die sonst keine kriegen würden," meinte ich. „Das kostet natürlich echt Kohle. Und damit sie die Raten dafür zahlen können, verschafft er ihnen Auftritte. Wofür er noch mal Provision kassiert. Gleichzeitig hat er eine perfekte Tarnung als Künstleragent."

„Der Sack", brummte Wombel. „Nimmt die Leute aus."

Dann erzählte ich, was ich in der Afrikaner-WG erlebt hatte.

„Du kannst noch mal von vorne beginnen." Freya hockte sich auf den Barhocker neben mich. „Ich will auch wissen, was passiert ist."

Also berichtete ich noch mal, wie Jerry mich angerufen und zu dem toten Muandro gebracht hatte.

Freya hörte angespannt zu. Als die Bedienung an den Tisch kam, murmelte sie abwesend: „Trockener Rotwein“, und wandte sich wieder mir zu.

Ein großer, schlanker Mann kam auf uns zu. Er hatte eine einzige, dunkelrote Rose mit langem Stiel in der Hand, die er Freya feierlich überreichte. Freya lief sofort rot an.

Pit schwang sich auf den Hocker neben Freya und bestellte einen Wein mit einem langen französischen Namen. Château irgendwas.

Freya legte die Rose neben ihr Weinglas auf die Theke. Sie wandte sich wieder mir zu. „Dieser Tote, dieser Muo ...“

„Muandro.“

„Muandro, hatte er auch Brandblasen am Bein? Wie der Rechtsanwalt?“

„Weiß nicht. Er hatte seine Hose noch an.“

„Das ist aber doch wichtig. War es der gleiche Täter wie bei Verenas Vater? Konntest du nicht die Hose öffnen?“ Freya stellte immer so scharfsinnige Fragen.

„Ich wollte keine Spuren hinterlassen. Mattu rastet aus, wenn er mitkriegt, dass ich schon wieder vor ihm an einem Tatort war.“

„Kann ich verstehen“, meinte Freya.

Wir spekulierten noch eine ganze Weile über die beiden Mordfälle. „Es muss eine Verbindung geben“, trompetete Wombel. Er war inzwischen beim dritten Bier. „Du musst nur richtig hingucken."

„Ihr braucht mir nicht zu sagen, was ich tun muss. Es hat keinen Sinn, hier rumzulabern, solange wir nicht mehr wissen."

Freya merkte, dass ich gereizt war, und lenkte ab. „Übrigens Wombel, du wolltest doch eine Rechtsauskunft."

Wombel nickte. „Hast du was rausgekriegt?"

„Der juristische Vater muss den Unterhalt des Kindes zahlen, und zwar bis zum Abschluss der Ausbildung", sagte Freya trocken.

„Was jetzt, das bin doch nicht ich? Der juristische Vater?"

Freya zuckte nur mit den Schultern.

„Aber er hat doch nichts auf der Tasche", warf ich ein.

„Wenn er nicht zahlt, kann sich die Mutter an das Jugendamt wenden und bekommt einen Unterhaltsvorschuss, den dieses vom Vater zu holen versucht", erklärte Freya.

„Sag ich doch, das Jugendamt verfolgt mich", klagte Wombel. „Deshalb bin ich doch abgehauen."

„Du hast leider aber kein Sorgerecht", fuhr Freya fort.

„Will ich auch gar nicht. Ich will gar kein Kind!"

„Dafür steht dir jedoch ein Umgangsrecht zu", fuhr Freya unerschütterlich fort. „Du darfst also dein Kind nach Absprache mit der Mutter besuchen. Beziehungsweise, in der Regenbogenfamilie solltest du wohl mit beiden Müttern die Absprache treffen."

Jetzt war ich mir sicher, dass Freya sich über Wombel lustig machte.

Wombel stöhnte.

„Und deine Eltern haben übrigens auch ein Umgangsrecht."

„Meine Eltern ..." Wombel biss sich auf die Lippen. Er sah aus, als würde er gleich anfangen zu weinen. „Meine Eltern wünschen sich nichts mehr als einen unehelichen Enkel ... Mein Vater flippt aus, wenn er das hört."

„Also, seien wir mal ehrlich, du hast eigentlich kein Interesse an dem Kind", sagte Freya. Sie schien geradezu Mitleid zu haben mit Wombel.

„Ich wollte doch kein Kind, die Lesben haben das so eingefädelt", jammerte Wombel.

„Ich werde mir was überlegen", versprach Freya. „Es gibt sicher einen Weg, wie du da rauskommst."

Wombel blickte sie hoffnungsvoll an.

Pit saß die ganze Zeit schweigend neben Freya. Er blickte sie von der Seite an. Ich wusste, dass er sie bewunderte. Pit nippte immer wieder genießerisch an seinem Weinglas. Er kaute geradezu auf dem Wein herum, bevor er ihn herunterschluckte.

Ich starrte vor mich hin und trank hin und wieder einen Schluck Bier. Der Alkohol tat seine Wirkung. Langsam fiel die Spannung von mir ab.

Ein drahtiger Mann glitt auf den Stuhl neben mir. Er hatte kurze graue Stoppelhaare. Irgendwie kam er mir bekannt vor.

„Mattu!“ Der Name rutschte mir so raus.

„Du hier?“ Kriminalhauptkommissar Mattuschewski wirkte genauso verwundert wie ich. Er griff nach der Weinkarte und studierte sie gründlich.

„Darf ich dich einladen?“ Er lächelte mich an.

Ich zuckte mit den Schultern. Mein Bier war ausgetrunken. Wenn er für Nachschub sorgen wollte, warum nicht. Freya und Wombel debattierten die Möglichkeiten des Vaterschaftsrechts so intensiv, dass sie nicht einmal bemerkt hatten, wer gekommen war. Und Pit himmelte immer noch Freya an, er hatte Augen für nichts anderes als ihr schönes Profil.

Mattu bestellte südafrikanischen Pinotage. Das entpuppte sich als ein wirklich leckerer Rotwein.

„Kennst du dich aus mit Wein?“ Ich musste unbedingt vermeiden, mit Mattu über Mord zu reden.

„Tja, geht so. Ich finde es interessant, immer neue Weine kennen zu lernen.“ Mattu sah mir tief in die Augen. „Hier ist die Auswahl ziemlich groß. Und du? Kommst du oft hierher?“

Es wurde immer voller. Als eine Gruppe Typen an die Theke drängelte, machte Mattu ihnen Platz und rückte näher an mich ran. Ich spürte seine Körperwärme.

Wir redeten über dies und das, jedoch nicht über Tote, Morde oder ähnliches. Der Wein stieg mir zu Kopf. Ich war nicht gewöhnt, was Stärkeres als Bier zu trinken. Mattu rückte näher an mich ran und legte mir ganz vorsichtig einen Arm um die Hüfte. Es fühlte sich gut an.

Ich hoffte, dass die anderen beiden nichts merkten. Mattu bestellte eine zweite Flasche Wein. Er begann, über Jazz zu reden und die Konzerte, die er in letzter Zeit besucht hatte. Jazz! Nicht gerade mein Fall. Doch der Wein beduselte mich so, dass ich einfach nur zuhörte. Mattus Nähe verwirrte und erregte mich. Die Zweifel, ob ich mit einem Bullen turteln sollte, ertränkte ich im Pinotage. Natürlich bekamen Wombel und Freya irgendwann mit, was da lief. Als sie gingen, grüßten sie diskret aus der Ferne.

Es war ziemlich spät, als ich mit Mattu nach draußen taumelte.

10

FILMRISS

Ich schlug die Augen auf. Ich lag in einem Bett mit gestärkten, weißen Laken. Ein grelles Licht störte mich. Ich schloss die Augen und wälzte mich herum. Das Bett war erstaunlich bequem. Wo war ich? Jedenfalls nicht zuhause auf meiner Matratze.

Mein Kopf schmerzte. Ich versuchte, mich zu erinnern, was gestern Abend passiert war. Ich hatte mit Freya und Pit und Wombel in der Weinstube getrunken. Der Geschmack des Weines hatte sich in eine pelzige Lage auf meiner Zunge verwandelt. Mein Mund war total ausgetrocknet.

Dann war irgendwas passiert. Ich erinnerte mich an ein angeregtes Gespräch mit einem netten Mann ... genau, Mattu war in die Weinstube gekommen. Und dann? Lag ich etwa in Mattus Bett? Ich riss die Augen auf.

Definitiv lag ich alleine im Bett. Kein Mann neben mir,

auch nicht Mattu. Ich blickte mich um. Ein Fernseher oben an der Wand, ein Tisch, ein Stuhl ... Ich drehte mich auf die Seite. Auf meinem Nachtisch stand ein Kärtchen. „Den freundliche Zimmer-Service im Falk-Hotel erreichen Sie unter der Telefonnummer 0“. Falk-Hotel?

Ich stöhnte. Gut, die Nacht hatte ich im Hotel verbracht. Die zerwühlten Laken und der Geruch, der aus ihnen aufstieg, ließ mich ahnen, dass ich hier nicht nur einfach gepennt hatte. Hatte ich etwa mit Mattu ...?

Ich schloss die Augen und versuchte, den gestrigen Abend meinem Gedächtnis zu entreissen. Heftige Küsse, Strubbelhaare unter meinen Fingern, warme, kräftige Hände an meinem Körper ...

Meine Zunge klebte am Gaumen. Vorsichtig richtete ich mich auf. Ein Hotel sollte doch eine Minibar haben? Vielleicht brachte mir der freundliche Zimmerservice ein Wasser? Ich schaute mich suchend um. Auf dem Nachtisch lag ein Zettel.

„Guten Morgen, meine Süße. Danke für die schöne Nacht, ich muss zur Arbeit, Dein Mattu.“ Darunter hatte er ein Herzchen gemalt, das etwas schief geraten war.

Anscheinend hatte ich tatsächlich eine Nacht mit Mattu verbracht. Mit dem Bullen. In einem Hotel.

Ich richtete mich auf, tapste durchs Zimmer und fand tatsächlich eine Minibar und eine Flasche Wasser. Damit zog ich mich wieder ins Bett zurück.

Als ich zum zweiten Mal aufwachte, hatten meine Kopfschmerzen etwas nachgelassen. Ich fand meine

Klamotten neben dem Bett verstreut, duschte, zog mich an und ging runter.

Ich setzte ein Pokerface auf und marschierte erhobenen Hauptes an der Rezeption vorbei. Mein Bargeld würde wahrscheinlich nicht ausreichen, auch nur ein Einzelzimmer hier zu zahlen.

„Guten Morgen, gnädige Frau."

Erschreckt wandte ich mich um.

Von der Rezeption lächelte mir ein gutaussehender, grauhaariger Mann zu, offensichtlich kein Deutscher.

„Morgen!", rief ich und drückte mich weiter Richtung Tür.

„Einen schönen Tag noch, Ihr Zimmer wurde bereits bezahlt", rief mir der Empfangschef hinterher.

Zuhause feixte mich Wombel an. Er saß mit einer Tasse Kaffee und der Zeitung am Tisch. „Na, wie war der Bulle?"

Ich knurrte nur.

„War's geil? Erzähl doch mal!"

„Halt die Klappe, Sven!"

Wombel erstarrte.

Ich holte mir eine Tasse und goss mir Kaffee ein. Heute brauchte ich in pur und stark.

„Wie ...woher weißt du, dass ...äh, ich meine ...", stammelte Wombel.

„Tja Sven, deine Schwester hat angerufen."

„Gesa?“ Wombel riss erschrocken die Augen auf.

„Ja genau. Sie hat irgendwas von einem Erbe erzählt.“ Ich sah ihn erwartungsvoll an. „Ist schon ne Weile her. Hab ganz vergessen, dir das zu sagen.“ In der Tat hatte ich den Anruf völlig verdrängt. „Sag mal, hast du wirklich ein Erbe zu erwarten?“

Wombel starrte mich entsetzt an.

„Das wäre doch toll!“, meinte ich.

Wombel winkte ab. „Mein Alter gibt mir eh nix. Der hat mich enterbt, weil ich Punk bin.“

Ich überlegte eine Weile. Enterben ging doch gar nicht so einfach. „Du kriegst aber doch den Pflichtteil, das ist mal sicher. Dann hättest du sogar Geld für dein Kind.“

Wombel knurrte: „Ich will seine Asche nicht und das Kind auch nicht.“

„Wenn du brav Alimente zahlen würdest, gäbe es auch keinen Ärger mit dem Jugendamt.“

„Hör mal, misch dich da nicht ein!“

„Jedenfalls sollst du deine Schwester in Hamburg anrufen.“

„Okay, okay. Aber jetzt erzähl mal, hast du echt die Nacht mit diesem Kommissar verbracht? Ihr seid beide rausgetaumelt aus der Weinstube und ich dachte noch, er bringt dich nach Hause oder so, wie so’n Kavalier, aber als ich kam, warst du nicht hier.“

„Es scheint so.“

„Wie, es scheint so? Habt ihr oder habt ihr nicht?“

„Mann, Wombel, ich war total blau, ich weiß nichts mehr."

„Du erinnerst dich an nichts?"

„Ich bin heute morgen in einem Hotel aufgewacht, wenn du's genau wissen willst. Mehr weiß ich auch nicht", log ich. Wombel ging gar nichts an, wie die Nacht gewesen war. Schon jetzt vermisste ich das Gefühl, diese grauen Strubbelhaare zu streicheln. Skeptisch betrachtete ich Wombels Glatze, auf der einige schwarze Punkte sprossen, wo neue Haare durch die Haut stießen. Bald würde er sich wieder den Kopf rasieren müssen, wollte er den Look bei behalten.

„Filmriss", sagte er fachmännisch. „Aber keine Angst, die Erinnerung kommt zurück. Dauert ein bisschen."

„Wird wohl."

„Was denn für ein Hotel? Wenigstens edel?" Seine Neugier war nicht zu stoppen.

Ich zuckte mit den Schultern. „Geht so."

Jetzt hatte ich anderes zu tun, als Wombel von einer Liebesnacht zu berichten, an die ich mich selbst nicht allzu genau erinnerte.

„Wieso hat er dich überhaupt ins Hotel gebracht?", fragte Wombel.

„Na, hier geht's doch nicht." Ich griff mir die Zeitung und überflog die Schlagzeilen. Nichts Neues. Ein toter Schwarzer im Bahnhofsviertel eignete sich nicht für Schlagzeilen.

Wombel ließ nicht locker. „Und wieso nicht bei ihm? Wartet seine Alte zuhause?“

Mir wurde heiß. Ich fühlte einen Stich im Herzen. War Mattu verheiratet? Hatte er mich mal eben so mitgenommen für eine Nacht im Hotel? Die kleine Punkerin flachlegen, so zum Spaß? Ich biss die Zähne zusammen.

„Eifersüchtig, oder was?“, zischte ich Wombel an.

„Pah!“ Wombel fläzte sich breitbeinig hin. „Wieso bezahlt er denn ein teures Hotel?“

„Es gibt doch auch noch andere Gründe, wieso man jemanden nicht gleich mit nach Hause nimmt“, meinte ich schwach. Wie konnte ich nur so naiv sein und mich von einem Bullen abschleppen lassen.

„Ja, drei Kinder zum Beispiel“, höhnte Wombel.

Am liebsten hätte ich ihm eine reingehauen.

Hatte Wombel Recht? Was wusste ich überhaupt über Mattu?

Bevor ich mich weiter in trüben Gedanken suhlen konnte, klingelte das Telefon. Ich griff zum Hörer und war froh, die Diskussion mit Wombel nicht weiter führen zu müssen.

„Hallo!“, knurrte ich.

„Sandy, bist du das?“

Sofort erkannte ich Mattus Stimme.

„Hallo!“, sagte ich tonlos.

„Sandy, also ich, äh, ich wollte mich noch mal bedanken ... für die schöne Nacht.“

„Hast du ja gekriegt, was du wolltest“, knurrte ich.

„Sandy? Äh, wirklich, ich wollte nur …“

Er stockte.

Ich lauschte in den Hörer. Konnte ihm nun vertrauen oder nicht? Hatte er eine Frau und einen Haufen Kinder zuhause? Wieso hatte er mich in das anonyme Hotelzimmer geschleppt?

„Sandy? Bist du noch dran?“

„Mh, ja.“

„Hör mal, ich wollte nicht … also wenn du meinst, wir können uns ja noch mal treffen … ähm, also ins Kino gehen oder so.“

„Ich überleg's mir“, sagte ich knapp und legte auf.

„Na, das klang jetzt aber nicht sehr verliebt“, frotzelte Wombel.

„Halts Maul!“, fuhr ich ihn an.

Dann griff ich mir meine Jacke und rannte aus der Wohnung. Ich schloss mein Rad auf und strampelte eine Runde durch das Bundesgartenschaugelände. Die frische Luft tat mir gut. Der Kater verschwand allmählich.

Wieso schaffte es Wombel immer, mich auf die Palme zu bringen? Jetzt war ich total verunsichert. Schließlich konnte ich Mattu nicht einfach anrufen und fragen, wieso er mich ins Hotel gebracht hatte.

Wieso war er überhaupt im Weinkeller aufgetaucht? Vielleicht hörte die Polizei mein Handy ab und Mattu hatte sich gedacht, er gabelt mich da mal auf, macht einen auf Weinliebhaber und schleppt mich ab. Mit seiner Alten zuhause war es ihm sicher langweilig geworden. Wer weiß, wie lange er schon verheiratet war. Ich hätte daran denken sollen, dass er ein Polizeibeamter ist. Sicher so ein spießiger Beamter mit Reihenhaus zum Abzahlen und einer Hausfrau und zwei Kindern. Wieso hatte ich mich bloß mit dem eingelassen?

Als ich die Nidda erreichte, hielt ich eine Weile an und starrte auf Wasser. Da paddelten ein paar Enten. Die Strömung des Flüsschens war nach den ganzen Regenfällen der letzten Zeit ziemlich kräftig. Die Enten paddelten so eifrig, dass es ihren ganzen Körper hin und her riss. Wenn sie einmal aufhörten, die Beinchen zu bewegen, trieben sie mit der Strömung ein ganzes Stück zurück. Dann paddelten sie wieder tapfer gegen den Strom an.

Die geben auch nicht auf, dachte ich mir. Wieso ließ ich mich von einem Typen nur so aus der Bahn bringen? Männer brachten nur Ärger. Ich sollte mich lieber auf die zwei Morde konzentrieren. Vielleicht hatte ich als Detektivin mehr Glück.

Dann wendete ich und fuhr ohne Umwege in mein Büro.

Dort lief ich Freya in die Arme. Sie grinste mich verschwörerisch an. „Na, wie war's denn mit Mattu?"

Hatten die Leute keine anderen Sorgen? Erst Wombel, jetzt Freya ...

„Na, wie war's mit Pit?", äffte ich ihre Frage nach.

Freya merkte sofort, dass irgendwas nicht stimmte. „Komm, trink erst mal einen Kaffee!", sagte sie und lotste mich in die Sitzecke in ihrem Büro. Sie drückte mir eine heiße Tasse Kaffee in die Hand und schüttete ordentlich Milch rein. „Was ist denn los?“, fragte sie, nachdem ich einige Schlucke getrunken hatte.

„Freya, er ist verheiratet!“, brach es aus mir heraus. Ich wunderte mich selbst, wie tief mich diese Erkenntnis getroffen hatte. War doch eigentlich nur ein Versehen gewesen, dass ich mit dem Bullen im Bett gelandet war.

„So, so“, meinte Freya. „Mattu? Verheiratet?“

„Ja!“ Ich schluchzte auf.

Freya legte ihren Arm um mich.

„Und das hat er dir erst gesagt, nachdem er dich verführt hat?“

Ich trank eilig Kaffee, um meine Tränen herunter zu schlucken.

„Was war denn los gestern Abend? Ich habe nur gesehen, dass ihr zusammen weggegangen seid. Aber du warst ziemlich blau, glaube ich.“ Freya redete und redete, bis ich mich wieder gefasst hatte.

„Wir sind natürlich im Bett gelandet“, sagte ich bitter.

„Und dann hat er Gewissensbisse bekommen und von seiner Frau erzählt?“ Freya zog die Stirn kraus. Sie hasste verlogene Typen.

„Nee, eigentlich hat er gar nichts erzählt.“

„Woher weißt du dann, dass er verheiratet ist? Trägt er einen Ehering?“

Hatte Mattu einen Ehering? Ich versuchte mich zu erinnern, aber mir fiel nur ein, dass seine Hände angenehm warm waren und mich so schön gestreichelt hatten. Ich schluckte.

„Nein. Er hat mich ins Hotel gebracht!“ Ich griff wieder nach der Kaffeetasse, als könne sie mich retten.

Freya streichelte meinen Rücken. „Na, hör mal, das ist alles? Dafür könnte es aber doch viele Gründe geben.“

„Welche denn?“, zischte ich.

Freya zögerte.

„Na siehst du, dir fällt auch kein anderer Grund ein!“

„Doch doch, mir fallen so einige ein. Er könnte denken, bei ihm ist es nicht aufgeräumt genug.“

Ich schnaubte durch die Nase. Mattu war doch keine Hausfrau mit Putzfimmel.

„Er könnte sich schämen vor seinen Nachbarn, mit so einer jungen Frau nach Hause zu kommen.“

Mattu war vielleicht etwas älter als ich, wenn ich wirklich drüber nachdachte, aber andererseits hätte ich auch nicht seine Tochter sein können.

„Oder er wohnt zu weit weg, oder was weiß ich. Es gibt 100 Gründe, warum er dich nicht zu sich bringen wollte.“ Freya gab sich wirklich Mühe. Ob sie recht hatte? Gab es einen Grund, eine Geliebte ins Hotel zu bringen, außer, man ist verheiratet?

„Warum seid ihr nicht zu dir gegangen?“

Ich starrte Freya entsetzt an. „Na hör mal, so wie das bei mir aussieht.“

Freya musste lachen.

„Außerdem ist Wombel da.“

„Und wahrscheinlich konntest du dich nicht an deine Adresse erinnern, so blau wie du warst."

„Ich vertrage keinen Wein", sagte ich lahm.

„Keiner verträgt einen ganzen Liter Rotwein", grinste Freya.

„Und wie war's mit Pit?" Die Fragerei nach Mattu reichte mir langsam.

„Nett." Freya wurde sofort rot. Alles, was mit Sex zu tun hatte, war ihr total peinlich. Jedenfalls, wenn es um ihr eigenes Liebesleben ging.

„Und? Habt ihr oder habt ihr nicht?"

„Ach Sandy, er hat mich nach Hause gebracht, sich verabschiedet und ist gegangen."

Ich schaute sie skeptisch an. Wieso ließ sie sich nicht endlich von dem Arzt erobern? War doch doof, immer so alleine ins Bett zu gehen.

Freya verstand meinen Blick nur zu gut. „Ich warte eben lieber, bis ich die Männer etwas besser kenne, mit denen ich was anfange."

Das saß. Ich wusste ja offensichtlich noch nicht mal, ob meine Liebhaber ledig waren oder nicht. Allerdings, wenn es stimmt, dass Freya Pit schon seit Kindertagen kannte, dann gab sie sich wirklich viel Mühe, alles über ihn zu erfahren, bis sie was mit ihm anfing. So viel Geduld hatte ich eben nicht.

„Wie kommen deine Ermittlungen voran?", fragte Freya.

„Es besteht eine Verbindung zwischen Muandro, also

dem toten Schwarzen im Bahnhofsviertel, und dem Rechtsanwalt. Ich muss herausfinden, was die beiden miteinander zu tun hatten.“ Ich erhob mich. „Und fange am besten gleich damit an.“

„Tja, und ich muss meine Akten lesen“, antwortete Freya.

Ich ging die Treppe hoch in mein Büro und setzte den Computer in Gang. Da ich über Muandro wohl keine öffentlichen Quellen finden würde, musste ich das Leben des Rechtsanwalts noch genauer als bisher ausforschen, um die Verbindung zwischen den beiden Männern zu finden. Wieso trug Muandro die Visitenkarte des Rechtsanwalts mit sich herum? Noch dazu versteckt in seinem Amulett?

Ich ließ erneut den Namen von Rechtsanwalt Hans-Georg Ebert durch den Rechner laufen. Diesmal notierte ich alle Daten, die ich online über ihn finden konnten, in einer Datei und ordnete sie chronologisch. Es gab keine großen Lücken in seinem Lebenslauf. Alles hörte sich ganz logisch an.

Dann recherchierte ich noch mal alle Berichte der Boulevardblätter über Rechtsanwalt Ebert. Sobald ich ein Foto fand, auf dem er mit einer Frau abgebildet war, druckte ich es in möglichst hoher Auflösung aus. Schließlich hatte ich fünf Frauen identifiziert, die als Alina B., Julia N., das Modell Chantal (ohne Nachnamen), Partygirl Kristin Sch. und Daisy W. bezeichnet wurden. Mit den Familiennamen geizte die Klatschpresse. Die Mädels sahen sich sehr ähnlich, alle waren groß und schlank. Außerdem waren noch drei – soweit ich beurteilen konnte, andere – Frauen auf weiteren Fotos als Begleiterinnen abgebildet, deren Namen ich nicht finden konnte. Auch deren Bilder druckte ich aus.

Dann versuchte ich, im Internet-Telefonbuch Alina B., Julia N., Kristin Sch. und Daisy W. zu finden, musste aber feststellen, dass das ohne Nachnamen natürlich nicht ging.

Ich rief Olga an, versuchte das Geschrei des kleinen Nikolaj im Hintergrund zu übertönen und vereinbarte einen Besuch.

Ich holte mir einen Döner, stopfte mir das Ding rein und radelte dann nach Bonames, wobei ich mich verfluchte, dass ich zu geizig gewesen war, S-Bahn zu fahren, denn ich hatte Gegenwind und der Weg zog sich hin.

Olga war heute mit den Kindern allein zuhause. Ich fragte lieber nicht, wo der Mann war, vermutlich an der Trinkhalle. Ich legte Olga alle Fotos vor, die ich gefunden und ausgedruckt hatte. Sie schaute sich die Bilder an, wackelte mit dem Kopf und sortierte das Partygirl aus sowie Daisy. Bei den übrigen konnte sie sich nicht entscheiden. Die Fotos waren in der Tat ziemlich unscharf und die Frauen sahen sich vom Typ her sehr ähnlich.

Es blieben also Alina B., Julia N. und das Model Chantal im Rennen.

Ich erinnerte mich, dass ich vor einiger Zeit schon Verena um den Kalender ihres Vaters gebeten hatte. Das hatte sie irgendwie vergessen, jedenfalls war kein Kalender bei mir angekommen. Dort würde ich vielleicht die Telefonnummern der Schönen finden, die den Anwalt begleitet hatten. Für heute aber hatte ich genug gearbeitet.

Ich fuhr nachhause, stritt mich ein wenig mit Wombel und fiel todmüde auf meine Matratze. Natürlich war ich auch zurück von Bonames mit dem Rad gefahren, das schaffte mich. Der Restkater tat sein Übriges.

Der Geist

Als wir gemütlich beim Frühstück saßen, klingelte es an der Tür. Ich drückte auf die Gegensprechanlage, die der Hausbesitzer erst vor einigen Wochen installiert hatte. Die alte Dame zwei Stockwerke unter mir hatte ihn so lange genervt, bis er diese technische Neuerung eingeführt hatte.

„Ja?"

„Frau Hardenberg? Polizei hier", knarzte es aus dem Lautsprecher.

Wombel sprang entsetzt auf. „Die hat das Jugendamt geschickt", zischte er mir zu.

Er blickte sich hektisch um. In meiner Wohnung gab es nicht viele Möglichkeiten, sich zu verstecken. Die Matratze lag direkt auf dem Boden, ein alter Einkaufswagen aus dem Supermarkt diente als Kleiderschrank. Kochecke und Esstisch waren auch sehr übersichtlich.

Wombel riss die Tür zum Bad auf, stieg mit seinen Springerstiefeln in die Badewanne und zog den Duschvorhang vor. Ich schloss die Tür hinter ihm und ging wieder an die Sprechanlage.

„Was gibt's?"

„Frau Hardenberg, wir haben ein paar Fragen an Sie."

Wombel war ein Kindskopf. Das Hamburger Jugendamt wusste ja nicht mal, wo er steckte.

„Ist für mich", rief ich in Richtung Badezimmertür und „Fragen Sie!" in die Sprechanlage.

„Sie müssen bitte mitkommen, Hauptkommissar Mattuschewski möchte Sie sprechen."

Ich wurde rot bei dem Gedanken, Mattu gegenübertreten zu müssen. Es blieb aber keine Zeit für Ausflüchte. Ich griff mir mein Handy, zog die Jacke an und ging runter.

Unten warteten zwei Streifenpolizisten in Uniform, die mich höflich, aber bestimmt in ihren Wagen baten und zum Polizeifort fuhren. Mit dem Streifenwagen fuhren wir direkt in den Innenhof. Sie führten mich durch einen Hintereingang schnurstracks zu Mattus Büro.

Mattu nickte ihnen zu: „Danke, dass ihr das erledigt habt."

„Wir waren doch eh in der Nähe, keine Ursache", sagte der größere der beiden höflich.

„Hallo Sandy!" Mattu begrüßte mich herzlich.

Hinter ihm stand ein junger Polizeibeamter in Uniform. „Das ist mein Mitarbeiter Andreas Wenigmann", stellte Mattu ihn vor.

Ich begnügte mich damit, den beiden zuzunicken. Mattus Anblick ließ die Erinnerung an die vorletzte Nacht wieder aufleben. Sofort spürte ich seine Wärme und Nähe auf der Haut. Doch gleichzeitig fühlte ich eine Mischung aus Eifersucht und Misstrauen.

Mattu stützte beide Arme auf den Tisch und holte tief Luft.

Ich versuchte zu erkennen, ob er einen Ehering trug. An welcher Hand sollte der noch mal stecken, rechts oder links?

„Sandy, es tut mir wirklich leid, ich bin enttäuscht. Du hältst uns wohl für völlig verblödet."

Ich schaute ihn möglichst undurchdringlich an.

„Du hast anonym unseren Notruf angerufen und den Fund des toten Herrn Rungo Ngoka gemeldet."

Ich riss erschrocken die Augen auf. Was für ein Toter war das nun wieder? Wollte Mattu mir was unterschieben? Dann fiel mir ein, dass Muandros Pass auf Rungo Ngoka ausgestellt war. Fast hätte ich erleichtert aufgelacht.

„Sandy, warum bringst du dich immer in die Klemme?" Mattu klang eher besorgt als entrüstet. „Wir haben einen orangen Kuli in Muandros Wohnung gefunden."

Orangen Kuli?

„Einen CDU-Kuli, genauer gesagt."

Verdammt, den alten Kuli musste ich vergessen haben, als ich in der Wohnung im Bahnhofsviertel war.

„Ich erinnere mich, dass du einen solchen Kuli hattest. Er trägt deine Fingerabdrücke. Außerdem", Mattu hob seine Stimme, „hat der Kollege Wenigmann", er wies auf den Beamten hinter sich, „Zeugen verhört, die eine weibliche Person gesehen haben, wie sie den Tatort in Gesellschaft eines Afrikaners betrat und kurze Zeit später wieder verließ."

Ich sagte nichts.

„Er war sich nämlich nicht zu schade, im Männerwohnheim Ottostraße nachzufragen. Da leben mehrere Obdachlose, die den ganzen Tag nichts anderes zu tun haben, als aus dem Fenster zu starren. Und deren Personenbeschreibung hört sich verdammt nach dir an."

„Also gut, ich war dort, aber ich habe ihn nicht umgebracht." Die Diskussion hatten wir doch schon mal.

„Das wissen wir", sagte Mattu lakonisch. „Sandy, du musst dich entscheiden, auf welcher Seite zu stehst."

Er klang wie ein Sozialarbeiter.

„Als professionelle Privatermittlerin solltest du deine Erkenntnisse mit der Polizei teilen, das würde dir eine Menge Ärger sparen."

Ich sagte nichts. Wahrscheinlich hatte er Recht, aber ich fand, mein kleiner Vorsprung verschaffte mir eine Verhandlungsposition, die ich nicht einfach aufgeben wollte. Außerdem wollte ich aus Prinzip nicht mit der Polizei gemeinsame Sache machen.

Mattu konnte wieder mal Gedanken lesen, denn er verdrehte die Augen. Dann wandte er sich an seinen Kollegen. „Herr Wenigmann, ich danke für Ihre Hilfe, Sie haben wichtige Erkenntnisse beigetragen. Jetzt versuchen Sie bitte, die Mitbewohner von Herrn Ngoka zu lokalisieren."

Wenigmann nickte ergeben und ging zur Tür. Mir schien, er war erleichtert, seinem Chef zu entkommen.

Als die Tür hinter ihm ins Schloss fiel, stand Mattu auf und kam auf mich zu.

Er wollte mir doch wohl nicht um den Hals fallen? Unwillkürlich trat ich einen Schritt zurück.

Mattu blieb stehen. Schließlich setzte er sich mit einer Pobacke auf seinen Schreibtisch. „Hör mal Sandy, mach's mir doch nicht so schwer. Wieso warst du bei Ngoka? Was weißt du von ihm?"

„Info gegen Info", sagte ich cool. Dabei vermied ich es, ihm in die Augen zu schauen.

„Was soll das denn heißen?" Mattu stieg das Blut in den Kopf. „Was glaubst du, wer du bist?"

„Ich glaube, dass ich ein paar Infos habe, die ihr brauchen könntet. Und umgekehrt."

„Du hast eine Aussagepflicht. Du bist verpflichtet, uns zu sagen, was du weißt. Oder sollen wir dich in Beugehaft nehmen?"

Ich zuckte mit den Schultern. Als Punkerin hatte ich die eine oder andere Nacht im Knast verbracht, das war nicht angenehm, aber ich würd's überleben.

„Beugehaft, um das mal klar zu machen, heißt, du bleibst im Knast, bis eine Aussage vorliegt." Mattus Stimme klang metallisch.

Ich schluckte. Knast bis zur Aussage?

„Ich möchte den Dings, den Bericht vom Arzt sehen.

Also das, was der Gerichtsmediziner geschrieben hat. Dann mache ich eine Aussage."

„Den Autopsiebericht?"

Ich nickte.

„Wir sind doch hier nicht auf dem Basar. Du machst deine Aussage und Schluss." Mattus Stimme klang unsicher. Er konnte nicht wissen, was ich wusste und ob das wichtig für ihn war.

Ich sagte nichts.

Mattu stand auf. Er trat einen Schritt auf mich zu und streckte seine Hand aus, um mich am Arm zu berühren.

Ich sprang zurück.

„Mein Gott, Sandy, ich bin doch auf deiner Seite!"

„Dann lass uns vernünftig reden. Was glaubst du? Zwei Tote – ein Täter?"

Mattu setzte sich wieder hinter seinen Schreibtisch. Er seufzte und deutete auf den Besucherstuhl.

Erleichtert ließ ich mich fallen.

„Jemand könnte beide ausgeschaltet haben. Oder: Zwei Tote, zwei Täter", sagte Mattu. „Ngoka bringt den Anwalt um, warum auch immer. Ein zweiter Täter hat dann Ngoka erledigt. Jetzt gibt es keine Zeugen mehr am Anwaltsmord. Wir verstehen die Motive nicht, weil wir den Zusammenhang zwischen dem Anwalt und dem Schwarzen nicht kennen."

Ich nickte.

„Wir haben keine Fingerabdrücke von Ngoka in der Kanzlei gefunden, nichts."

„Es gibt eine Verbindung zwischen dem Anwalt und dem Schwarzen“, stellte ich fest.

Mattu nickte. „Du hast das Amulett geöffnet“, sagte er trocken.

„Ja. Und ich will seinen Autopsiebericht sehen.“

„Das ist eine amtliche Verschlusssache, die ich auf keinen Fall rausgeben darf.“ Mattu öffnete eine dicke, grüne Mappe auf seinem Schreibtisch und kramte darin herum. Schließlich nahm er einen Stapel Fotos heraus, fächerte sie auf wie ein Kartenspiel und zog eines heraus. Er zögerte noch eine Weile, dann legte er es so auf den Schreibtisch, dass ich es sehen konnte.

Muandros Körper lag auf seiner Matratze in der Afrikaner-WG, genau in der Stellung, wie ich ihn gesehen hatte.

„Hast du diesen Mann in der Ottostraße 5 gefunden?“

„Ja, aber er war tot, als ich kam.“

Aufmerksam betrachtete ich das Foto. Dann hielt mir Mattu ein weiteres Foto kommentarlos vor die Nase. Es zeigte den nackten Körper Muandros auf einem Stahltisch, wahrscheinlich in der Gerichtsmedizin.

Ich schluckte.

Mattu zog ein drittes Foto aus seinem Fächer. Es zeigte schwarze Haut. Nach einigem Hingucken identifizierte ich die Oberschenkel des Toten. Der Rand eines einfachen, weißen Baumwollslips war an der oberen Kante des Fotos zu erkennen.

Mattu tippte auf eine Stelle.

Dort waren an den Innenseiten der Oberschenkel seltsame kreisrunde helle Flecken zu sehen.

Mattu drehte das Foto wieder zu sich um und tippte mit einem Kuli darauf. „Hier wurden Zigaretten auf der Haut ausgedrückt, sagt der Gerichtsmediziner. Folternarben. Sind schon älter, ein paar Jahre mindestens, aber die Narben bleiben für immer sichtbar."

Ich starrte Mattu überrascht an. Die Flecken hätte ich eher für die Folgen einer Hautkrankheit gehalten.

„Auf schwarzer Haut bleiben Narben als helle Flecken zurück, sagt der Forensiker." Mattu tippte auf das Bild. „Erinnerst du dich an den Anwalt?"

Ich nickte. Die ekligen Brandflecken von Zigarettenkippen auf Eberts Beinen würde ich nie vergessen.

„Ich würde sagen, der Schwarze hat den Anwalt gefoltert. Er wusste, wie's geht, weil er selbst ein Folteropfer war."

„Und wir wissen nicht, was Muandro wissen wollte", sagte ich gedankenverloren.

„Muandro?" Mattu runzelte verwirrt die Stirn.

„Ngoka nannte sich Muandro Sevene." Damit hatte ich auch schon meine wichtigste Info preisgegeben. „Ich weiß nicht, ob das sein richtiger Name ist, und der Pass falsch. Oder ob der Pass echt ist und er hier einen anderen Namen benutzte", klärte ich Mattu auf.

„Der Pass ist echt", knurrte Mattu. „Aber das Foto zeigt nicht den Toten, sagt der Computer. Wir haben da ein paar schöne Programme zur Gesichtserkennung, die leider keine Übereinstimmung feststellen."

„Für mich sehen die Afrikaner alle gleich aus", gab ich zu.

Mattu nickte. „Darauf wird er spekuliert haben. Er leiht sich einen Pass von einem gewissen Ngoka, der ihm halbwegs ähnlich sieht, und kommt damit ungeschoren durch die Passkontrolle am Flughafen. Weil die Europäer eh keine Afrikaner unterscheiden können." Er fuhr sich mit der Hand durch sein Strubbelhaar.

Fasziniert sah ich ihm zu, dann erinnerte ich mich dran, dass ich erstens dienstlich hier und Mattu zweitens wahrscheinlich im Hafen der Ehe fest verankert war. Rühr ihn nicht an, sagte ich mir innerlich vor.

„Also, wie hast du ihn gefunden?"

Ich berichtete, wie Jerry mich angerufen und zu dem Toten geführt hatte. Seinen Namen ließ ich dabei aus dem Spiel. Ich behauptete, wir würden uns nicht kennen und er habe meine Nummer aus dem Telefonbuch gesucht.

Mattu glaubte mir offensichtlich kein Wort, lauschte aber konzentriert meiner Schilderung von allem, was ich in der WG in der Ottostraße gesehen hatte.

„Er nannte sich also Muandro Sevene?"

„Sagt jedenfalls sein Mitbewohner."

Mattu notierte den Namen auf einem Notizblock. „Kann genauso erfunden sein, der Name. Auf jeden Fall jagen wir ihn durch unsere Computer." Er blickte auf. „Welche Verbindung könnte es zwischen einem etablierten

Anwalt und einem Schwarzen geben, der erst seit kurzer Zeit in Deutschland war?"

Ich zuckte die Schultern. Das war die entscheidende Frage und ich hatte keine Antwort.

„Was war die Todesursache?", fragte ich.

„Die Todesursache", sagte Mattu gedehnt. „Das ist ein Punkt, der auf zwei Täter hinweist. Auf den ersten Blick sieht es so aus, als sei Ngoka oder Muandro oder wie er nun heißt, auf die gleiche Weise gestorben wie der Anwalt."

Ich nickte. „Beiden wurde die Kehle durchgeschnitten."

„Aber mit einem Unterschied: Der Schwarze war schon tot, als man ihm die Kehle durchtrennte. Hast du den Unterschied nicht bemerkt?"

Ich rief mir widerstrebend die Bilder der beiden Tatorte ins Gedächtnis. Der Anwalt hatte in einem ganzen See von Blut gesessen, Muandro hingegen hatte nicht so viel verloren. „Der Schwarze hat viel weniger geblutet."

„Sein Herz stand schon still, als ihm die Kehle durchschnitten wurde", erklärte Mattu. „Es hat kein Blut mehr durch den Körper gepumpt. Deshalb ist viel weniger ausgetreten."

„Was war dann die Todesursache?"

Mattu legte seinen rechten Zeigefinger auf den Mund. Die andere Hand ruhte auf dem Tisch.

Jetzt konnte ich genau sehen, dass er keinen Ehering trug. Weder rechts noch links. Aber das musste ja nichts heißen.

„Das bleibt unter uns. Strenge Geheimhaltung."

Ich blickte ihn ernst an und nickte.

„Gamma-Hydroxybuttersäure", sagte Mattu und machte eine Pause. „Auch bekannt als K.O.-Tropfen."

„Die bringen einen um? Ich dachte, das sind so Tropfen, die manche Männer den Mädels in der Disko in die Cola mixen."

„Um sie dann zu missbrauchen", nickte Mattu. „In einer höheren Dosis sind sie tödlich." Er bewegte seine Hand ruckartig vor seinem Körper. „Atemstillstand und Schluss."

„Hat er was getrunken vor seinem Tod?"

„Nein, die Substanz wurde ihm gespritzt. Sie wird schnell abgebaut, lässt sich aber in den Haaren nachweisen. Unser Forensiker hat sauber gearbeitet. Die Spritze haben wir leider nicht gefunden, sonst könnten wir vielleicht Fingerabdrücke nehmen. Dafür haben wir eine ganze Menge Fingerabdrücke an dem Messer gefunden, mit dem seine Kehle durchschnitten wurde."

Ich hielt die Luft an. Fingerabdrücke? Ich erinnerte mich an das blutige Küchenmesser neben Muandro. Aber ganz bestimmt hatte ich es nicht angefasst.

Mattu machte eine Pause, dann sagte er: „Und es sind nicht deine Abdrücke."

„Na, wie schön, dass ihr das als erstes geprüft habt."

Wir ließen uns noch eine Weile über die Einzelheiten des Tatorts aus. Keinem von uns fiel eine schlüssige Erklärung für die beiden Morde ein.

Schließlich wurde Mattu ernst. Ich rechnete mit einer neuen Drohung, doch er holte tief Luft und sagte: „Gut, wir sollten, finde ich, das Berufliche und Private trennen. Was meinst du? Gehen wir heute einen trinken?“

Die Wut stieg in mir hoch. „Reicht dir deine Alte nicht mehr?“, fauchte ich.

Mattu guckte verdattert.

Ich drehte mich um und ging. Sollte Mattu doch zu seinem Eheweib gehen und dort Erbsensuppe essen, oder was auch immer die für ihn kochte. Ich rannte fast aus dem Polizeifort. Es dauerte eine Weile, bis ich mich beruhigt hatte, und da war ich schon mitten im Westend angekommen.

Ein kalter Wind wehte durch die Straßen. Ich zog die Schultern hoch. In meinem Kopf rotierten die Infos, die Mattu mir gegeben hatte. Eigentlich hatte er ja doch ne Menge Vertrauen zu mir, weil er mir die Fotos zeigte. Er hatte sich kollegial verhalten und mit mir diskutiert, als sei ich ein altgedienter Kriminaler. Ein Fünkchen Stolz glühte in meinem Herzen auf.

Im Büro stocherte Freya mit einem Messer in der Kaffeemaschine rum. „Das Ding ist verstopft“, stöhnte sie. „Wahrscheinlich hat Christel den falschen Kaffee gekauft.“ Christel, wie die Trine eigentlich hieß, hatte bestimmt mehr Ahnung von Nagellack als von Kaffeesorten.

Freya wischte ihre Hände an einem Küchentuch ab und fragte: „Na, und wo hast du gesteckt?“

„Bei Mattu.“

„Und, ist er nun verheiratet oder nicht?“ Freya zog ihre dünnen, elegant geschwungenen Augenbrauen hoch.

„Keine Ahnung", knurrte ich. „Er hat mich aufs Präsidium bestellt."

„Was wollte er?"

„Mich in Beugehaft stecken, bis ich eine Aussage mache wegen Muandro."

Freya lachte. „In Beugehaft stecken kann dich erst mal nur ein Richter, aber schon gar nicht Mattu. Du müsstest als Zeugin vor Gericht geladen werden und wenn du dann nicht aussagst, kann ein Richter, und nur der, Beugehaft anordnen."

Ertappt. Mattu hatte geblufft und ich war schön drauf reingefallen. Ich biss mir auf die Unterlippe.

„Hast du dich etwa einschüchtern lassen?" Freya guckte mich mit großen Augen an.

„Na, wir haben dann halt Infos ausgetauscht", gab ich zu. „Ich hatte keine Lust, auf ewig im Knast zu verschimmeln."

„Auf ewig sowieso nicht", belehrte mich Freya. „Beugehaft dauert maximal sechs Monate. Paragraf 70 der Strafprozessordnung. Was glaubst du denn, wo wir hier leben. Der Staat darf doch seine Bürger nicht einfach ewig einknasten."

Ich Idiot hatte Mattu natürlich geglaubt. Obwohl, sechs Monate Beugehaft waren auch kein Spaß. „Na ja, jedenfalls habe ich ihm erzählt, was ich wusste, und umgekehrt."

„Und jetzt seid ihr beide schlauer?"

Ich erzählte Freya von den K.O.-Tropfen und den

Folternarben an Muandros Oberschenkeln. Freya pfiff durch die Zähne.

„Aber wieso sollte Muandro einreisen, meinetwegen mit einem fremden Pass, und dann als erstes den Anwalt kalt machen? Hatte er in der kurzen Zeit, wo er hier war, schon Streit mit einem Nobelanwalt?“, fragte Freya.

Ich zuckte die Schultern. Das war der Punkt. Wo hatten sich Muandro und Ebert kennen gelernt? Was wollte Muandro von dem Anwalt? Freya hatte auch keine zündende Idee. Wir redeten noch etwas, dann ging ich nach oben.

Als ich in mein Büro kam, blinkte der Anrufbeantworter. Ich hörte ihn ab. Meier von der Detektei beklagte sich, dass ich bei der letzten Rechnung das Datum vergessen hatte. Ich solle es einfügen und ihm die Rechnung erneut senden.

Wombel hatte angerufen und etwas aufs Band gebrummelt, was ich nicht verstehen konnte. Er wolle sich noch mal melden, so viel konnte ich hören.

Dann kam eine piepsige Stimme, die alle „r“s heftig rollte. Olga! Ihr sei noch was eingefallen, sagte sie. „Die Telefonnummer der Freundin vom Herrn Ebert, also, daran kann ich mich erinnern, die bestand aus lauter Primzahlen.“ Olga machte eine Pause. Das Band gab knarzende Geräusche von sich. Ich stellte mir vor, wie sie das Telefon mit der Schulter ans Ohr presste und gleichzeitig ihren Kleinen versorgte.

„Na ja, ich hab mal beim Abwischen des Telefons aus

Versehen die Wahlwiederholung ausgelöst, und da hab ich die auffällige Nummer gesehen. Und vorher hatte der Herr Ebert lange mit der Frau gesprochen, das weiß ich noch genau. Na ja, wollte nicht stören, dachte, das ist vielleicht wichtig."

Verdammt, was für eine Auskunft. Woran sich Mathematikerinnen nur erinnerten! Ich warf meinen Computer an und versuchte rauszufinden, was eine Primzahl ist. Wenn ich die Erklärung im Internet richtig verstand, kann eine Primzahl nur durch eins und sich selbst geteilt werden. Wobei die Eins selbst aus irgendwelchen Gründen keine Primzahl ist, obwohl sie auch nur durch eins und sich selbst teilbar ist. Egal, das sollten andere verstehen, wichtiger war die Liste, die der Rechner ausspuckte: 2, 3, 5, 7, 11, 13, 17, 19, 23, 29, 31 ... sind Primzahlen, wobei es anscheinend unendlich viele davon gibt. Ob Olga nur die Zahlen unter 9 gemeint hatte, also 2,3,5 und 7? In Frankfurt gab es sechs- und achtstellige Telefonnummern. Das ergab eine Menge möglicher Kombinationen für die Telefonnummer von Eberts angeblicher Freundin.

Oder ob Olga Telefonnummern als Päckchen in Zweiergruppen las? Dann wären noch weitaus mehr Kombinationen möglich. Jedenfalls schrieb ich den Hinweis auf einen gelben Klebezettel und heftete ihn an die Wand hinter meinem Rechner. Ich musste unbedingt einen Kalender oder ein Adressbuch des toten Rechtsanwalts in die Finger bekommen. Dann könnte ich die Telefonnummern abgleichen und hoffentlich die Freundin identifizieren. Falls es überhaupt eine gab und Olga sich nicht geirrt hatte.

Als ich den gelben Zettel aufhängte, fiel mein Blick auf eine andere Notiz, die ich vor einigen Tagen aufgehängt hatte. „Leyendecker und Partner" – Ebert hatte einige Jahre vor dem Umzug in seine eigene Kanzlei gemeinsam mit einem anderen Rechtsanwalt gearbeitet. Es schadete nichts, diesen zu löchern. Vielleicht konnte er mir neue Aspekte von Eberts Leben enthüllen. Ich rief an und erhielt zu meiner Verwunderung umgehend einen Termin.

Die Kanzlei von Sebastian Leyendecker war leicht zu finden. Er residierte im westlichen Nordend oder östlichen Westend, je nachdem, wie man es sehen wollte, jedenfalls war es keine schlechte Adresse für Frankfurter Verhältnisse. Als ich dort ankam, stellte ich jedoch fest, dass „residieren" vielleicht das falsche Wort war. Leyendecker, nunmehr ohne Partner, hatte zwar eine gute Adresse, doch befand sich seine Hausnummer an einer Kreuzung mit dem Reuterweg, einer Art Autobahnzubringer. Der Verkehr tobte an dem Haus vorbei.

Schilder wiesen mich in den Hinterhof zum Eingang der Kanzlei. Ich tastete mich an Mülltonnen vorbei und klingelte. Es surrte, die Tür sprang auf. Ich betrat den Hausflur und stand unmittelbar vor einem Aufzug. Ich drückte die Taste für den dritten Stock, neben der ein Kunststoffschild auf die Kanzlei hinwies.

Als ich den Aufzug verließ, stand ich direkt in der Kanzlei. Es gab keinen Flur oder Vorzimmer.

Der Raum unterschied sich von Freyas Büro deutlich. Am auffallendsten war die Unordnung.

Ein magerer, älterer Herr erhob sich von seinem Stuhl, umrundete einen vollgepackten Schreibtisch und kam mit ausgestreckter Hand auf mich zu.

„Frau Hardenberg? Schön, dass Sie zu mir gefunden haben."

Ich begrüßte ihn und stellte mich ein wenig ausführlicher vor als am Telefon. Ich verwies auf Verena als Auftraggeberin.

„Ah ja, Verena Ebert, ich erinnere mich. Als ich sie zum letzten Mal gesehen habe, war sie schon eine junge Dame ... was macht sie denn jetzt?"

„Sie ist ebenfalls Anwältin." Während ich ein paar belanglose Worte über Verena und ihr Schicksal als Halbwaise äußerte, musterte ich den Anwalt. In seinem Gesicht waren tiefe Furchen eingegraben. Er trug einen dunkelgrauen Anzug und ein weißes Hemd, dazu eine Krawatte mit hellblauen Schrägstreifen, wie es sie in jedem Kaufhaus gab.

„Herr Leyendecker, Sie haben sicher mitbekommen, dass Rechtsanwalt Ebert Opfer eines Verbrechens geworden ist."

„Ja, das ist tragisch", murmelte Leyendecker. Er räumte einen Stapel Akten von einem Stuhl und forderte mich auf, mich zu setzen. Auch er nahm wieder auf seinem Drehsessel Platz.

„Sie haben ja vor einigen Jahren gemeinsam mit Herrn

Ebert gearbeitet, daher bin ich hier und wollte Ihnen einige Fragen stellen."

„Nur zu." Leyendecker lehnte sich im Sessel zurück und blickte mich ruhig an. „So eine schändliche Tat muss aufgeklärt werden, da will ich das meine beitragen."

„Wie war die Zusammenarbeit mit Herrn Ebert?"

„Sehr angenehm, zumindest am Anfang. Wir kannten uns vom Studium und waren beide auf der Suche nach einem Büro, da haben wir uns zusammen getan. Daraus entwickelte sich eine gemeinsame Kanzlei. Mein Kollege Ebert war allerdings geschickter als ich, Mandanten zu gewinnen, muss ich sagen. Daher hatten wir eine Art Arbeitsteilung: Ebert warb Aufträge ein und ich erledigte die Recherchen, die Berichte für die Akten usw."

„Eigentlich eine ideale Kombination. Wieso haben Sie sich dann getrennt?"

„Für mich war es ideal, aber mein Kollege strebte nach Höherem. Während der Wirtschaftskrise 2001 gab es dann eine Durststrecke. Einige unserer Mandanten sprangen ab und liefen zu billigeren Online-Anwaltsdiensten über." Leyendecker verzog verächtlich seinen Mund.

„Und dann reichte das Einkommen der Kanzlei nicht mehr für beide?" Ich überlegte, ob sich die Anwälte bis aufs Messer zerstritten hatten. Forschend blickte ich Leyendecker an. Hatte er nachträglich Rache an seinem Partner geübt?

Leyendecker schien meine Gedanken zu ahnen. „Ganz so war es nicht. Die Einkünfte der Kanzlei reichten aus, um uns beide über Wasser zu halten, aber die Miete war ein recht teurer Posten. Die Barckhausstraße – Sie kennen ja die Kanzlei von Ebert - ist nicht gerade preiswert, wissen Sie."

Ich nickte. Nicht jeder hatte eine Freundin wie Freya, die Büroräume zum Selbstkostenpreis zur Verfügung stellte. Die regulären Mietpreise im Westend waren astronomisch. Und Ebert hatte sehr großzügige Räume als Kanzlei angemietet.

„Was ist dann passiert?"

„Tja, das weiß ich eigentlich bis heute nicht. Ebert eröffnete mir, dass er die Kanzlei alleine weiterführen wolle und mich gerne auszahlen würde."

„Auszahlen?"

„Genau. Mir kam das Angebot sehr gelegen. Mein Anteil an der Kanzlei, den Ebert mir ausbezahlte, reichte aus, um die Krise zu überstehen. Ich fand diese Räume, die deutlich preiswerter sind als unser ehemaliges Büro, wirtschaftete sparsam und komme nun gut über die Runden."

„Und Ebert?"

„Ebert schien das große Los gezogen zu haben. Seit er die Kanzlei allein führte, bekam er immer größere Aufträge und bedeutendere Kunden. Er hatte Erfolg." Leyendecker klappte den Mund zu. Es schien ihn immer noch zu schmerzen, dass er deutlich weniger Karriere gemacht hatte als sein ehemaliger Kompagnon. Dafür war er immerhin noch am Leben.

„Woran lag das?"

„Ebert kann gut reden. Er ist nicht unbedingt der bessere Anwalt, wenn Sie verstehen. Auch er hat Fälle verloren. Aber seit er in diesen Golfclub eingetreten war, bekam er Zugang zu exklusiven Kreisen, lernte Politiker kennen, Ärzte, Unternehmer, was weiß ich ..."

„Er ist in den Golfclub eingetreten und danach lief das Geschäft besser?"

Leyendecker schloss kurz die Augen, öffnete sie wieder. „Sehen Sie, das kann ich mir immer noch nicht so richtig erklären. Er zahlte mich aus, immerhin mit einer beträchtlichen Summe, er spielte Golf, das kostet ja auch, nicht wahr? Und von da an ging es ihm immer besser." Leyendecker machte eine vage Bewegung mit der rechten Hand.

„Sie meinen, er kam plötzlich zu Geld?"

Leyendecker nickte. „Vielleicht hat er geerbt", sagte er. Es klang, als zweifele er selbst an seinen Worten.

„Reiche Tante in Amerika?", scherzte ich.

Leyendecker lächelte gequält. „Dollars waren es jedenfalls nicht. Er hat Euros gezahlt, bar auf die Hand."

„Bar?" Ich war baff.

„Ja, das wunderte mich auch. Eine Erbschaft bekommt man ja nicht bar, oder?"

„Wie hoch war denn Ihr Anteil, den er auszahlte?"

„Der Anteil der Partner bemisst sich immer am Jahresumsatz der Kanzlei", sagte Leyendecker zurückhaltend.

„Und wie viel war das?", bohrte ich nach.

„Eine fünfstellige Summe."

„Nun machen Sie doch kein Geheimnis draus. Ich verrate es auch nicht dem Finanzamt“, versuchte ich einen billigen Scherz.

„Wenn Sie es unbedingt wissen wollen: 52.000 Euro habe ich bekommen. Bar.“ Er machte eine Pause. „Natürlich wurde alles versteuert!“

„Natürlich“, murmelte ich. Mich interessierte eigentlich das Schwarzgeld von Herrn Leyendecker nicht. „Und die 52.000 hat er wirklich bar bezahlt?“

„Ja, ist gar nicht so viel, wie man denkt. Nicht so wie im Film, ein ganzer Koffer voll oder so. Es waren hundertundvier Fünfhundert-Euro-Scheine.“

Ich versuchte, mir einen Stapel von hundertvier Fünfhundertern vorzustellen. Welche Farbe hatten die überhaupt? So große Scheine hatte ich noch nie in der Hand gehabt.

„Wenn er nicht geerbt hatte, woher kam dann das Geld?“

Leyendecker zuckte mit den Schultern. „Vielleicht hatte er eine Glückssträhne im Kasino, obwohl ich nichts davon wusste, dass er spielte oder so. Mir war es egal, ich habe nicht gefragt. Die Regelung war in dem Moment für mich die beste Lösung.“

„Hatten Sie nach der Trennung der Kanzleien noch Kontakt?“

Leyendecker schüttelte den Kopf. „Wir hatten ja eher aus pragmatischen Gründen das Büro geteilt und das mit der gemeinsamen Kanzlei hatte sich dann so ergeben.

Privat haben wir eigentlich nie was zusammen unternommen."

„Was denken Sie, wer ihn ermordet hat?"

Leyendecker zuckte wieder mit den Schultern. Er begleitete seine Worte wohl routinemäßig mit Gesten. „Wie gesagt, wir hatten keinen Kontakt mehr."

„Hatte er Feinde?"

„Nicht mehr als andere Anwälte." Leyendecker guckte, ob ich den Scherz verstand.

Ich grinste schief.

„Es gibt immer Mandanten, die nicht zufrieden sind. Oder Gegner, die sauer sind, weil sie ein Verfahren verlieren. Aber die bringen uns nicht um, normalerweise." Leyendecker zuckte noch mal mit den Schultern. „Ich weiß wirklich nicht, wer es war. Tut mir leid, dass ich Ihnen keine große Hilfe bin."

„Wo waren Sie vorgestern früh?"

„Ich denke, Ebert starb bereits vor einigen Wochen?", fragte Leyendecker zurück.

Er kannte natürlich den Zusammenhang zwischen dem Mord an seinem Ex-Kollegen und der Leiche eines unbekannten Schwarzen im Bahnhofsviertel nicht. Falls er von dieser überhaupt gehört hatte. Oder stellte er sich absichtlich unwissend?

„Sagen Sie mir doch einfach, wo Sie vorgestern am Vormittag waren."

„Na, im Gericht natürlich." Leyendecker klang unwirsch. „Vormittags bin ich immer im Gericht und nachmittags hier, nur am Freitag bin ich den ganzen Tag hier und mache meine Buchhaltung." Nach einer Pause setzte er hinzu: „Zufrieden?"

„Ich frage nur der Vollständigkeit halber", log ich.

Wir haspelten noch einige Höflichkeitsfloskeln herunter und ich verabschiedete mich. Was hatte ich jetzt gelernt? Eigentlich nur, dass Ebert zu einem bestimmten Zeitpunkt eine Menge Geld gehabt hatte, und zwar in bar. Auch Verena hatte ja erzählt, dass er irgendwann anfing, gut zu verdienen. Von Bargeld hatte sie allerdings nicht gesprochen.

Wo kam die Summe her? Das biedere Leben von Verenas Vater wies anscheinend doch einige dunkle Seiten auf. Ich musste nur herausfinden, welche.

In Gedanken versunken trottete ich den Bürgersteig lang. Es dämmerte. Als mir jemand entgegenkam, blickte ich nur kurz hoch. Der Schreck fuhr mir in die Glieder. Ein Mann ohne Kopf? Ich schüttelte mich und blickte genauer hin. Ein Mann kam auf mich zu, auf dem Kopf eine Kappe, deren Schirm sein Gesicht halb verdeckte. Als er näher kam, sah ich, dass es ein Afrikaner war. Sein Gesicht war so dunkel, dass es im Zwielicht nicht zu erkennen war.

Ich blieb wie angewurzelt stehen. Jetzt war mir klar, was Che gesehen hatte. Von wegen bekifft – er hatte in der Dunkelheit einen Schwarzen gesehen. Da er ohnehin angespannt war, weil er illegal die Wand besprühte, hatte er sich in seiner Nervosität und mit umnebeltem Hirn eingebildet, einen Geist gesehen zu haben.

Ich trabte wieder los, kam nach wenigen Minuten zu unserem Büro und schoss an der verdutzten Trine vorbei sofort in Freyas Raum.

„Hey, ich habe den Geist enttarnt!"

Freya blickte von ihren Akten auf. Sie sah bleich aus. Wahrscheinlich hatte sie gestern bis spätabends und heute schon seit den frühen Morgenstunden über ihren Akten gesessen. Sie blickte mich prüfend an, dann tippte sie sich an die Stirn. „Die spinnen, die Römer." Sie steckte ihre Nase wieder in die Papiere.

„Nein, im Ernst, ich habe den Geist gesehen, der Che erschreckt hat."

Freya blickte wieder auf. „Und was kommt als nächstes?" Sie grinste schief. „Schwarze Messen? Stühlerücken?"

Ich grinste. „Kann alles noch kommen. Nee, im Ernst, ich habe eine Theorie." Ich schilderte ihr, was ich vermutete.

Freya wiegte den Kopf. „Kann sein. Sollten wir mal testen."

„Wie, testen?"

„Na, wir könnten doch die Szene nachstellen. Dein Freund, der neulich hier war, zieht einen Hut auf und versteckt sich vor der Kanzlei. Wir gucken, ob das der Geist sein könnte."

„Also, das ist nicht mein Freund!"

„Na ja, aber irgendwie kennt ihr euch doch."

„Ja, aber ich weiß nicht, wo er steckt."

„Wir könnten ja irgendeinen anderen, ähm, Schwarzen darum bitten. Aber", Freya zögerte, „ich kenn keinen."

„Ich auch nicht. Also, außer Jerry jetzt. Vielleicht meldet er sich ja bei mir." Ich verriet vorerst nicht, dass er einer meiner Auftraggeber war.

Freya vertiefte sich wieder in ihre Akten und ich machte mich auf den Weg nach Hause.

Als ich reinkam, saß Wombel auf meiner Matratze. Er hielt eine Dose Bier in der Hand und neben der Matratze türmten sich einige leere, sorgsam zerdrückte Dosen.

„Ist das jetzt hier nen Hotel, oder was?", rief er mir zur Begrüßung zu.

„Häh? Wieso Hotel?"

Wombel nickte in Richtung Tisch.

Ich wandte mich um. Dort saß Jerry und blickte mich ruhig an.

Bevor ich was sagen konnte, nölte Wombel: „Also, der schneit hier so rein, behauptet, er is'n Freund von dir und setzt sich einfach hin."

Ich nickte müde. Streit zwischen Wombel und Jerry war das Letzte, was ich jetzt brauchen konnte. Überhaupt, was ging es Wombel an, dass Jerry gekommen war? Der schneite doch auch hier einfach rein.

Ich griff mir ein Bier. „Jerry, du auch eins?"

Er schüttelte nur still den Kopf.

Wombel musste unbedingt provozieren: „Hey, du

Schwarzer, dann mach doch wenigstens Musik. Komm, lass mal was hören!"

Jerry sah Wombel ruhig an und antwortete nicht.

Wombel kramte in einem Haufen Kassetten, die in einer Ecke lagen. „Was'n das hier für ne Mucke!"

„Der Kassettenrekorder ist kaputt", klärte ich ihn auf.

Wombel ließ nicht locker: „Hey, Black Man, dann sing uns doch was vor, das könnt ihr doch!"

Jerry rührte sich nicht.

Ich ließ mich neben Wombel auf die Matratze fallen. „Lass ihn in Ruhe, das ist nen Kumpel von mir."

Wombel nickte und nuckelte an seinem Bier. „Schon klar, nen Kumpel, klar doch. Bumst er gut?"

Ich schnaubte nur. Wombel entwickelte Eifersuchtsattacken, auch mal was Neues. Hoffentlich prügelten sich die beiden nicht. Doch Jerry blieb total cool.

Er betrachtete uns eine Weile. Mein Bier war schon halb leer, als er auf einmal sagte: „Ich habe ein Problem."

Das war mir klar. Er war sicher nicht gekommen, um ein Schwätzchen zu halten. Oder gar uns ein afrikanisches Tänzchen hinzulegen.

„Und? Das wäre?"

„Die Polizei verfolgt mich", seufzte Jerry.

„Oha, die Bullen sind hinter ihm her." Wombel richtete sich gespannt auf.

„Klar, die suchen Zeugen. Hab dir doch gesagt, du sollst eine Aussage machen." Ich gähnte.

„Nicht als Zeugen." Jerry blickte mich durchdringend am. „Die glauben, ich bin der Mörder."

„Aber die haben doch Che in der Mangel", warf Wombel ein.

Als Antwort zog Jerry eine zusammengefaltete Zeitung aus der hinteren Hosentasche.

Schöner Hintern, fuhr es mir durch den Kopf. Wenn Wombel nicht hier wäre, könnte ich vielleicht einen zweiten Anlauf starten, Jerry zu verführen. Der warf Wombel die Zeitung zu.

Wombel entfaltete sie. Es war die Frankfurt-Seite aus der BILD-Zeitung. Ich blickte Wombel neugierig über die Schulter.

„Mord unter Afrikanern?", schrie der Riesen-Aufmacher. In dem klein gedruckten, kurzen Artikel stand, die Polizei habe Fingerabdrücke eines gewissen Sibusiso Dlamini auf dem Tatwerkzeug gefunden, einem Küchenmesser. Dlamini sei flüchtig.

Daneben war ein kleines Portraitbild eines Schwarzen abgedruckt.

„Wer is'n das? Kennst du den?", fragte ich Jerry.

Er schwieg.

„Na, sag schon. Hat der mit euch in der Ottostraße gewohnt?"

Jerry stöhnte. „Mann, das bin doch ich."

Ich blickte noch mal auf das Foto. Ich konnte keine Ähnlichkeit erkennen zwischen Jerry und dem Mann auf dem Bild.

„Sibusi... Silubiso..." Wombel versuchte, den Namen auszusprechen.

„Deshalb nenn ich mich ja Jerry. Ist einfacher." Jerry klang ziemlich lahm.

„Wie kommen deine Fingerabdrücke auf das Messer?", fragte ich.

„Hast du ihn abgestochen?", fiel mir Wombel ins Wort.

„Nee, Mann, ist doch klar. Ich bin doch kein Mörder." Jerry war entrüstet. „Das Messer hab ich beim Kochen benutzt, das war unser Küchenmesser."

Er brach ab und stöhnte. Auch ich dachte mit Grausen an den toten Körper von Muandro und das Blut in der WG der Afrikaner.

Wombel blies nachdenklich über die Öffnung der Bierflasche. Der dunkle Ton dröhnte mir in den Ohren.

„Wieso haben die Bullen deine Fingerabdrücke?", fragte ich Jerry. Mit irgendeinem Datensatz mussten sie ja die Abdrucke auf dem Messer verglichen haben.

„Die haben sie mir in Südafrika abgenommen, als ich das Visum beantragt habe."

„Ich dachte, du hast keins." Die ganze Lage wurde immer unübersichtlicher.

„Doch, jedenfalls damals hatte ich eins, aber es ist abgelaufen." Jerry zuckte mit den Schultern.

„Und du bist einfach hier geblieben."

Er nickte.

Jerry hatte ein Problem, das war klar.

„Sandy, kann ich hier blieben? Nur ein paar Tage." Jerry blickte mich flehend an.

„Wieso hier?" Jerrys Probleme würden meine Probleme, wenn er hier abstieg.

„Ich kann nirgendwo sonst hin."

„Geh doch zu nem Kumpel", sagte ich schlaff. „Zu den anderen aus deiner WG." Probleme mit den Bullen war das Letzte, worauf ich scharf war.

„Die sind abgetaucht." Jerry fummelte an der Tischkante rum. Er holte tief Luft. „Schau mal, die anderen haben auch keine Papiere oder ne Aufenthaltsgenehmigung oder so. Jeder hat gesehen, wo er unterkriechen konnte. Ich weiß noch nicht mal, wo die stecken. Und bei dir suchen sie mich zuletzt."

Da war ich mir nicht so sicher. Ärger auf Mattu kochte in mir hoch. Der hatte mich ganz schon eingeseift mit seiner Vertraulichkeit. Ich könnte mir in den Hintern beißen. Eben noch hatte ich mit Mattu geredet und er hatte mir kein Wort gesagt von Jerry als Täter.

„Ich könnte höchstens in die Ottostraße zurück", murmelte Jerry.

„Die Wohnung ist versiegelt, das ist doch ein Tatort."

Jerry zuckte die Schultern.

„Klar bleibst du hier", tönte Wombel. „Platz ist in der kleinsten Hütte."

Was war jetzt das? War Wombel hier der Hausherr oder wie?

„Wir sind doch solidarisch, wa!"

Bevor ich protestieren konnte, schellte das Telefon. Ich griff zum Hörer.

„Hallo Sandy, ich wollte mich, äh, also ..."

„Wer spricht?" Die männliche Stimme sagte mir nichts.

„Bist du's, Sandy?"

„Wer ist denn da!", rief ich unwirsch.

„Ich bin's, der Che. Mann, ich wollte mich nur bedanken. Also, tut mir echt leid, was passiert ist. Du hast dich aber ja superkorrekt verhalten, und ... tja, da wollte ich eben danke schön ..." Er verlor wieder den Faden.

„Wofür bedanken?"

„Die Bullen haben mich frei gelassen."

Das wusste ich schon, aber wieso bedankte sich Che bei mir? Sollte er doch Mattu die Hand drücken.

„Und, was rufst du mich an?" Nur zu gut erinnerte ich mich an den Schmerz im Magen, als Che mich geboxt hatte.

„Mann, Sandy, tu doch nicht so bescheiden. Ohne dich wären die Bullen doch nie drauf gekommen, dass ich unschuldig bin. Und äh, tut mir wirklich leid, was neulich passiert ist, im Garten, du weißt schon."

Während Che in den Hörer stammelte, blickte ich auf Jerry, der immer noch steif am Küchentisch saß. Da kam mir eine Idee.

„Hör mal Che, du kannst dich revanchieren."

Das „Ja?" kam zögerlich. Aber Che würde mir jetzt nicht entkommen.

„Ich habe ne Idee wegen der Sache mit dem Geist."

„Ach, das mit dem Geist ... Nimm das nicht so ernst, ich hatte nen Bier getrunken und so ..."

Che war es offensichtlich peinlich, an seine Erscheinung erinnert zu werden.

„Nein, im Ernst, ich glaube, ich weiß, was passiert ist."

„Meinst du?"

Ich erklärte Che, ich könne ihn von seinem Geisterglauben heilen. Auf dieses Versprechen hin ließ er sich nur zu gern zum Büro des ermordeten Rechtsanwalts zitieren. Ich legte auf und sagte zu Jerry: „Okay, du kannst erst Mal hier schlafen, aber unter einer Bedingung." Ich erläuterte ihm, was er tun sollte.

11

SCHARFES HUHN

Wir bemühten uns, keinen Lärm zu machen. Inzwischen war es weit nach Mitternacht und selbst der letzte Workaholic hatte das Westend verlassen. Hier wohnte kaum noch jemand, die Mieten waren einfach zu astronomisch. Die Investmentberater, Rechtsanwälte und Architekten, die hier ihre Büros hatten, schlummerten jetzt in ihren Betten im Taunus.

Ich spürte, wie Che neben mir zitterte. „Sollen wir das wirklich? Ich meine, ich habe mir das Ganze doch nur eingebildet. War doch besoffen damals."

Wombel griff Che unter den Arm und zog ihn mit. „Keine Panik!"

Wir hatten jetzt lange genug gewartet und gingen langsam auf die Kanzlei des ermordeten Ebert zu. An der Stelle, wo die Hauswand frisch getüncht war, hielten wir an. Das fehlerhafte Graffito, das Che gesprüht war, war bereits sorgsam überpinselt.

Gespannt blickten wir drei in Richtung Kanzlei. Unter dem Erker mit dem großen Fenster sah ich eine schemenhafte Bewegung. Dann tauchte der Geist auf. Che zuckte zusammen.

„Da! Da ist er!"

Wombel hatte Che den Arm um die Schulter gelegt und hielt ihn fest im Griff.

Tatsächlich sah es aus, als stünde ein Mann ohne Kopf vor der Kanzlei.

„Jerry, kannst herkommen!", rief ich erleichtert. Meine These hatte sich bewahrheitet. Ein Afrikaner mit Baseballkappe tief ins Gesicht gezogen wirkte nachts aus der Entfernung wie ein Mann ohne Kopf. Die dunkle Haut reflektierte das fahle Licht der Straßenlaterne nicht. Wenn man etwas schreckhaft oder nervös und dazu betrunken oder bekifft war, konnte man an einen Geist glauben.

Che seufzte erleichtert, als er Jerry sah. „Ein Schwarzer!" Er lachte nervös auf.

„Bin wohl das Versuchskaninchen", meinte Jerry bitter.

„Hör mal, das ist ganz in deinem eigenen Interesse. Du willst doch, dass der Mörder gefunden wird?"

Jerry nickte.

Ich zückte meine Taschenlampe, ging zu der Kanzlei und kroch unter den Erker. Hier war die Erde trocken, obwohl es in den letzten Tagen so viel geregnet hatte. Ein geduldiger Mensch könnte hier einige Zeit hocken, ohne das ihn jemand bemerkte. Allerdings musste es ziemlich unbequem sein. Ich leuchtete den Boden ab. Blätter vom letzten Herbst, ein ehemals rosa Handschuh in Baby-Größe, einige Kaugummis und ...

Halt, die Kaugummis! Ich erinnerte mich an die Päckchen, die ich bei Muandros Sachen gefunden hatte. Hier endete meine Weisheit. Um zu überprüfen, ob Muandro hier Kaugummis hingespuckt hatte, müsste Mattus technischer Stab anrücken. Wenn die Kaugummis von Muandro stammten, war er vermutlich nicht nur einmal hier gewesen. Vielleicht hatte er den Rechtsanwalt systematisch beobachtet? Jerry hatte ja geglaubt, dass Muandro eine Arbeit hatte, weil er jeden Tag unterwegs war. Vielleicht hatte Muandro tage- oder nächtelang unter diesem Erker gehockt, Kaugummis im Mund gewälzt und den Rhythmus des Anwalts ausgekundschaftet? Aber warum?

Ich kramte in meinen Taschen rum und fand ein Päckchen Papier-Taschentücher. Die Tücher zog ich raus und stülpte die Plastiktüte über meine Finger. Damit sammelte ich eines der Kaugummis ein. Vernichtung von Beweismaterial würde Mattu das vermutlich nennen. Aber da lagen ja noch mehr Kaugummis. Ich kroch wieder unter dem Erker hervor und kehrte zu den anderen zurück.

Jerry schien immer noch bedrückt. Er räusperte sich und sagte schließlich: „Hat Muandro diesen Anwalt umgebracht?“

„Mhm. Kann sein“, murmelte ich ausweichend, obwohl ich ziemlich sicher war, dass Muandro hier unter dem Erker gelauert und den Anwalt umgebracht hatte. Aber wieso? Und wer hatte Muandro gekillt? Ich erklärte den anderen meine Ideen.

„Puh, dann bin ich dem Mörder nur knapp entkommen“, entfuhr es Che.

„Glaubst du jetzt auch, dass du Muandro für einen Geist gehalten hast?“

Che nickte schweigend. Es war ihm offensichtlich peinlich, dass er an einen Geist geglaubt hatte.

„Wombel, du bist Zeuge“, bestimmte ich. Mattu würde mir alleine vermutlich nicht glauben, dass wir Ches Geist enttarnt hatten.

„Braucht ihr mich noch?“

Ich schüttelte den Kopf. Che war immer noch beschämt, dass er dem Geisterglauben aufgesessen war. Er schlich sich ohne ein weiteres Wort davon.

Jerry und Wombel schickte ich zu mir nach Hause. Ich hatte aber keine Lust, die schmale Matratze mit zwei Männern zu teilen, deshalb ging ich ins Büro und haute mich bei Freya auf die Couch.

Ich wachte auf, als Freya einen Stapel Akten auf ihren Schreibtisch wuchtete. Ich rieb mir die Augen, räkelte mich und brummte „Guten Morgen“.

Freya fuhr herum. „Hast du mich erschreckt! Was machst du denn hier?“ Sie sah meine zerstrubbelten Haare. „Hast du etwa hier gepennt?“

„In meinem Büro ist kein Sofa“, erklärte ich.

„Und? Was ist mit deiner Wohnung? Hast du den Schlüssel verloren?“

„Bei mir ist kein Platz.“ Ich erklärte, dass außer Wombel auch noch Jerry eingezogen war.

„Hm, und für dich ist kein Platz mehr.“ Ich konnte sehen, wie es in Freyas Hirn rotierte und sie sich vorstellte, ob oder wie wir drei in meine Butze passen würden.

„Also, du kannst gerne hier schlafen, wird ja nicht ewig sein. Aber du weißt, dass ich morgens um acht anfange“, erklärte Freya.

Das war mir schmerzlich bewusst. Üblicherweise schlief ich morgens ein paar Stunden länger. Die Situation war nicht haltbar. Entweder musste ich einen oder beide Männer aus meiner Wohnung schmeißen oder eine weitere Matratze besorgen oder einen besseren Schlafplatz als Freyas Büro finden.

Freya schleppte zwei Kaffee aus der Supermaschine an und drückte mir einen in die Hand. Dankbar schlürfte ich ihn, während Freya auf ihrem Schreibtisch herum fuhrwerkte. Als ich die Wirkung des Kaffees spürte, erzählte ich ihr, was wir gestern herausgefunden hatten.

„Damit gehst du zu Mattu, das ist aber mal klar“, sagte sie streng.

Ich nickte ergeben. Hingehen musste ja vielleicht nicht unbedingt sein, aber ich würde ihm auf jeden Fall von der Gegenüberstellung mit dem Geist und den Kaugummis erzählen. Mit seinem Technikstab konnte er sicher feststellen, ob die Kaugummis von Muandro stammten.

„Was macht eigentlich Wombels Vaterschaft?", wollte Freya wissen.

Das Thema hatte ich ganz vergessen. Ich zuckte die Schultern. Müsste Wombel noch so einige Fragen stellen. Gedankenverloren schlürfte ich weiter an dem Kaffee. Freya hatte inzwischen hinter ihrem monstergroßen Schreibtisch Platz genommen und tippte eine Nummer in das Telefon. „Bitte verbinden Sie mich mit Herrn Hauptkommissar Mattuschewski", hörte ich sie sagen.

Was ging denn da ab?

Ich sprang auf, um Freya das Telefon zu entringen, aber sie hatte bereits Mattu an der Strippe und teilte ihm kurz und knapp mit, dass ich in einer halben Stunde bei ihm sei. Sie legte auf.

„Was soll das!", fauchte ich.

„Sonst würdest du ja doch nicht hingehen", antwortete sie in aller Seelenruhe.

Wütend lief ich raus und knallte die Tür hinter mir zu. Ich stampfte extra laut die Treppe hoch und verzog mich in mein Büro, knallte auch da mit der Tür. Nachdem ich einige Minuten Löcher in die Luft gestarrt hatte, kam ich zu dem Schluss, dass Freya mal wieder Recht hatte. Ich würde zu Mattu gehen und ihm auf rein professioneller

Ebene begegnen. War mir doch egal, ob der ne Alte zuhause hatte oder nicht und ob wir eine Nacht miteinander verbracht hatten oder nicht. Als Vollprofi würde ich ihm ausschließlich hieb- und stichfeste Beweise in der Sache Ebert vorlegen.

Trotzdem gab das Freya nicht das Recht, über meinen Kopf hin zu bestimmen. Schließlich war ich kein Kleinkind. Doch die Auseinandersetzung mit Freya konnte warten: Es mit Mattu und Freya an einem Tag aufzunehmen, überstieg meine Kräfte.

Ich sprang die Treppe runter und ignorierte den erstaunten Blick der Trine. Um diese Uhrzeit hatte sie mich noch nie hier gesehen. Ich schwang mich aufs Rad. Der Weg zum Polizeipräsidium war mir nun schon gut vertraut und auch der missmutige Pförtner zuckte nicht mit der Wimper, als ich mich schon wieder für Hauptkommissar Mattuschewski anmeldete.

Als ich vor seiner Tür stand, nahm ich allen Mut zusammen und klopfte. Nichts tat sich. Ich wartete eine Weile, dann klopfte ich noch einmal, etwas lauter. Keine Antwort. Vorsichtig drückte ich die Türklinke nach unten. Abgeschlossen! Erleichtert atmete ich auf. Das Treffen mit Mattu wäre doch nur peinlich gewesen. Ich kramte in meinen Taschen nach einem Zettel, auf dem ich ihm eine Nachricht hinterlassen konnte. Doch außer einem reichlich zerknüllten Taschentuch fand ich nichts. Dann eben nicht. Meine Enthüllungen mussten warten.

Ich ging den langen Gang wieder runter und achtete

darauf, keinem der Uniformierten in die Augen zu sehen. Möglichst wenig Aufmerksamkeit erregen, dachte ich mir. Womöglich würde einer der Bullen wissen wollen, was ich hier mache. Fast hatte ich das Treppenhaus erreicht, als mich jemand ansprach: „Hallo, schön, dich zu sehen! Ich war nur gerade Kaffee holen." Mattu balancierte ein Tablett mit einem Plastikbecher voller brauner Brühe und einem angetrockneten Käsebrötchen.

Ich blickte auf. „Äh, hallo."

„Wieso lässt du dich jetzt von der Gräfin anmelden? Willst du eine Aussage machen?"

„Freifrau", verbesserte ich automatisch und starrte ihn nur an. Er war so verdammt gut aussehend! Diese grauen Augen mit den Lachfältchen, das stahlgraue, strubbelkurze Haar ...

„Was ist? Alles klar?"

„Ähm, ja, ich wollte, also, ich habe Beweismittel vorzulegen."

„Komm erst mal in mein Büro."

Wir gingen gemeinsam den langen Gang wieder runter und ich überlegte fieberhaft, wie ich am coolsten meine neuen Entdeckungen erklären könnte. Und dabei Mattus Charme möglichst standhaft ignorieren könnte.

Mattu steckte den Schlüssel ins Schloss und machte die Tür auf. „War nur kurz in der Kantine", erklärte er. „Setz dich."

Ich hockte mich auf den Besucherstuhl. Mattu setzte

sich hinter den Schreibtisch, stützte die Ellenbogen auf und legte die Hände aneinander. Dann blickte er mich aufmerksam an. Mit warmer Stimme sagte er: „Bitte, was führt dich her? Welche Beweise hast du vorzulegen?"

Anstatt ihm logisch und klar alles zu erzählen, wie wir den Geist enttarnt hatten, fing ich an zu stottern und berichtete ziemlich wirr von dem nächtlichen Test mit Jerry und von den Kaugummis. Schließlich verhedderte ich mich total in einem Satz und brach ab. Ich griff in meine hintere Hosentasche und holte das Tempotütchen mit dem Kaugummi hervor. Ich knallte es Mattu auf den Tisch.

Der starrte erst das Tütchen an, dann mich. Er stellte mir einige gezielte Fragen, die ich schließlich ohne zu stocken einigermaßen sinnvoll beantworten konnte.

Mattu stand auf und lief einige Schritte im Büro auf und ab. Er sagte lange Zeit nichts. Wahrscheinlich würde er mich jetzt auslachen und wegschicken. Doch Mattu setzte sich einfach wieder und holte sehr tief Luft. „Danke, Sandy", sagte er gepresst.

Dann griff er zum Hörer. So wütend hatte ich Mattu noch nie erlebt. Er bellte Befehle ins Telefon. Irgendwann bekam er den Chef der Spurensicherung an die Strippe und machte ihn nach Strich und Faden fertig. Wieso hatte die Spusi die Kaugummis unter dem Vorsprung von Eberts Büro nicht gefunden?

Ich stellte mir vor, wie jetzt der Chef der Spusi am

anderen Ende der Leitung ins Stottern geriet. Schließlich donnerte Mattu den Hörer auf die Gabel. Er sah mich eine Weile an und meinte dann: „Übrigens, ich hab auch ne Info für dich."

„Ja?"

„Wir haben die Daten von Muandro Sevene alias Rungo Ngoka nach Südafrika gesendet und um Amtshilfe gebeten. Muandro stammte aus Mosambik, hat aber lange in Südafrika gelebt. Verheiratet, ein Kind. Die Ehefrau ist verschieden, Muandro war also Witwer. Er hat einige Jahre in den Diamantminen gearbeitet, und zwar lang genug, um schließlich einen südafrikanischen Pass zu bekommen."

„Hört sich alles ganz normal an", meinte ich.

„Ja, aber jetzt kommt's: Muandro ist außerdem als Aktivist in Erscheinung getreten, und zwar für eine Vereinigung von Folteropfern. Anscheinend hat er zunächst eine Therapie in einem Zentrum für Folteropfer in Johannesburg gemacht und dann für dieses Zentrum Spenden gesammelt. Da das Zentrum einige radikale Positionen vertritt, hat die südafrikanische Polizei die Aktivisten observiert und ihre Daten gesammelt. Fällt dir was auf?" Mattu war sichtlich stolz auf seine neuen Erkenntnisse.

Ich ließ mir das Ganze durch den Kopf gehen. „Die Brandnarben!"

„Genau. Muandro war gefoltert worden, entweder im Bürgerkrieg in Mosambik oder vielleicht sogar in

Südafrika, die Polizei war dort zu Zeiten der Apartheid auch nicht zimperlich", sagte Mattu verächtlich.

„Also liegt nahe, dass Muandro den Anwalt auf dem Gewissen hat. Er wusste, wie Folter funktioniert und hat dem Anwalt irgendwas abgepresst, aber was?"

Mattu zuckte die Schultern. „Ja, soweit klingt das logisch. Wir brauchen noch Beweise, aber vielleicht bringt uns das Kaugummi, das du eingesammelt hast, ja weiter. Ich hab die Spurensicherung noch mal los geschickt."

Ich wusste nichts mehr zu sagen.

Wir schwiegen uns an.

Bevor die Stille zu unangenehm wurde, sagte ich: „Okay, dann gehe ich jetzt."

Mattu holte tief Luft. „Äh, hör mal."

Ich schaute ihn an.

Er druckste herum. „Sag mal, also ... danke für den Tipp."

„Ist doch meine Bürgerpflicht."

Mattu rollte mit den Augen. „Trotzdem danke. Ähm, sag mal, wie wäre das, wenn wir mal wieder, ähm, ein Bierchen zusammen trinken?"

Wieso blieb der nicht einfach zuhause bei seinem angetrauten Eheweib? Oder – eine vage Hoffnung keimte in mir auf – war er doch nicht verheiratet? Aber irgendwie konnte ich ihn nicht so einfach danach fragen.

„Ich habe keine Zeit. Ermittle in einem Mordfall", sagte ich steif, drehte mich auf dem Absatz um und ging zur Tür hinaus.

Ich radelte nach Hause und fragte mich die ganze Zeit, wie es Jerry mit Wombel ausgehalten hatte. Wombel hatte sich ja ziemlich aggressiv aufgeführt.

Im Treppenhaus duftete es verlockend nach Essen. Wahrscheinlich hatten die Türken im zweiten Stock eine Familienfeier. Dort standen schon wieder viele Schuhe verschiedener Größe vor der Tür.

Im Dachgeschoss angekommen holte ich tief Luft, zückte meinen Schlüssel und schloss auf. Die leckeren Düfte strömten mir entgegen, sie stammten tatsächlich aus meiner eigenen Wohnung. Jerry stand an der Kochplatte und rührte in einer Pfanne, Wombel lag auf der Matratze und nuckelte an einem Bier. Sie begrüßten mich herzlich.

„Hey Sandy, der Jerry ist ein wahrer Meisterkoch!"

„Essen ist gleich fertig", verkündete Jerry.

Ich holte mir ein Bier. Der Kühlschrank war ungewöhnlich voll. Allerhand Gemüse nahm eine Menge Platz weg. Jerry hatte anscheinend einen Großeinkauf gemacht.

Er servierte ein scharfes Hühnergericht. Wir ließen uns nicht bitten und langten kräftig zu. Danach tranken wir noch einige Bierchen und schwätzten bis tief in die Nacht.

Jerry hatte eine Menge erlebt und konnte gut erzählen. Wir lachten viel. Keiner von uns hatte Lust, über Mord und Totschlag zu reden.

Ich hatte Bock, wieder ins Büro zu fahren und auf Freyas Coach zu pennen. Sie würde mich wieder in aller Herrgottsfrühe wecken. Außerdem war ich etwas schlapp durch das viele Essen und das Bier. Irgendwann lagen wir einfach zu dritt auf der Matratze. Wombel schlang seinen Arm um mich und Jerry fing an zu schnarchen. Ich schlief sofort ein, aber das Telefon riss mich aus dem Schlaf. Ich entwand mich Wombels Umarmung und turnte zu dem Telefon.

„Jaha?“

Verena war am Apparat. Sie sabbelte mich voll mit einer umständlichen Entschuldigung, dass sie so spät noch anrief. Ich murmelte eine Antwort.

„Hör mal, tut mir leid, du hattest Recht.“

Schlaftrunken fragte ich: „Womit? Was meinst du?“

„Dieser Hausbesetzer, also dieser Kevin, der ist wirklich unschuldig. Wie du gesagt hast. Tut mir leid, ich hatte mich da auf etwas versteift.“ Verena klang echt betroffen.

„Musst dich nicht bei mir entschuldigen, sondern beim Che ... also bei Kevin. Der hat unschuldig in U-Haft gesessen.“

„Ja, also ... den kenn ich doch gar nicht. Die Polizei hielt ihn ja auch für einen Mörder.“ Sie erwartete wohl eine Antwort, denn sie hielt inne.

Ich sagte nichts. Verena konnte sich eh nicht vorstellen, was es bedeutete, tagelang in U-Haft zu sitzen.

Sie fuhr fort: „Eigentlich wollte ich was anderes sagen. Wir wissen jetzt, wer der Täter war, nämlich dieser Afrikaner.“

„Muandro Sevene. Woher weißt du das?“

„Haben sie in den Spätnachrichten gebracht.“

Jetzt rächte es sich, dass ich keine Glotze hatte. Die

anderen waren wieder informierter als ich. „Ja, es scheint, dass dieser Afrikaner der Täter war“, räumte ich ein.

„Eben. Und ich will wissen, warum er es getan hat.“ Verena klang sehr bestimmt. „Mein Vater kannte überhaupt keine Afrikaner, er hatte nichts mit diesem Mann zu schaffen.“

„Aber er war doch öfter in Südafrika, oder nicht?“

„Ja, aber nur zum Golfen. Ich meine, er kannte da doch niemand. Die Polizei kann mir keine vernünftige Erklärung nennen, wieso der Afrikaner ihn umgebracht hat. Sandy, würdest du weiter für mich ermitteln?“ Bevor ich antworten konnte, sagte sie: „Bitte, ich würde verstehen, wenn du sauer bist auf mich, weil ich nicht auf dich gehört habe. Das tut mir leid. Du hattest Recht und ich will, dass du heraus kriegst, was wirklich hinter diesem unsinnigen ...Mord ...steckt.“

Ich fürchtete, sie würde in Tränen ausbrechen.

„Verena. Reg dich nicht auf. Ich kann verstehen, dass du wissen willst, was genau passiert ist. Wir alle wollen das wissen. Es war kein Raubmord, das weißt du.“

In den Taschen des Anwalts hatte ich mehrere hundert Euro gefunden. Wenn es Muandro um Bares gegangen wäre, hätte er nur zugreifen müssen.

„Ja.“ Sie schluchzte schon wieder.

„Verena, ich übernehme deinen Auftrag“, sagte ich förmlich.

„Das freut mich“, presste sie hervor. Sie schien sich

wieder zu sammeln. „Wie geht es nun weiter? Soll ich dir wieder einen Vorschuss zahlen?"

„Das wäre nicht schlecht. Und was wichtig ist, ich glaube, ich weiß noch nicht genug über deinen Vater. Könnte ich seine Wohnung sehen? Und kannst du nach seinem Kalender suchen und ihn mir schicken?"

„Das wollte ich ja eigentlich schon lange. Der Kalender liegt hier. Ich bringe ihn morgen zur Post. Die Wohnung meines Vaters können wir gemeinsam besuchen. Ich habe schon viel verpackt, denn wir wollen die Wohnung verkaufen, aber wir können gerne zusammen hingehen."

„Das würde vielleicht helfen, neue Anhaltspunkte zu finden."

Die ganze Zeit hatte ich möglichst leise gesprochen, um die Männer nicht zu wecken. Jetzt verabschiedete ich mich schnell.

Dann kroch ich wieder unter die Decke und zog sie möglichst gerecht über uns drei. Jerry drehte sich um und schnarchte sofort weiter. Wombel grunzte, schlang seinen Arm wieder um mich und schien auch weiter zu pennen.

Doch Verenas Anruf hatte mir den Schlaf geraubt. Zwischen den beiden Männern wurde mir heiß. Jerrys Geruch stieg mir in die Nase. Zu ärgerlich, dass wir unser kleines Abenteuer so schnell abgebrochen hatten. Es schien mir Jahre her, dass ich Jerry aus meiner Wohnung geschmissen hatte.

Vorsichtig versuchte ich, seinen Körper zu ertasten, ohne Wombel zu wecken. Aber Wombel schlief fest. Sein

Arm blieb unverrückbar um mich geschlungen. Jerry schien meine Annäherungsversuche nicht zu bemerken. Er schnarchte unverändert vor sich hin. Mir blieb nur das Kopfkino. Ob Jerry ein guter Lover wäre? Zwischendurch stiegen fetzenhafte Erinnerungen an die Nacht mit Mattu in mir hoch, aber ich verdrängte sie und dachte lieber an Jerry, der hier gleich neben mir lag.

12

CASH

Ich braute einen extra starken Kaffee und hockte mich an den Tisch. Den Kaffee flößte ich mir Schluck für Schluck ein und starrte auf die beiden Männer, die immer noch ungestört auf der Matratze schnarchten. Sie hatten einen gesegneten Schlaf.

Bevor ich die Tasse auch nur halb geleert hatte, klingelte es an der Tür. An der Sprechanlage meldete sich ein Fahrradkurier. Er habe eine Sendung für mich. Ich müsse unterschreiben.

Genervt latschte ich die Treppe runter. Unterschreiben hörte sich nach Amtshandlung an. Ich überlegte fieberhaft, ob ich irgendeine Rechnung übersehen hatte, aber mir fiel nichts ein.

Doch der Bote kam von Verena. Sie schickte mir einen gepolsterten Umschlag. Erst trödelte sie rum, jetzt hatte sie es offensichtlich eilig und buchte einen Kurier. Ungeduldig riss ich den Umschlag auf. Er enthielt einen kurzen Gruß und einen kleinen Taschenkalender, in schwarzes Leder gebunden. Die Seiten waren am Rand golden eingefärbt.

In meiner Wohnung hockte ich mich wieder an den Tisch, nippte am Kaffee und blätterte in dem Kalender. Die Eintragungen zu den einzelnen Tagen waren kurz gehalten. Das meiste schienen Kundentermine zu sein. Auch im Golfclub war der Anwalt anscheinend sehr aktiv, denn die Wochenenden wimmelten von Einträgen mit dem Stichwort „Golf!“, stets mit einem oder mehreren Ausrufezeichen. An einigen Samstagen stand auch das Stichwort „Oper“, ebenfalls mit Ausrufezeichen.

Ebert schien sich auf die Termine gefreut zu haben. Oder benutzte er Ausrufezeichen, um sich an ungeliebte Termine zu erinnern?

Egal, viel interessanter waren die Abendtermine. Die Donnerstage schien er für seine Tochter reserviert zu haben. Hier stand meistens ein Name eines Restaurants und ein V. An anderen Abenden traf er sich mit Chantal, Alina, einer geheimnisvollen J. und einer ebenso geheimnisvollen P.

Schnell blätterte ich weiter. Ebert hatte Termine etwa einen Monat im Voraus eingetragen, danach fand ich nur noch seltene Hinweise auf Geburtstage. Schließlich kam ich zum Telefonteil. Hier waren eine Menge Namen mit Nummern fein säuberlich nach dem Alphabet eingetragen.

Immer, wenn ich einen Frauennamen fand, kritzelte ich ihn auf den Rand einer Reklamezeitung, die auf dem Tisch lag, und schrieb die Nummer dazu. So erhielt ich eine Liste mit zehn Namen. Dann rief ich mir ins Gedächtnis, was Olga gesagt und was ich über Primzahlen gelernt hatte und ging die Liste durch.

Weder Chantal Fresinger noch Alina hatten Telefonnummern, die nur aus Primzahlen bestanden. Hinter Alinas Namen hatte Ebert im Telefonverzeichnis ein Sternchen gemalt. Chantals Name hingegen war doppelt durchgestrichen. Hatte Ebert Streit mit ihr gehabt? Eventuell war das auch eine Recherche wert.

Ich strich auf meiner Liste alle Namen aus, deren Nummern Nicht-Primzahlen enthielten. Dann starrte ich auf den einzigen Namen, der übrig geblieben war: J., 23557237. Zwei drei fünf ... Keine Ahnung, wie Olga auf einen Blick erkennen konnte, dass dies eine Reihe von Primzahlen war. Wer weiß, was in so einem Mathematikerhirn vor sich ging.

War J. die letzte Freundin von Ebert gewesen? Nachdem er Chantal abserviert hatte und Alinas überdrüssig geworden war? Wieso standen Chantal und Alina mit vollem Namen in dem Kalender, aber J. war nur J.?

J wie Johanna, Juliane oder Jenny?

Ob diese J. zu einem Treffen bereit wäre? Ich musste es drauf ankommen lassen.

Ich starrte auf die beiden schlafenden Männer, die

rhythmisch vor sich hin ratzten. Die Versuchung war groß, wieder zu ihnen unter die Decke zu kriechen und noch eine Runde zu schlafen. Aber der Kaffee hatte mich hibbelig gemacht.

Ich nahm das Telefon mit ins Bad, setzte mich auf den geschlossenen Klodeckel und wählte die Folge von Primzahlen, die die Telefonnummer von J. bildete.

„Jaaa?"

Immerhin meldete sich eine Frau. War es J.? „Hallo, ich bin Sandy, eine Freundin von Verena", sabbelte ich los.

„Ja, hallo?"

Schien ja nicht sehr gesprächig zu sein. „Hallo, Verena hat mir erzählte, dass du mit ihrem Vater befreundet warst. Ich ..."

Sie unterbrach mich: „Was? Woher weiß Verena? Also, was hat sie gesagt?"

Sie klang irgendwie panisch. Hatte ich wohl nicht den richtigen Einstieg gewählt. „Ja, sie hat mir geraten, mal mit dir zu sprechen." Es half nichts, ich musste mich outen. „Ich bin Detektivin, arbeite mit der Polizei zusammen und untersuche den Tod ihres Vaters in Verenas Auftrag", sagte ich mit möglichst seriöser Stimme.

J. machte das nicht glücklicher. „Und wieso rufen Sie mich an?"

Die freundschaftliche Schiene funktionierte bei ihr anscheinend nicht. „Wir rufen routinemäßig alle Menschen an, die im Adressbuch des Verstorbenen standen", sagte ich förmlich. „Ich würde Sie gerne um ein Treffen bitten. Hätten Sie Zeit, sagen wir, in etwa einer halben Stunde?"

„Ja, ähm, wenn's denn sein muss. Ich ... also hier sieht's nicht gerade ordentlich aus, ich ziehe gerade um."

„Aber das macht doch nichts. Ich komme bei Ihnen vorbei. Wie ist Ihre Adresse?"

„Arndtstraße 25." Hui hui, die Arndtstraße war nicht weit von unserem Büro, mitten im feinsten Westend.

„Wo soll ich klingeln?"

„Na, bei Blanckenstein, Jacqueline Blanckenstein." Jaqueline also, weder Johanna, Juliane noch Jenny. Die gute Jacqueline klang misstrauisch. Bevor sie einen Rückzieher machen konnte, verabschiedete ich mich und legte schnell auf. Also auf ins Westend.

Wenig später stand ich vor einem imposanten Gebäude in der Arndtstraße. Jacqueline drückte sofort auf den Türöffner. Im ersten Stock stand eine Frau in meinem Alter in der Tür. Sie lächelte mich unsicher an. „Hallo, ich bin Jacqueline."

Sie hatte etwas an, dass ich bisher nur in Werbeprospekten gesehen hatte, dort wird es, glaube ich, als Hausanzug bezeichnet. Jedenfalls eine Art Jogginganzug aus rosa Plüsch. Ihre Füße steckten in rosa Pantoffeln, auf die Mäuschen aufgestickt waren. Sie winkte mich herein und führte mich in ein Wohnzimmer, das in einem heillosen Chaos versunken war. Der Raum wurde beherrscht von einem hellen Sofa in Übergröße. Drum herum stapelten sich Kartons, teils geöffnet. Jacqueline war offensichtlich dabei, den Inhalt des Regals, das die längere Wand des Zimmers bis zur Decke einnahm, irgendwie in die Kartons zu stopfen. Eine Systematik war nicht zu erkennen.

„Äh ja“, Jacqueline machte eine flatternde Bewegung mit der Hand. „Wie gesagt, es ist etwas unglücklich, ich ziehe gerade um.“ Dann bot sie mir einen Tee an. Ich hatte die Wahl zwischen grünem Tee und Roibuschtee. Ich hatte weder das eine noch das andere je getrunken und sagte vage: „Was du nimmst.“ Da wir ungefähr im gleichen Alter waren, hielt ich es nicht für nötig, sie weiterhin zu siezen. Außerdem würde die Atmosphäre vielleicht vertraulicher, wenn wir uns duzten. Jacqueline schien nichts daran auszusetzen zu haben.

Ich folgte ihr in die Küche. Dort bot sich ein ähnliches Bild wie im Wohnzimmer. Halb ausgeräumte Schränke und eine Menge Kartons. Jacqueline kramte in einem der Küchenschränke herum.

„Oh, entschuldige, der Tee ist schon eingepackt, er muss in einem der Kartons sein, aber ich weiß nicht, in welchem.“

„Macht doch nichts.“ Ein starker Kaffee wäre mir eh lieber gewesen.

„Ha, hier ist noch Ayurveda-Tee. Magst du den?“

Ich nickte. Keine Ahnung, was mich da erwartete.

Jacqueline füllte Wasser in einen Edelstahl-Wasserkocher. Sie schaute mich nicht an und fragte: „Wie hat es Verena denn erfahren?“ Sie warf mir einen unsicheren Seitenblick zu.

„Hm. Das übliche.“ Mir war nicht klar, was genau Verena erfahren haben sollte.

„Hab ich einen Slip liegen lassen oder so?“

Wovon redete sie jetzt wieder? Ich zuckte mit den Schultern.

„Eigentlich war es ja Verena, die uns zusammengebracht hat. Wegen der Karten.“ Jacqueline lehnte sich an einen Schrank und schaute mich durch eine Haarsträhne hindurch an. Sie war ziemlich groß. Der rosa Hausanzug ließ nur ahnen, dass sie eine Top-Figur hatte. Die dunklen Haare waren lang und glatt.

„Ja, ähm, die Karten ...?“

„Verena war doch krank geworden und konnte nicht in die Oper gehen. Da hat sie mir ihre Karte gegeben. So haben wir uns kennengelernt. Bei Aida.“ Sie lächelte versonnen.

„Also Verenas Vater und du.“

„Ja, sag ich doch. Verena selbst hat uns miteinander bekannt gemacht. Also nicht direkt, sondern wegen der Karten. Sag ich doch.“ Der Wasserkocher blubberte. Jacqueline hängte zwei Teetütchen in zwei Tassen und goss das heiße Wasser drüber.

„Muss vier Minuten ziehen“, sagte sie. „Gehen wir ins Wohnzimmer?“

Sie nahm die Tassen mit und wir ließen uns auf dem Sofa zwischen den ganzen Kartons nieder.

„Die Leute sind ja sooo tolerant, aber wenn eine junge hübsche Frau sich in einen älteren Mann verliebt, denken alle, sie ist hinter seinem Geld her." Jacqueline sah mich prüfend an.

Ich nickte beflissen. Unauffällig versuchte ich zu schnuppern, was für ein Gebräu mich erwartete. Es roch nach Ingwer und Zimt und solchem Zeug.

„Wie hat sie reagiert?", fragte Jacqueline und blickte mich wieder durch die Haarsträhne vor ihrem Gesicht an.

„Wie hat wer reagiert?"

„Na, Verena natürlich." Jacquelines Blick wurde schon wieder misstrauisch.

„Wie soll sie schon reagiert haben." Mir blieben nichts als Gemeinplätze.

„Kann ich mich noch bei ihr sehen lassen oder ist es sehr schlimm?"

„So schlimm ist es nun auch wieder nicht, glaube ich." Ich dachte an Verena, die erst in Trauer erstarrt und dann in Aktivismus verfallen war. „Vielleicht würde ihr eine Ablenkung gut tun. Ein Besuch, meine ich."

„Ja, aber ausgerechnet von mir?" Jacqueline starrte mich bohrend an. „Wie würdest du dich fühlen, wenn du erfährst, dass deine beste Freundin die Geliebte deines Vaters ist?" Bei den Worten „beste Freundin" verzog sie bitter das Gesicht.

„Von mir aus kann jeder schlafen, mit wem er will", sagte ich lahm. Bei der Vorstellung, dass Freya mit der Schlafmütze von meinem Vater pennen würde, wurde mir ganz flau. Mein Vater, der die ganze Zeit auf dem Sofa lag und sich von Mutter bedienen ließ. Sportschau gucken war sein höchstes Vergnügen. Ehrlich gesagt, konnte ich mir überhaupt nicht vorstellen, dass er mit irgendwem ins Bett ging. Wahrscheinlich hatten es meine Eltern zuletzt miteinander getrieben, als sie mich zeugten. Wobei sie sicherlich ein anderes Ergebnis im Sinn hatten, als die aufmüpfige Sandy, die bei erster Gelegenheit die Schule schmiss und auf der Straße landete.

„Ja, ja, das behaupten alle, aber dann ..." Jacqueline schlang die Arme um ihren Körper und starrte vor sich hin. „Hat ja jetzt sowieso ein Ende, das Ganze hier", brach es aus ihr heraus. Mit einer weit ausholenden Bewegung wies sie auf die Kartons. „Die schöne Wohnung, Ausflüge, Opernbesuche ... kann ich mir ohne Hansi einfach abschminken."

Hansi war wohl Rechtsanwalt Ebert. „Hat er das bezahlt?"

„Was denkst du denn? Ich bin Goldschmiedin und arbeitslos."

Goldschmiedin, aha. Als ich noch zur Schule ging, wollten mindestens drei der zehn Mädchen aus meiner Klasse Goldschmiedin werden. Der Lehrer runzelte die Stirn, als er das hörte. Als er merkte, dass ich keinen Berufswunsch hatte, runzelte er allerdings auch wieder die

Stirn. Egal, wenig später bin ich dann eh abgehauen und hab die Schule für immer hinter mir gelassen.

„Hansi hatte so ein großes Herz," sagte Jacqueline weinerlich.

Wohl eher eine große Brieftasche. Ich erinnerte mich plötzlich an das, was Eberts Ex-Bürokollege erzählt hatte. „Hat er manchmal bar bezahlt?"

„Hansi? Hansi zahlte nur in bar. Sogar die Miete hat er mir immer pünktlich zum Monatsanfang mitgebracht, in Fünfhundertern. Er sagte immer, den Banken sei nicht zu trauen." Jacqueline versank in Erinnerungen.

Der Anwalt hatte anscheinend mit Bargeld nur so um sich geschmissen.

„Vermisst du ihn sehr?", fragte ich teilnahmsvoll, um das Gespräch wieder auf eine andere Ebene zu lenken.

„Ja", Jacqueline schniefte ein wenig.

„Was denkst du, wer es getan hat?"

Sie zuckte mit den Schultern. „War doch so'n Afrikaner, war doch im Fernsehen."

„Wieso hat der das gemacht, was glaubst du?"

„Es gab keinen Grund. Das sind doch sowieso ...", sie zögerte, dann blickte sie mir direkt in die Augen: „Wilde."

Ich ging nicht darauf ein. Muandro war nicht einfach ausgeflippt, so viel stand fest. Er hatte den Anwalt stunden- oder sogar tagelang beobachtet, gefoltert und dann abgemurkst. Das war kein Ausraster, Muandro hatte einen Plan gehabt. Ich konzentrierte mich wieder auf Eberts

Geliebte. „Hatte er denn irgendwas mit Afrika zu tun? Er war doch öfter dort, oder? Kannte er Afrikaner?"

„Was sollte er denn in Aaafrika?" Jacqueline dehnte das A von Afrika mit einem Ausdruck, als handele es sich um einen anderen Planeten. „Nee, damit hatte er überhaupt nichts zu tun. Ich versteh das Ganze nicht. Vielleicht war es eine Verwechslung."

„Aber war er nicht manchmal in Südafrika?" Ich dachte an die afrikanischen Statuen in seinem Büro und Verenas Erzählungen.

„Ach so, ja, er war ein paar Mal in Südafrika zum Golfen." Jacqueline zuckte wieder mit den Schultern.

„Was hat er denn erzählt von diesen Reisen?"

„Na, das Übliche. Schönes Wetter, tolles Hotel, erstklassige Golfplätze ..."

„Sonst nichts?"

„Er hat eine Fotosafari gemacht, die Big Five fotografiert. Und im Busch gecampt, in so einer Lodge." Jacqueline fixierte angestrengt ihre rosa Plüsch-Schuhe. „Ich glaube, er hat auch mal was gesagt von einem Kinderheim, für das er spendet. Aber sonst ... ich weiß nicht. Er war mit einem Freund aus dem Golfclub unterwegs, einem Arzt, glaube ich." Jacqueline sah mich ratlos an. „Ich verstehe nichts von Golf. Er hat mir immer erzählt, welch tolle Bälle er geschlagen hat und wie sich sein Handicap verbessert hat, aber ehrlich gesagt, habe ich nicht so aufmerksam zugehört. Golfen ist nicht so meins."

Meins auch nicht, aber das musste ich ja nicht raushängen lassen. Wieso hatte Ebert ein Handicap gehabt? Und was hatte sich daran verbessert? Ich traute mich nicht zu fragen. Überhaupt fiel mir nicht mehr ein, was ich sonst noch fragen sollte.

„Wo geht's denn hin?", ragte ich ohne großes Interesse und wies auf die Umzugskisten.

„In den Gallus." Jacqueline schluchzte auf. Sie ballte ihre Hände zu Fäusten und presste hervor: „Das einzige, was ich mir noch leisten kann."

„Aber das ist doch nicht so schlimm."

„Meinst du?" Sie starrte mich mit verheulten Augen an. „Aber da wohnen doch nur ... nur Ausländer und Asoziale und so."

Ich konnte ihre Argumente nicht nachvollziehen und wusste nicht, wie ich sie trösten könnte. Ich entschied mich für einen geordneten Rückzug und verabschiedete mich.

Als ich nach Hause kam, war es ungewöhnlich still. Wombel lag ausgestreckt auf der Matratze. Suchend blickte ich mich um. „Wo ist Jerry?"

Wombel: „Der blöde Nigger."

„Was? Wieso denn das jetzt? Habt ihr euch gestritten?"

„Der ist einfach abgehauen!"

„Und vorher hast du blöder Nigger zu ihm gesagt?"

„Wenn er doch einer is." Wombel schnaufte verächtlich. „Weißt du, was der gesagt hat?"

Mir schwante Schlimmes. Was konnte Jerry gesagt haben? Dass Wombel zu viel trinkt? Das wusste der doch selber. „Hm?"

„Dass wir Punker hier gut leben auf Kosten der Leute in Afrika."

Ich verstand nur Bahnhof. „Wie seid ihr denn auf das Thema gekommen?"

„Na, wir haben über Politik geredet. Du, der Jerry hat aktiv gegen Pieter Willem Botha gekämpft, wusstest du das?"

„Gegen wen?"

„Hör mal, der letzte weiße Präsident Südafrikas, erinnerst du dich nicht? Einer von den Apartheid-Typen."

Früher hatte ich Wombel und seinen Freunden stundenlang bei ihren politischen Diskussionen zugehört, aber schon damals nichts verstanden. Das ganze Gerede fand ich grottenlangweilig.

„Gegen den hat er also gekämpft? Und wieso dann ein blöder Nigger?"

„Ich meine, wir Punker sind doch gegen Kapitalismus und Imperialismus und so, oder etwa nicht?" Wombel blickte mich flehend an. „Und dann kommt der daher und sagt, ich sei ein Imperialist. Dabei sind wir Punker an dem ganzen Konsumscheiß doch gar nicht beteiligt!"

Außer am Konsum von Bier vielleicht. „Und dann habt ihr euch gestritten?"

„Ja genau." Wombel blickte jetzt verlegen zu Boden.

„Und wo ist Jerry jetzt?"

Wombel zuckte mit den Schultern.

Ich ärgerte mich über Wombel, aber es hatte keinen Sinn, ihm Vorwürfe zu machen. Was geschehen war, war geschehen. Anscheinend war Jerry zu stolz, sich von Wombel beleidigen zu lassen und hatte es vorgezogen, wieder auf der Straße zu leben, statt sich hier Schimpfworte an den Kopf schmeißen zu lassen. Hoffentlich würde er sich noch mal bei mir melden. Allein und ohne Bekannte in Frankfurt würde ihn die Polizei bald einkassieren.

Ich hockte mich neben Wombel und erzählte ihm, was ich von Jacqueline erfahren hatte.

„Der hat ja mit Bargeld nur so um sich geworfen", meinte Wombel.

Das war mir auch aufgefallen. Wenn sich jemand mit Geld auskannte, dann Freifrau Freya von Buckow, deren Vorfahren seit Generationen Reichtümer anhäuften. Siedendheiß fiel mir ein, dass wir uns auf ein Bier verabredet hatten. Ich ließ Wombel allein zurück und eilte ins Cosa Nostra gleich um die Ecke. Freya hockte schon an der Theke und nippte an einem Bier. Ich hockte mich auf den Stuhl neben sie und fragte: „Wenn jemand mit Bargeld um sich schmeißt, woran denkst du dann?"

„Schwarzgeld", antwortete Freya lakonisch.

„Und noch?"

„Geld aus dem Kasino, Autohandel ... Geldwäsche, Drogen, Korruption ... sonst noch Fragen?“

„Hm.“

„Wie kommst du darauf?“

„Der Anwalt hatte Bargeld angehäuft. Euro, Dollar, Rand – alles in Scheinen.“

„Hm“, machte jetzt auch Freya. „Bargeld benutzt man, wenn man keine Spuren hinterlassen will. Das Finanzamt kann es nicht kontrollieren.“ Sie machte eine Pause und dachte nach. „Oder man nimmt Schwarzgeld ein, das ist das wahrscheinlichste. Wenn man bar bezahlt wird, zahlt man die Scheine nicht bei der Bank ein, das ist zu verdächtig. Man gibt es bar wieder aus.“

„Und da sind die Möglichkeiten beschränkt“, erkannte ich. „Der Anwalt war in teuren Restaurants, hat sich ne Freundin mit Modelfigur geleistet, Urlaube in Südafrika usw.“

„Antiquitäten, Teppiche, Autos ... all das wird bar bezahlt“, ergänzte Freya. „Schwierig wird es, wenn man echt viel Bargeld hat. Man kann ein Haus zum Beispiel oder eine Yacht oder so eher nicht bar bezahlen.“

„Kann man nicht?“ Ich hatte immer gedacht, mit Geld könnte man alles bezahlen.

Sie zögerte. „Kann man natürlich, fällt aber auf.“

„Wie kann ein Rechtsanwalt Bargeld verdienen?“, fragte ich.

Freya trank einen Schluck Bier. „Mandanten, die einen beeinflussen wollen. Aber darauf lässt sich kein Anwalt ein, da läuft eher nichts." Sie dachte nach. „Gefälligkeitsgutachten, mehr fällt mir da im Moment nicht ein. Du müsstest mehr über Ebert wissen, um das abzuschätzen."

Das war ja genau der Grund, warum ich all diese Leute aufsuchte. Das Bild vom Rechtsanwalt wurde langsam deutlicher, aber noch fügten sich die Mosaikstücke der Informationen nicht zu einem klaren Bild.

Dann hatte ich eine Idee. Ich bat Freya um einen Gefallen.

13

UNTER GOLFERN

Ich betrachtete mich in Freyas riesigem Schlafzimmerspiegel. In weißer Bluse und darüber einem Kaschmir-Pullunder sah ich total bescheuert aus. Die größten Trottel in meiner Schulklasse hatten sich so gekleidet. Diese Mode blieb wohl immer gleich.

„Distinguiert", nannte Freya das. Und: „Sportlich elegant."

Die graue Hose juckte, außerdem war sie oben etwas zu weit und unten viel zu lang. Freya kniete nieder, steckte die Hose unten um und befestigte den Stoff mit Sicherheitsnadeln.

„Steht dir gut", grinste sie, während ich einige Schritte stakte und die hohen Absätze verfluchte.

„Nach zehn Minuten gewöhnst du dich dran", versicherte Freya.

Nach zehn Minuten Herumstaksen und Umknicken

einigten wir uns darauf, dass ein paar flache Segelschuhe aus Freyas Sammlung auch taugen würden. Sie waren etwas weit, aber mit einer doppelten Lage Tennissocken konnte ich sie tragen, ohne zu stolpern. Das musste reichen, um als Golfclubanwärterin durchzugehen.

„Das ist noch nicht alles, komm mal her." Freya grinste diabolisch und zog mich ins Bad. Dort schmierte sie mir allerhand Zeugs ins Gesicht und erzählte mir dabei das Wenige, was sie über Golfsport wusste. Immerhin erfuhr ich so, dass ein Handicap bei den Golfern keine Behinderung ist, sondern ein Maß ihrer sportlichen Fähigkeiten. Je geringer das Handicap, desto besser der Golfer. Das verstehe, wer will.

Im Übrigen handelte es sich wohl um ein Freizeitvergnügen, bei dem reiche Männer durch eine Art Park wandern und hin und wieder kleine Bälle in kleine Löcher schlagen. Dabei knüpfen sie Verbindungen zu anderen reichen Männern. Freya meinte, die Mitgliedschaft in einem Golfclub würde ein paar hundert Euro kosten und deshalb sei ziemlich sicher, dass nur reiche Leute Mitglied würden. Viel mehr wusste sie aber auch nicht.

Ich schaute in den Spiegel und hätte mich fast nicht wiedererkannt. Normalerweise schminkte ich mich nie. Ich sah aus wie eine Tussi aus dem Fernsehen. Meine Augen wirkten enorm groß und die Haut sehr ebenmäßig. „Wow".

„Der Ladiescaptain des Clubs erwartet dich im Restaurant am Old Course", sagte Freya. Als sie meinen verwirrten Blick bemerkte, setzte sie hinzu: „Die Damenbeauftragte des Clubs." Ebert war nicht einfach Mitglied in einem x-beliebigen Frankfurter Golfclub gewesen, sondern im „Homburger Golfclub von 1899" in Bad Homburg.

Ich war mir sicher, dass die Damenbeauftragte nicht mit jeder Interessentin speisen ging. Aber wenn Freya Freifrau von Buckow anrief und um einen Termin für eine golfinteressierte Bekannte bat, schindete das eben Eindruck.

Der Old Course wirkte wie ein Stadtpark. Große Bäume auf einer großen Rasenfläche. Er war nur durch einen niedrigen Zaun vom Bad Homburger Kurpark abgetrennt. Einige Männer in weißer Kleidung schlenderten unter den Bäumen einher, offensichtlich in ernste Gespräche vertieft. Sie zogen kleine Wägelchen hinter sich her, die ein wenig an die Einkaufskarren älterer Damen erinnerten, nur waren sie schicker.

Das Restaurant entpuppte sich als wenig spektakuläres Holzhaus. Innen aber war alles vom Feinsten. Weiße Tischdecken und Silber und so.

Der Ladiescaptain war ähnlich gekleidet wie ich. Statt eines weißen Poloshirts mit dunkelblauem Pullunder trug sie ein beiges Poloshirt und einen hellblauen Pullunder, sicher auch aus Kaschmir. Im Gegensatz zu mir schien sie sich darin wohl zu fühlen.

„Ich komme auf Empfehlung. Die Lebensgefährtin eines Ihrer Mitglieder hat mich auf Ihren Club hingewiesen." Stimmte ja in etwa, Jacqueline hatte mich auf die Idee gebracht, hier aufzukreuzen.

„Ach, das ist ja nett." Sie musterte mich kritisch. „Welches unserer Mitglieder war es denn?"

„Rechtsanwalt Ebert." Mir schien, als stockte ihr der Atem. Sie fing sich jedoch rasch.

„Ja, der arme Herr Rechtsanwalt Ebert. So ein Unglück aber auch." Ihr Gesicht blieb unbewegt. Dann fragte sie: „Er hatte eine Lebensgefährtin? Das wusste ich gar nicht." Ihre Stimme klang gierig, als sei ihr etwas ungeheuer Wichtiges entgangen.

„Mhmmm, wohl noch nicht so lange", beruhigte ich sie. „Jacqueline Blanckenstein." Ich ließ den Namen eine Weile wirken, doch die Frau schüttelte nur stumm den Kopf.

„Hatte nicht Freifrau von Buckow angerufen und Sie empfohlen?"

„Ja, das ist meine Freundin. Ich war gerade bei ihr, deshalb ... Jedenfalls sagte mir Frau Blanckenstein, Herr Ebert schätze ... äh, habe Ihren Club sehr geschätzt. Er war ja wohl auch recht häufig hier."

„Ja, das ist wahr. Er spielte regelmäßig mit Herrn Lamberts." Sie nickte mit dem Kopf in Richtung Fenster. Dort saß ein älterer Herr allein an einem Vierertisch. Er nippte an einem Wasser.

Ich sah ihn aus den Augenwinkeln an und versuchte, mir die Erscheinung möglichst genau einzuprägen. Silberne Haare, schon etwas gelichtet, nach hinten gekämmt, eine starke Nase, Brille ohne Rand und ein braungebranntes Gesicht.

„Sie sind an einer Mitgliedschaft interessiert?", fragte die Damenbeauftragte.

Ich nickte.

„Setzen wir uns doch, ich erkläre Ihnen alles", schlug die Dame vor und steuerte einen Tisch an. Ich drängte mich an ihr vorbei, strebte zu dem Tisch neben dem einsamen Herrn Lamberts, Eberts ehemaligem Golfpartner, und sagte: „Hier am Fenster sitzt es sich doch am besten." Ladiescaptain war etwas verwirrt, setzte sich aber ebenfalls an den Fenstertisch.

Sie drehte sich halb zu Lamberts, versuchte zu lächeln, zeigte ihm ihr Pferdegebiss und sagte: „Wie geht's? Heute ganz allein, ohne ..." Sie stockte und suchte nach dem richtigen Wort. „ ...Begleitung?"

„Denen hab ich gekündigt," brummte Lamberts und wandte sich der Speisekarte zu.

„Lamberts kam nie ohne Bodyguards", flüsterte die Damenbeauftragte mir zu und rollte mit den Augen. Dann holte sie tief Luft und erklärte mir: „Anfängerinnen empfehle ich immer erst den Schnupperkurs, um dann zu entscheiden, ob sie die Platzreife erlangen wollen."

Platzreife – ich hatte gerade mal die Mittlere Reife. Ich murmelte etwas Zustimmendes.

Die Golferin legte mir langatmig die Vorteile ihres Clubs dar. Er sei der zweitälteste Europas und schon zu Zeiten entstanden, als Kaiser und Zaren in Bad Homburg ihre Sommerfrische verbrachten. Auf dem Old Course, gleich hier vor der Tür, sei das erste Golfturnier Deutschlands gespielt worden.

Ich hörte ihr nur mit halbem Ohr zu, denn inzwischen war ein weiterer Mann an den Tisch von Herrn Lamberts getreten und hatte sich zu ihm gesetzt. Er wirkte fremd in diesem eleganten Ambiente, denn er war sicher an die zwei Meter groß, mit sehr breiten Schultern. Er hatte dichte braune Haare, die er kurz geschnitten trug. Seine Gestalt wirkte wie die eines behäbigen Bären. Lamberts schien ihn erwartet zu haben, denn nach einer kurzen Begrüßung studierten beide die Karte und riefen den Kellner zu sich, um zu bestellen.

„Herr Ebert war wohl sehr aktiv bei Ihnen?“, versuchte ich das Gespräch wieder in Bahnen zu lenken, die mich interessierten.

„Also, sein Tod ist natürlich ein großer Verlust für uns.“ Ladiescaptain guckte eine Weile betroffen auf die Tischplatte. „Spielerisch war er nicht so aktiv, aber bei den gesellschaftlichen Anlässen ließ er sich gerne blicken. Was für eine Tragödie.“

„Ich bin ja mit seiner Lebensgefährtin bekannt und auch seine Tochter kenne ich sehr gut. Wir sind immer noch ganz schockiert“, stimmte ich zu. „Er feierte gerne, oder?“

„Ja, kann man sagen“, erklärte die Damenwärtin. Sie fügte eifrig hinzu: „Aber nicht nur. Er war auch sehr großzügig. Für die Renovierung von Loch 5 hat er einiges gespendet."

„In bar?", platzte es aus mir heraus.

„Woher wissen Sie das?" Die Damenbeauftragte war verblüfft.

Ich zuckte die Schultern. „Ist ja eigentlich nicht so wichtig. Wie hoch wäre denn die Mitgliedsgebühr, wenn ich bei Ihnen eintreten würde?"

„Der Jahresbeitrag beläuft sich auf 1.250 Euro, hinzu kommen ein Verzehrbon für unsere Gastronomie und natürlich die Versicherungen."

Als sie die Zahlen nannte, kippte ich fast vom Stuhl.

„Besuchen Sie am besten den Schnupperkurs, dann entscheiden Sie sich. Die Aufnahmegebühr beträgt 6.000 Euro, falls Sie nicht mit Ihrem Partner zusammen eintreten möchten ... für Ehepaare ist es günstiger, sie zahlen nur 11.000 Euro."

Ich schluckte. „Gut, am besten nehme ich an einem Schnupperkurs teil", brachte ich heraus.

Eine Gruppe mittelalter Frauen drängte in den Raum. „Bitte entschuldigen Sie mich, ich möchte unsere Damenmannschaft begrüßen", sagte Ladiescaptain und stand auf. Sie legte mir schnell noch einige Broschüren über den Club auf den Tisch und tänzelte dann auf die Damengruppe zu.

Ich vertiefte mich scheinbar in die Infohefte, lauschte aber angestrengt zum Nachbartisch.

. . .

„Meine Polin hat mich verlassen“, klagte Herr Lamberts gerade.

Der Braunbär brummelte etwas Mitfühlendes.

Hatte seine Geliebte den Herrn Lamberts verlassen? Ich überlegte, wie hoch die Chance wäre, die Frau aufzutreiben und zu befragen und was das bringen könnte.

Doch schon die nächsten Worte brachten die Überlegung zu Fall.

„Nie wieder finde ich eine, die so gründlich ist.“

„Ich würde dir unsere Perle empfehlen, aber die kann man nicht alleine lassen. Sabine sagt immer, sie muss dauernd hinter ihr stehen, sonst macht die nichts.“

Lamberts stöhnte. „Marquard, alter Pillendreher, in der Praxis kann ich sie nicht dauernd überwachen. Ich brauche jemanden, der das macht, ohne dass ich daneben stehe.“

Lamberts speiste also mit Marquard, dem Bären. Wer auch immer das war.

„Ja, ne gute Putze findet man nicht so einfach.“

Das war’s, Lamberts suchte eine Putzfrau.

Ich bestellte einen Kaffee, um einen Grund zu haben, den beiden Herren zuzuhören. Ich nippte den Kaffee möglichst langsam. Doch das Gespräch der beiden Männer verlagerte sich auf den Golfsport, ich verstand aber nicht die Bohne. Sie redeten von Greenfee und Ratings und Handicaps, da blickte ich nicht durch.

Gerade wollte ich gehen, da passierte doch noch was am Nebentisch. Der Braunbär schob Lamberts einen Umschlag zu. Ich schielte fast, um mitzukriegen, was da drin war. Doch das war nicht nötig. Ungeniert riss Lamberts den Umschlag mit dem Zeigefinger auf und nahm ein Bündel Geldscheine heraus. „Nachzählen muss ich ja wohl nicht." Er grinste breit. „Ist die Kleine denn wohlauf?"

Braunbär brummte etwas, was wohl „ja" heißen sollte.

Während ich den Kaffee zahlte – horrender Preis – grübelte ich darüber nach, was das nun zu bedeuten hatte.

Ich fuhr nach Hause und wusste nicht, ob ich nun schlauer war.

Mein Gesicht juckte wie blöde. Ich war froh, als ich die ganze Schminke runterwaschen konnte.

14

DAS GEHEIMNIS DES ARZTES

„Sie sind ja völlig inkompetent!“, kreischte eine Stimme. „Sie haben weniger Verstand als eine Maus!“

Ich lauschte aufmerksam, während ich mit der linken Hand einen Sprühstoß Putzmittel auf die Edelstahlplatte in der Küche gab. Mit der rechten scheuerte ich die Platte. Sie war blitzblank, aber ich machte weiter, denn in der kleinen Küche konnte ich die meisten Gespräche in der Praxis von Lamberts bestens mithören, ohne beobachtet zu werden.

„Tut mir leid, ich kann Ihre Karte im Moment nicht finden, Entschuldigen Sie bitte.“ Das war eindeutig die Stimme von Andrea, der Arzthelferin. Die zierliche Person hatte mir heute Morgen die Praxis gezeigt. Jetzt hatte sie offensichtlich ein Problem.

„Was ist das für ein Missmanagement, wenn ich mir so

was erlauben würde …!“ Die Patientin war sicher sehr rot im Gesicht, so wie sie sich aufregte.

Andrea entschuldigte sich noch einmal. „Bitte gehen Sie doch gleich durch zum Herrn Doktor.“

Ich spürte eine Bewegung hinter mir und wienerte noch eifriger die Küchenplatte. Lamberts, der Gynäkologe und ehemalige Kumpel von Rechtsanwalt Ebert, den ich im Golfclub gesehen hatte, war froh, als ich mich als Ersatz für seine Polin vorgestellt hatte. Für eine Empfehlung sorgte Freya Freifrau von Buckow, für die ich angeblich seit Jahren die Kanzlei putzte. Beim Vorstellungsgespräch hatte ich möglichst unauffällige Klamotten getragen – in der Tat erkannte mich der Arzt nicht wieder. Falls er in Bad Homburg überhaupt auf mich geachtet hatte.

„Morgen früh können Sie anfangen“, hatte er mich beschieden. „Acht Euro die Stunde, dienstags und donnerstags je drei Stunden.“ Offensichtlich gab Lamberts sein Geld lieber für den Golfclub als für die Putzhilfe aus. Das merkte man der Praxis auch an. Heute würde ich in drei Stunden nie und nimmer fertig werden. Und jetzt feudelte ich schon seit mehr als einer Stunde in der Praxis rum. Am schwersten war es mir gefallen, früh genug aufzustehen.

Andrea kam rein. „Puh, hoffentlich beschwert sie sich nicht beim Doc!“, sagte sie und stützte sich schwer gegen den Kühlschrank. Sie beobachtete misstrauisch meine Bemühungen.

„Wer war das denn?“

„Eine Patientin. Sabine Marquard."

Bei mir klingelten Alarmglocken im Kopf. Den Namen Marquard hatte ich doch kürzlich erst gehört.

Andrea plapperte weiter. „Du wirst sie schon noch kennen lernen. Jetzt brauch ich erst mal einen Tee."

Marquard – das war der Typ gewesen, der wie ein Bär aussah und mit dem der Gynäkologe im Golfclub gespeist hatte. Er hatte ihn mit „Marquard" angeredet, einfach so mit Nachnamen. Männer machen das ja manchmal so. Und Marquard hatte gesagt, dass Sabine immer neben der Perle stehe, um sie zu überwachen. Sabine Marquard war Patientin bei Lamberts und dieser ging mit ihrem Mann golfen. Außerdem hatte ich gesehen, wie Lamberts dem Gynäkologen einen Umschlag mit Bargeld zugesteckt hatte. Ob er damit eine Vorzugsbehandlung seiner Frau sicherte?

Ich tastete mich vorsichtig vor: „Höflich war sie nicht gerade."

„Naja, normal ist sie ganz nett. Aber heute ist sie echt ausgerastet. Und das nur, weil ihre Patientenakte weg ist. Ich kann sie nicht finden. Ich glaube ..." Sie stockte und starrte auf meine Hände. „Sag mal, was machst du denn da?"

„Wieso?"

„Nimmst du Badreiniger für die Küche?"

Belämmert schaute ich auf die Flasche in meiner linken Hand. Da stand irgendwas von Kalkflecken und Bad. „Die Profis machen das so, ist ein Trick, weißt du", sagte ich geheimnisvoll. „Was ist denn mit der Akte der Patientin? Ist das so wichtig?“

„Muss ich mir merken“, meinte Andrea, schaute aber weiterhin skeptisch auf die Sprühflasche.

Der Wasserkocher rauschte. Andrea nahm zwei Tassen und Teebeutel aus dem Schrank. Sie hängte die Beutel in die Tassen und legte das dünne Band sorgfältig um die Henkel.

„Nur wegen der fehlenden Akte hat die dich so runtergemacht?“

„Ach, die kommt wegen UKW. Wahrscheinlich hat sie eh keine Nerven mehr, nach den ganzen Behandlungen.“

„UKW?“

„Na, unerfüllter Kinderwunsch. Die ist steril, kann keine Kinder bekommen.“

„Und der Doc hilft ihr.“ Ich redete möglichst beiläufig, als interessiere mich das alles nicht die Bohne.

„Ja, sie hat schon drei Hormontherapien hinter sich, hat aber nicht geklappt. Das ist eigentlich ne traurige Sache. Die Behandlungen sind langwierig und schmerzhaft. Der Doc ist spezialisiert auf UKW, und meist kriegt er was hin, aber bei manchen ...“ Sie hob die Arme an und ließ sie wieder fallen. „Einfach nichts zu machen.“

„Schlimm“, sagte ich, um das Gespräch in Gang zu halten. „Wusste nicht, dass die Behandlung weh tut. Ich dachte, die kriegen Hormonspritzen und fertig.“

„Wenn es mit Hormonen nicht klappt, werden Eizellen entnommen, befruchtet, und wieder eingesetzt. Die

Frauen haben häufig Unterleibsschmerzen nach dem Eingriff."

„Hm, klingt unangenehm", stimmte ich ihr zu.

„Das Schlimmste ist aber die seelische Belastung. Dies ganze Hin und Her – sie hoffen bei jeder Behandlung, dass es endlich klappt, und wenn der Test dann wieder negativ ist, klappen sie zusammen. Teuer ist es auch noch."

„Zahlt das nicht die Kasse?"

„Nee, nur einen bestimmten Anteil und den auch nur, wenn die Frau noch jung ist. Die Marquard ist dazu viel zu alt. Das Geld ist für die eh egal, die hat Geld wie Heu, aber leider hat sie auch immer schlechte Laune. Heute mal besonders schlechte." Andrea runzelte die Stirn. „Irgendwann muss ich hier raus. Sag mal, Sandy, als Putzhilfe kommst du doch ganz schön rum, oder?"

„Geht so." Weit rum kam ich eher als Detektivin, aber das musste Andrea ja nicht wissen.

„Wenn du irgendwas hörst, in einer anderen Praxis, ob jemand ne Arzthelferin sucht, sagst du mir Bescheid?"

„Na klar", versprach ich großzügig. „Ich putze allerdings sonst eher bei, äh, Rechtanwälten."

„Macht doch nichts, ich würde auch in einer Kanzlei als Assistentin oder so arbeiten. Ich hab die Nase einfach voll."

„Wieso das denn? Ist doch ganz schick hier."

Andrea linste durch die Tür, aber im Moment war der Arzt mit der aufgeregten Frau beschäftigt und die anderen Patientinnen warteten brav im Wartezimmer.

„Der Doc wird immer wunderlicher. Eine Weile hat er sogar Bodyguards gehabt, kannst du dir das vorstellen?“

„Bodyguards?“, echote ich. Mir fiel ein, dass die Damenbeauftragte des Golfclubs auch davon gesprochen hatte. Wieso brauchte ein Gynäkologe Personenschutz?

„Ja, so Typen, die ihn den ganzen Tag begleitet haben und auch hier in der Praxis rumsaßen. Solche Männer mit breiten Schultern.“ Andrea senkte ihre Stimme. „Die waren sogar bewaffnet. Einem ist mal die Jacke hoch gerutscht, da habe ich die Pistole am Gürtel gesehen.“

„Wieso braucht ein Arzt denn Bodyguards?“

„Der hat Angst, ich glaube, der leidet unter Zwangsvorstellungen.“

Endlich brodelte das Wasser im Kocher. Andrea goss es in die Tassen. Weil sie die Teebeutelchen so sinnreich befestigt hatte, blieben die schön brav in den Tassen. Mir wäre mindestens eins rausgeflutscht. Andrea rührte etwas Zucker in ihren Tee und meinte: „Aber den Einbruch konnten die auch nicht verhindern.“

„Was für einen Einbruch?“ Das wurde ja immer spannender. Längst hatte ich aufgehört, an der blitzblanken Spüle rumzuschrubben.

„Ach, blöde Sache. Neulich wurde hier eingebrochen. Nur der Schrank mit den Karteikarten war aufgebrochen. Es fehlte aber nichts, sogar das Geld aus der Kaffeekasse war noch da.“

„Komisch.“

„Wir dachten, es war ein Drogi, der Medikamente

wollte, aber wie gesagt, es fehlte nichts. Vielleicht wurde der Einbrecher gestört." Andrea legte ihre Hand auf meinem Arm. „Sprich bloß nicht darüber, wenn der Doc dabei ist. Der flippt nur wieder aus. Er hat hier stundenlang rumgeschrieen, als das passierte."

„Okay, okay, geht mich ja gar nichts an." Und ob mich das was anging. Alle ungewöhnlichen Vorkommnisse in dieser Praxis waren höchst interessant für mich. Ich müsste Gelegenheit finden, sie noch genauer unter die Lupe zu nehmen.

„So, jetzt muss ich mal wieder", sagte Andrea. Sie nahm ihre Tasse und setzte sich wieder hinter den Empfangstresen.

Gedankenverloren wischte ich die Flecken weg, die die Teetassen hinterlassen hatten. Wenn ich nicht aufpasste, würde ich noch zum Putzteufel mutieren.

Die Stunden vergingen ohne weitere Ergebnisse. Als ich die vereinbarte Arbeitszeit abgerissen hatte, war ich zum Umfallen müde. Putzen war eindeutig nicht meine Art von Arbeit.

Zuhause haute ich mich auf die Matratze, erschöpft von dem Putzeinsatz. Wombel war nicht da. Ich stellte den Wecker auf zwei Uhr früh.

Als das Monstrum schellte, hatte ich den Eindruck, nur wenige Stunden geschlafen zu haben. Ich tapste mit der Hand auf dem Nachttisch herum, der nervige Wecker schrillte immer weiter, bis ich ihn endlich erwischt hatte, aber dann stand ich sofort auf und zog mich zügig an. Wenig später befand ich mich wieder vor der Praxis des Gynäkologen Lamberts. Es war halb drei Uhr in der Früh. Ich drehte den Schlüssel langsam im Schloss, es quietschte nicht. Das Ärztehaus war zwar nachts nicht bewohnt, aber man konnte nie wissen.

In der Praxis zog ich sorgfältig alle Lamellenrollos dicht, bevor ich Licht anmachte. Die Küche kannte ich ja schon in- und auswendig, die Behandlungsräume interessierten mich nicht. Das Entscheidende war der Schrank mit den Patientenkarteikarten. Mist, abgeschlossen!

Ich setzte mich auf Andreas Platz. Sie hatte Aufkleber mit kleinen, bunten Comicfiguren an ihren Rechner geheftet. Ich zog die Schubladen des Schreibtisches auf. Da lagen einige Schlüssel, zum Glück ordentlich gekennzeichnet. Der mit dem gelben Anhänger war mit „Patienten" beschriftet und passte auf den Karteikartenschrank.

Der Arzt hatte ziemlich viele Patientinnen. Die Ausziehschubladen waren dicht mit Karteikarten vollgepackt, von A bis Z geordnet. Ich ließ meine Hände über die Karten streichen. Hatte Andrea nicht gesagt, dass jemand Karteikarten geklaut hatte? Wie sollte ich feststellen, welche fehlten?

Die Patientin, die solch einen Aufstand gemacht hatte wegen der fehlenden Karte, hieß Marquard. Ich holte einige Karten aus der Abteilung „M", bis ich auf die Daten von Sabine Marquard stieß. Die Karteikarte wirkte nagelneu, sie hatte keine Eselsohren oder abgegriffenen Ecken wie die meisten anderen Karten. Die Karte war recht groß, sie ließ sich nach unten aufklappen. Die Daten – zurückreichend bis zu den letzten vier Jahren – waren offensichtlich auf ein normales Büropapier ausgedruckt und dann auf die Karteikarte geklebt worden. Andrea hatte also schnell für Ersatz gesorgt, die Daten aus dem zentralen Rechner ausgedruckt und einfach eine neue Karte angelegt.

Ich überflog die Angaben. Die Karte enthielt fast nur Abkürzungen, die mir nichts sagten. IVF hatte ich schon mal in einer Apothekenzeitschrift gelesen, das war In vitro Fertilisation oder so, auf jeden Fall bedeutete es so viel wie künstliche Befruchtung. Dieser Behandlung hatte Marquard sich offenbar drei Mal unterzogen. Wie Andrea gesagt hatte, ohne Erfolg. Dann sprang mir ein Datum ins Auge. 3.4.1965 – der 3.4. war auch mein Geburtstag, allerdings war ich einige Jährchen jünger als die Marquard. Kein Wunder, dass es mit dem Kind nicht klappte. Sie hatte die 40 ja nun deutlich überschritten. Oder war das heute kein Grund mehr? Mir war unklar, was die Ärzte erreichen konnten. Aufmerksam sah ich mir die Karte noch näher an. Dann fiel mir auf, dass eine Ecke der Karteikarte abgeschnitten war. Jedenfalls wirkte es wie ein Schnitt mit einer Schere, die Kante war glatt.

Gedankenverloren fummelte ich an der Ecke herum. War das ein Kennzeichen? Eine Art Code? Oder erinnerte die fehlende Ecke Andrea daran, dass die Karte ein Ersatz war für das gestohlene Dokument?

Ich griff aufs Geratewohl einige Karten aus dem Schrank, wobei ich gelbe Klebezettel von Andreas Schreibtisch in die Lücken heftete, damit ich die Karteikarten später wieder an den richtigen Ort stecken konnte. Ich fand eine weitere Karte, deren Ecke abgeschnitten war. Als ich sie rauszog und den unteren Bogen öffnete, fiel ein Foto heraus und segelte zu Boden. Ich hob es auf. Das Foto zeigte einen schwarzen Säugling. Lamberts betreute offenbar auch afrikanische Patientinnen. Ob er deren Karten kennzeichnete? Aber das machte keinen Sinn, denn Marquard war ja nicht schwarz. Oder doch? Ich hatte sie nicht gesehen, nur gehört. Einen Akzent hatte sie jedenfalls nicht. Musste aber ja nicht jede schwarze Frau in Deutschland haben, oder?

Wenn man die Kennzeichnung kannte, war es recht einfach, die Karten in dem Schrank zu finden. Ich ließ meinen Zeigefinger über die rechte Seite der Karteikarten gleiten und fühlte genau, wo eine Ecke fehlte. Aufs Geratewohl zog ich einige Karten heraus und überflog die Texte. Alle Frauen hatten sich einer künstlichen Befruchtung unterzogen, aber das war wohl nichts Besonderes, schließlich hatte sich Lamberts auf diese Behandlung spezialisiert. Eins allerdings fiel mir auf: Bei einigen von ihnen war die künstliche Befruchtung anscheinend erfolgreich gewesen, denn es waren Bilder von Säuglingen angeheftet. Seltsam, als Samenspender schienen vor allem Dunkelhäutige aktiv zu sein, die meisten Babys waren braun oder schwarz. Ansonsten konnte ich keine weiteren Gemeinsamkeiten erkennen.

Auf jeden Fall schrieb ich mir die Adresse der Marquard und einiger anderer Frauen auf, deren Karteikarten gekennzeichnet waren.

Dann durchsuchte ich Andreas Schreibtisch, der jedoch keine Überraschungen bot. Sie hatte eine Tafel Schokolade, einen verschrumpelten Apfel und eine zerlesene Frauenzeitung in der untersten Schublade gehortet.

Schließlich wandte ich mich dem Regal an der Längsseite des Raums zu. Hier standen Unmengen von Aktenordnern und ärztliche Fachbücher. Die Aktenordner waren von Null bis Neun gekennzeichnet, hatten jedoch noch Unterkennzeichen im Stil von 1.1. bis 9.6. Wenn ich nicht alle Ordner durchsehen wollte, brauchte ich den Code.

Ich kehrte zu Andreas Schreibtisch zurück. In dem Moment hörte ich Schritte im Treppenhaus. Ich hechtete zum Lichtschalter, löschte das Licht und tauchte hinter Andreas Schreibtisch. Mein Herz schlug mir bis zum Hals. Dann hörte ich Geklapper, die Schritte näherten sich der Praxis, gingen vorbei und weiter die Treppe hoch. Das Geklapper erinnerte mich an den Putzeimer, den ich gestern den ganzen Tag mit mir rumgeschleppt hatte. Genau, es war sicher nur eine Putzfrau, die eine der anderen Praxen reinigte, bevor der Betrieb losging.

Ich war gewarnt. Viel Zeit blieb mir nicht mehr.

Ich ließ das Deckenlicht aus, machte nur die Schreibtischlampe an und dimmte sie, so dass sie möglichst wenig Licht gab.

Dann durchsuchte ich die Ablagekörbchen, die sich auf Andreas Tisch stapelten. Schließlich fand ich eine abgegriffene Plastikmappe, in der die Erklärungen für die Ordner-Bezeichnungen standen. Schnell fand ich, was ich suchte. 3.1. waren die eingehenden Rechnungen.

Ich schnappte mir Ordner 3.1. und blätterte aufmerksam die Rechnungen der letzten vier Wochen durch. Laborrechnungen, Rechnungen über Büromaterial und ähnliche, die man bei einem Arzt erwartete. Zwischen den Rechnungen fand ich Spendenbescheinigungen. Offenbar hatte der Gynäkologe ein Herz für Kinder, denn er überwies regelmäßig hohe Summen an ein Waisenheim in Südafrika. Schwester Immaculata hatte ihm dafür Bescheinigungen ausgestellt. Ganz schön freigiebig, der Gute: In den letzten Monaten hatte er fast 8.500 Euro an die afrikanischen Waisen geschickt. Wahrscheinlich verdiente der Arzt so viel, dass er unbedingt Einiges von der Steuer absetzen musste. Doch diese Papiere waren nicht das, was ich suchte.

Wieder nahm ich mir das Blatt mit den Ordner-Kennzahlen vor. 3.6. wäre noch eine Möglichkeit: Angebote von Dienstleistern. Ich hievte 3.6. auf den Tisch und wühlte mich durch Angebote von Pharmafirmen, Spiralherstellern, Büromöbelanbietern usw. Auch Weingüter hatten regelmäßig Angebote geschickt. Schließlich wurde ich fündig: Die Firma Global Securities schrieb:

„Sehr geehrter Herr Lamberts,

unter Bezugnahme auf unser gestriges Telefonat erlauben wir uns Ihnen anzubieten

Personenschützer pro Stunde 75 Euro zzgl. Spesen und MWSt."

Weitere Angebote von Sicherheitsfirmen konnte ich nicht finden. Hoffentlich hatte Lamberts seine Gorillas bei Global Securities gebucht. Ich notierte mir die Adresse und Telefonnummer.

Dann verbrachte ich fast eine Stunde damit, alles wieder an seinen Platz zu stellen und so zu hinterlassen, wie ich es vorgefunden hatte. Im Aufräumen war ich ja jetzt geübt. Allerdings war es nicht meine Absicht, noch einmal die Praxis des Herrn Gynäkologen zu wienern. Sollte er sich doch eine neue Putze besorgen.

Ich fuhr wieder nach Hause. Wombel schnarchte selig auf der Matratze. Er roch nach Alkohol, Zigaretten und Schweiß.

Jerry fehlte mir. Er hatte zwar nicht lange hier gelebt, aber in seiner unaufdringlichen Art war er ein angenehmer Mitbewohner gewesen. Wo er wohl steckte? Wieso meldete er sich nicht?

Ich kuschelte mich unter die Decke eng an Wombel, der grunzte und sich umdrehte, ohne aufzuwachen.

15

GEFAHR AUS AFRIKA

Es war kühl und der Mann vor der Bank rieb sich immer wieder die Arme. Seine blaue Pseudo-Uniform hielt ihn offensichtlich nicht warm. Er ging ein wenig auf und ab, entfernte sich aber nie weit von der Tür.

Ich beobachtete ihn von der Straßenbahnhaltestelle aus. Der Mann war Hannes Kubitzke, einst Bodyguard bei dem Gynäkologen Lamberts. Der Sicherheitsdienst Global Securities hatte mir am Telefon erklärt, sein Kollege sei in den USA eingesetzt und Kubitzke habe eine Langzeitanstellung bei der Bank. Vom Bodyguard zum Türsteher, das war ja nicht eben eine Karriere. Ich überlegte, wie ich mich an ihn ranmachen konnte. Der direkte Weg wäre vielleicht der einfachste.

Ich ging zum Bäcker an der Ecke und holte zwei Kaffee in Pappbechern. In jeder Hand einen Becher, steuerte ich auf den Bodyguard zu. „Hallo, Herr Kubitzke."

Er starrte mich erstaunt an. „Was wollen Sie?“, knurrte er.

Ich streckte ihm einen der Becher hin.

Instinktiv griff er danach. Ihm war kalt, er konnte dem Kaffeeduft nicht widerstehen.

„Ihnen ein paar Fragen stellen“, sagte ich und versuchte, gleichzeitig harmlos und freundlich zu klingen.

„Bin bei der Arbeit“, knurrte er, hielt aber die Hände fest um den Becher geschlossen. „Kann nicht schwätzen.“

„Wann ist denn Feierabend?“

Er brauchte nicht auf die Uhr zu gucken. „In einer Stunde.“

Ich holte einen Geldschein aus meiner Tasche, hielt ihn hoch. „Ich warte auf Sie beim Bäcker an der Ecke.“ Ich nickte in Richtung Straßenecke.

Der Mann zuckte die Schultern. Von dem Stundenlohn, den Global Security kassierte, bekam er sicher nur einen Bruchteil. Ich war mir ziemlich sicher, dass Geld seine Zunge lösen würde.

Ich nickte ihm zu und ging rüber zum Bäcker. Es war einer dieser modernen Kettenbäckereien, die mehr und mehr zum Café mutierten. Ein paar Stühle in grellem Orange gruppierten sich um Plastiktische. Ich setzte mich in eine Ecke, süppelte an dem Kaffee, der langsam kalt wurde und wartete. Fast war ich eingenickt, als Kubitzke auf einmal vor meinem Tisch stand.

„Was wollen Sie?“, sagte er. Seine Stimme war rau.

„Setzen Sie sich doch“, sagte ich, richtete mich auf und wischte mir mit der Hand über die Augen.

„Sie haben vor kurzem für Herrn Lamberts gearbeitet.“

„Ich sage nichts über meine Kunden. Wer sind Sie überhaupt?“

„Sagen wir, ich bin eine Bekannte von Herrn Lamberts.“ Der Gyn kannte mich schließlich als seine Putzhilfe, das war nicht gelogen. „Herr Lamberts hat mir erzählt, dass Sie ihm geholfen haben. Nun erwäge ich, mir selbst einen gewissen Schutz zuzulegen.“

„Rufen Sie die Zentrale an. Ich übernehme keine Privataufträge.“

Ich öffnete mein Portemonnaie, holte einen gefalteten Fuffi raus und legte ihn auf den Tisch, genau in die Mitte zwischen Kubitzke und mir. „Nur ein paar Fragen. Wie lange haben Sie für Lamberts gearbeitet?“

Kubitzke stierte auf den Geldschein. Ich konnte geradezu zusehen, wie es in seinem Hirn ratterte. Für diesen Schein musste er eine ganze Weile vor der Bank stehen und frieren, das war klar. „So drei Wochen ungefähr“, stieß er hervor.

„Wann genau?“

„Wieso fragen Sie Herrn Lamberts nicht selber, wenn Sie ihn kennen?“

„Ich habe im Moment, sagen wir, äh ... Streit mit ihm.“

Kubitzke grinste auf einmal breit. „Verstehe. Hat wohl ne andere, was?“ Anzüglich blinzelte er mir zu.

Ich zuckte nicht mit der Wimper. „Von wann bis wann

genau waren Sie für ihn tätig?", fragte ich und schob den braunen Schein ein Stückchen weiter in Richtung meines Gegenübers.

Kubitzke wurde wieder ernst. Er nannte mir die Daten.

Fast hatte ich es mir gedacht. Der Gynäkologe hatte die Personenschützer engagiert an dem Tag, nachdem der Rechtsanwalt, sein Golfkumpel, ermordet worden war. Also genau an dem Tag, an dem er es vermutlich in der Zeitung gelesen hatte. Bis genau zu dem Tag, an dem Muandro starb. Das konnte kein Zufall sein, aber erklären konnte ich mir das nicht.

Kubitzke griff nach dem Geldschein.

Ich schlug auf seine Hand und hielt sie fest. „Nicht so hastig. Noch eine Frage: Warum hatte Herr Lamberts Sie engagiert? Wovor sollten Sie ihn schützen?"

Kubitzke sah mich nicht an, sondern starrte auf das Geld. Er schien zu überlegen, wie viel Auskünfte er noch geben musste, um sich den Fünfziger zu verdienen.

„Das ist meine letzte Frage", sagte ich hastig.

Jetzt blickte er auf. „War nen komischer Job. Normalerweise ist klar, wieso die Leute Personenschutz brauchen. Banker, Unternehmer, die im Ausland tätig sind, Promis und so." Kubitzke machte eine weit ausholende Bewegung. „Aber ein Gynäkologe ..." Er zuckte mit den Schultern. „Er sagte, er sei bedroht worden, wollte aber nicht sagen, wieso."

„Hat er Ihnen bestimmte Anweisungen gegeben?"

„Das einzige, was er sagte, war, dass wir besonders auf Afrikaner achten sollten."

„Afrikaner", echote ich.

Kubitzke zuckte die Schultern. „Wenn Sie mich fragen, der Typ ist nen Rassist. Der hat mir sogar einen weiteren Job besorgt, bei einem Bekannten von ihm, der auch Angst vor Afrikanern hatte."

„Ein Bekannter?"

Kubitzke zuckte mit den Schultern. „Vielleicht sind die nen Ku-Klux-Klan oder so. Jedenfalls hab ich den Job ein paar Tage gemacht, dann haben sie den Auftrag aber nicht mehr verlängert."

„Wer war der andere?"

„Das kostet aber extra."

Ich stöberte in meinem Portemonnaie und fischte noch einen Zwanziger raus. Ich legte ihn auf den Fuffi und schob beide Scheine zu Kubitzke über den Tisch, legte aber meine Hand drauf.

„Den Namen."

„Das war ein Ehepaar. Die hießen Marquard."

Ich ließ die Geldscheine los und Kubitzke griff sie sich eilig. Während er sein schnell verdientes Geld in die Tasche schob, sagte er: „Da war sogar ein Afrikaner, der ist um das Haus von Marquard rumgeschlichen. Den hab ich am Schlafittchen gepackt und wieder dahin geschickt, wo er herkam."

„Ein Afrikaner? Wie sah der aus?"

Der Wachmann zuckte die Schultern. „Die sehen doch alle gleich aus."

Kubitzke nickte mir zu und ging.

Die ganze Geschichte wurde immer rätselhafter. Ein Afrikaner, der nach wenigen Wochen Aufenthalt in Deutschland einen Rechtsanwalt umbringt, um dann selbst getötet zu werden. Dessen Freund und Golfpartner sich vor Afrikanern fürchtet und Personenschutz besorgt, bis genau zu dem Tag von Muandros Tod.

Die ganze Bagage schien panisch zu sein. Selbst das Ehepaar Marquard hatte sich Personenschutz zugelegt. Welchen Afrikaner hatte Kubitzke dort aufgegriffen? Etwa Muandro, der nicht nur den Rechtsanwalt, sondern auch Marquard beobachtete?

Außerdem war in Lamberts Praxis eingebrochen worden und das Einzige, was seither vermisst wurde, war die Patientenakte von Sabine Marquard. Deren Ehemann war ein guter Kumpel von Lamberts. Zufall oder nicht? Die einzelnen Puzzlestückchen fügten sich einfach nicht aneinander.

16

UNTER FALSCHER FLAGGE

Der Westhafen war neu bebaut. Hier standen zwei Reihen Häuser direkt am Main, alles vom Feinsten. Unten vor den Häusern ruhten Bötchen – oder sollte ich sagen, Yachten?

Ich zupfte an dem Blazer, den Freya mir geliehen hatte. Langsam schien es Gewohnheit zu werden, mich aus ihrem Kleiderschrank zu bedienen. Hoffentlich hatte ich die Fälle bald aufgeklärt. Irgendwie hatte ich das Gefühl, dicht vor der Lösung zu stehen, aber die vielen Infos, die ich gesammelt hatte, fügten sich für mich zu keinem Bild. Ein toter Rechtsanwalt hatte zu einem toten Afrikaner geführt, dann zu einem Gynäkologen und Golfer, nun stand ich bei einer seiner Patientinnen vor der Tür, noch dazu bei einer mit anscheinend cholerischem Temperament. Vielleicht war das gut und sie würde im Zorn etwas ausplaudern über den Gyn, das mich weiterbringen würde.

Ich atmete tief ein und senkte meinen Finger auf die Klingel. Was sollte ich tun, wenn ihr Mann öffnete, fiel mir siedend heiß ein. Doch da stand schon Sabine Marquard an der Tür. „Sie wünschen?" Sie hob die Augenbrauen ein wenig.

Sofort erkannte ich ihre Stimme wieder, die etwas schrill war, auch wenn sie nicht herumschrie. Die Stimme gehörte zu einer hellhäutigen, mittelgroßen, mittelschlanken Frau mit braunem Haar. Sie trug Jeans und Pulli.

„Jugendamt." Ich streckte ihr kurz die Karte mit dem Logo der Stadt Frankfurt hin, die ich am Computer erstellt, ausgedruckt und plastifiziert hatte.

„Jugendamt?", fragte Sabine Marquard gedehnt. „Unsere Papiere sind alle in Ordnung."

Welche Papiere? Ich schluckte die Frage herunter und sagte stattdessen: „Wir machen eine Routinebefragung von Frankfurter Bürgerinnen im Alter zwischen 20 und 39. Sie sind durch einen Zufallsgenerator als Teilnehmerin ausgewählt worden."

„Ich kann Ihnen leider nicht weiterhelfen." Sie wollte die Tür wieder schließen.

Schnell schob ich meinen Fuß in den Türspalt. „Wir befragen eine Stichprobe aller Frankfurterinnen dieser Altersgruppe, um unsere Stadt noch kindgerechter zu machen." Zum Glück hatte ich mich auf den Seiten des Jugendamtes umgeguckt. Deren Jargon konnte ich nun halbwegs nachahmen.

„Ich möchte nicht teilnehmen, danke!", sagte die Marquard. Ihre Stimme war eine ganze Stufe höher gerutscht. Sie klang schon fast wieder so wie neulich, als sie in der Praxis rumgeschrieen hatte.

„Als Frankfurter Bürgerin sind Sie zur Teilnahme verpflichtet", sagte ich. „Das ist wie eine Volkszählung, wissen Sie?" Ich versuchte, amtlich zu klingen.

Die Marquard biss die Lippen zusammen. „Wenn's denn sein muss", quetschte sie schließlich hervor. „Na ja, und wenn es um Kinder geht ..." Ihre Stimme wurde weich. „Dauert das lange?"

„Gar nicht", versicherte ich. „Trotzdem wäre es nett, wenn wir uns hinsetzen, dann kann ich die Bögen einfacher ausfüllen."

„Kommen Sie rein." Die Frau nahm die Befragung nun als etwas Unvermeidliches hin. Sie führte mich durch einen sehr aufgeräumten Flur in ein Wohnzimmer und wies auf ein großes Sofa. Bevor sie sich setzte, schloss sie die Türen zu den angrenzenden Räumen. Hatte sie Angst vor Zugluft oder wollte sie etwas verbergen?

Eine schwarze Katze strich um meine Beine. Ich schubberte ihren Rücken, dann sackte ich auf das Sofa, holte meine Papiere aus der Tasche und stellte meine Fragen. Freya und ich hatten eine Weile herumgetüftelt, bis wir einen Fragebogen entworfen hatten, der uns beiden glaubwürdig erschien.

Die Katze sprang auf meinen Schoß. Ich streichelte sie, während ich meine Fragen stellte.

Die Marquard bemühte sich ganz offensichtlich, möglichst präzise Antworten zu geben. Ja, es gebe genug Spielplätze in der Umgebung, aber die könnten noch etwas besser ausgestattet sein. Sie kam ins Reden und antwortete immer ausführlicher. Ja, die Frankfurter seien durchaus kinderlieb. Doch für Mütter mit Kinderwagen sei der öffentliche Nahverkehr noch nicht ausreichend ausgebaut, die Rolltreppen der U- und S-Bahnhöfe seien häufig kaputt, Aufzüge nicht an jeder Station.

Die Tür ging auf und ein blondes, junges Mädchen steckte den Kopf durch den Spalt.

Sabine Marquard drehte sich um. „Ist was?", fragte sie alarmiert.

„Ich wollte nur fragen, ob ich jetzt ausgehen kann", hauchte das Mädchen.

„Ja, Svetlana, gehen Sie!"

Marquard wandte sich wieder mir zu. „Haben Sie sonst noch Fragen?"

Ich kritzelte auf meinem Block herum. „Welche Einrichtungen für Kinder vermissen Sie?", las ich die nächste Frage ab. Sabine Marquard zählte eine Menge Punkte auf, von fehlenden Kitas bis hin zu mangelnden Kinderspielplätzen.

Während ich so tat, als würde ich mir ausführliche Notizen machten, blickte ich mich im Wohnzimmer unauffällig um. Das Zimmer war hell, man blickte auf den Main und das andere Ufer. Die Einrichtung war gediegen, aber nicht auffällig. Kein Vergleich mit dem modernen Stil von Verena, die im anderen neu bebauten Hafen im Osten lebte.

Ich konzentrierte mich weiter auf den Fragebogen. Die Marquard war bemüht, mich schnell wieder loszuwerden. Ich ließ mir trotzdem Zeit, aber irgendwann fiel mir nichts mehr ein. Ich bedankte mich umständlich, zermarterte mir dabei mein Hirn, was ich noch fragen konnte, mir fiel aber nichts ein.

Die Katze maunzte, als ich sie wieder auf den Fußboden setzte.

Ich rappelte mich aus den tiefen Polstern des Sofas hoch und packte meine Sachen in die Tasche. Dabei fiel mein Blick auf die Wand hinter dem Sofa. Dort hing ein Ledersäckchen, das mir sehr bekannt vorkam. Es sah genauso aus wie der Talisman, den Muandro um den Hals getragen hatte.

Ich starrte auf das Ledersäckchen.

Marquard räusperte sich.

Ich drehte mich um. Sie musterte mich feindselig.

Mir fiel immer noch nichts ein, was ich noch fragen könnte, daher verabschiedete ich mich und ging. Meine Gedanken kreisten um das geheimnisvolle Ledersäckchen.

Vor der Tür bekam ich einen Niesanfall und suchte in meinen Taschen nach einem Tempo. In meiner Hosentasche fand ich eine Serviette, die ich in einem Imbiss mitgenommen hatte, und schnaubte die Nase. Auf einmal hörte ich grelles Kindergeschrei. Aus Sabines Marquards Wohnung. Aber die Marquard war doch unfruchtbar? Ich legte vorsichtig mein Ohr an die Tür. Eindeutig, das war Babygeschrei und es kam aus Marquards Wohnung.

17

TÖDLICHER IRRTUM

Er klang gehetzt. „Sandy, ich brauche dich." Er schluckte. „Die Bullen sind hinter mir her."

Das war ja nichts Neues. Warum hatte Jerry sich nur mit Wombel angelegt und war abgehauen? Bei mir wäre er sicher gewesen. Jedenfalls sicherer als allein auf der Straße.

„Wo bist du?", fragte ich knapp.

„In der Ottostraße."

„Was? In eurer alten WG?" Ich hatte ihn doch ausdrücklich gewarnt, das Polizeisiegel aufzubrechen.

„Wo soll ich denn hin? Sandy, kannst du mal herkommen? Ich glaube, die Bullen haben mich entdeckt. Da stehen zwei Zivis draußen und sprechen in ihre Walkie Talkies."

Kein Wunder, dass die Bullen Zivis vor dem Haus postiert hatten, sobald sie merkten, dass jemand am Tatort ein und aus ging. Jerry war so eine Knalltüte! Jetzt brauchte er Hilfe.

„Bin gleich da."

Ich legte auf und sprang hektisch in meine Kleider. Bis zur Ottostraße brauchte ich gut und gerne zehn Minuten mit dem Rad. Ich hastete los. Jerry hatte dringend geklungen.

In der Ottostraße standen drei Streifenwagen und weiter hinten Richtung Bahnhof wartete ein Notarztwagen. Auf der Straße standen Polizisten in schwarzer Kampfmontur.

Verdammt, warum hatte mir Jerry nie seine Handynummer gegeben. Er wurde regelrecht belagert. Ich musste ihm helfen, aber wie?

„Was machst du denn hier?", zischte eine Stimme hinter mir.

Ich drehte mich um. „Mattu!"

Mattu packte mich am Arm.

„Du bist doch nicht zufällig hier."

„Jerry hat mich im Hilfe gebeten. Wollt ihr ihn verhaften?"

„Er hat gemordet, er ist gefährlich." Mattu klang eindringlich.

Wir beobachteten, wie eine Gruppe von Polizisten in schwarzer Kampfmontur vor dem Eingang des Hauses, in dem Muandro gestorben war, aufmarschierte.

„Was habt ihr vor? Ich will da rein!"

Mattus Griff an meinem Arm wurde fester. „Das geht jetzt nicht!"

Die Polizisten, die eine Art Rüstung aus Plastik über ihren Anzügen trugen, formierten sich zu einer Doppelreihe und drangen in den Hausflur ein.

Ich hörte Schreie, laute Befehle, dann ertönte ein Knall.

„Nein", stöhnte Mattu neben mir.

Ich riss mich los und stürmte in das Haus. An den verdutzten Polizisten in Schwarz drängte ich mich rigoros vorbei.

„Sandy!" Mattu stürzte hinter mir her.

Ich fand Jerry in der Küche der Afrikaner-WG. Er lag in einer Blutlache, die Augen verdreht.

Ich kam zu spät.

Meine Knie wurden weich. Ich sackte neben Jerry auf den Boden.

Auf seinem Hemd breitete sich ein roter Fleck aus. Er wurde immer größer. Jerrys Arm lag seltsam abgewinkelt. Er hatte sein Handy in der Hand. Ich griff nach seiner Hand. Sie war noch warm.

Aus dem Mund floss ein dünner Faden Blut. Seine Augäpfel waren nach hinten gekippt.

Langsam fuhr ich mit der Hand über sein Gesicht und schloss seine Lider.

Ein Seufzen kam aus meiner Brust. Ich hörte es nicht.

Eine Hand senkte sich langsam und warm auf meine Schulter. Ihr Griff wurde fester. „Sandy." Mattus Stimme klang weich. „Komm." Er drängte mich aufzustehen.

Ich rappelte mich hoch, sackte aber gleich wieder auf einen Stuhl, den mir einer der schwarz Uniformierten zuschob. Ein Sanitäter tauchte auf und rammte mir eine Nadel in den Arm, bevor ich protestieren konnte. Mir wurde schummerig. Vom Schmerz in meinem Herzen spürte ich nichts mehr.

„Mörder“, murmelte ich.

Auf einmal sackte einer der Männer in Schwarz zusammen. Er schien jede Kraft verloren zu haben.

Der Sanitäter war sofort bei ihm, zückte wieder seine Spritze und stach zu.

Mit weit aufgerissenen Augen betrachtete ich die Szene, ohne zu verstehen.

„Der Kollege, der den tödlichen Schuss abgesetzt hat.“ Mattu sprach wie abwesend. „Er hatte gerade drei Jahre Afghanistan hinter sich.“

„Na und?“

Mattu zuckte die Schultern. „Traumatisiert. Die Jungs, die bei den Taliban waren, schießen sofort und fragen dann. Die Nerven.“

Ich merkte, dass ich eine Haarsträhne durch meine Finger zwirbelte, immer und immer wieder. Irritiert ließ ich die Hand sinken. Ich zitterte unkontrolliert. Ich blieb noch eine Weile sitzen, bis das Zittern etwas nachließ.

Schließlich erhob ich mich und wollte gehen, zurück nach Hause.

„Warte!“, rief Mattu. „Kanntest du ....“ Er hielt einen

aufgeschlagenen Pass in der Hand und blickte hinein: „ ... Sibusiso Dlamini?"

„Hä?" Dann fiel mir ein, dass dies der offizielle Name von Jerry war.

„Kanntest du ihn?" Er nickte in Richtung von Jerrys Körper, neben dem immer noch einer der Bullen kniete und irgendwelche Untersuchungen durchführte.

„Nicht so gut", sagte ich. „Ihr habt ihn ermordet!"

„Du immer mit deinen Sprüchen." Mattu klang resigniert. „Der unglückliche Schütze hat einen Nervenzusammenbruch und wird jetzt in die Uniklinik gebracht."

„Das macht Jerry auch nicht wieder lebendig."

„Jerry?"

Ich zuckte die Schultern. „Ich kannte ihn als Jerry." Ich versuchte, nicht zu dem toten Körper hinzugucken.

Mattu bemerkte, dass ich zitterte. Er zog seine Jacke aus und hängte sie mir über. Ich ließ es mir gefallen, denn mir war kalt. „Wir werden seine Identität überprüfen. Was weißt du über ihn?"

„Er hat bei der Messe gearbeitet, keine Ahnung, als was."

„Bei der Messe, so so."

Mattu schien genauso gut wie ich zu wissen, dass der Messebau fest in den Händen einer Arbeitsmafia ist, die fast nur Schwarzarbeiter anstellt, zu Dumpinglöhnen natürlich.

„Und sonst?"

Ich zuckte die Schultern.

„Hatte er was mit dem Toten im Bahnhofsviertel zu tun?"

„Wieso? Nur weil er schwarz ist?" Mir ging die Fragerei langsam auf den Keks.

„Könnte ja sein."

„Ich geh jetzt nach Hause, wenn ihr noch was wissen wollt – ihr kennt ja meine Adresse."

Ich schüttelte die Jacke ab und gab sie Mattu zurück. Eigentlich erwartete ich, dass er mich zurückhalten würde, aber er ließ mich ziehen. Ich brauchte Zeit, mich auszuheulen und darüber nachzudenken, was jetzt zu tun war.

18

VÄTER UND SÖHNE

Zuhause traf ich Wombel weinend an. Er stützte seine Ellenbogen auf den Tisch und versteckte sein Gesicht in den Händen. Seine Schultern zuckten. Er schluchzte. Neben ihm stand eine fast leere Wodkaflasche.

So nah hatte er Jerry doch gar nicht gestanden. War Jerry nicht „der blöde Nigger“ gewesen? Und überhaupt: „Woher weißt du’s?“

„Gesa“, verstand ich die geschluchzte Antwort.

„Was?“

„Gesa hat angerufen“, wimmerte Wombel. „Meine Schwester.“

„Woher weiß die denn das?“

„Die hockt doch dauernd bei meinem Vater rum.“

Moment mal. „Was hat dein Vater damit zu tun?“

Wombel hob den Kopf. Seine Augen waren rot und

verschwollen. „Na, das ist doch das Problem. Er liegt im Sterben."

„Ich dachte, du heulst wegen Jerry."

„Jerry? Was ist mit Jerry?"

„Der ist tot. Erschossen."

Wombel hörte auf zu schluchzen. „Was?"

Ich erzählte, was passiert war.

„Diese Mörder!", presste Wombel hervor.

„Es war keine Absicht", sagte ich und erklärte, dass der Schütze anscheinend das Handy von Jerry mit einer Pistole verwechselt hatte, weil er zu lange in Afghanistan eingesetzt gewesen war. Er hatte etwas gesehen, was es nicht gab. So reimte ich mir jedenfalls den Ablauf des Geschehens zusammen. „Der war in Afghanistan eingesetzt, hat gegen die Taliban gekämpft und ist jetzt ein Nervenwrack."

„Jetzt verteidigst du die Bullen?" Wombel starrte mich fassungslos an. „Das sind Mörder!"

„Der Schütze hat einen Nervenzusammenbruch."

„Dann darf er halt nicht mehr als Bulle arbeiten. Jerry ist jetzt tot!"

Ich dachte an Jerrys leblosen Körper und das Fädchen Blut, das ihm aus dem Mund rann, ohne Ende.

„Wir müssen ihn rächen", forderte Wombel.

Ich zuckte die Schultern. „Das macht ihn auch nicht wieder lebendig."

Wombel nahm einen tiefen Schluck aus der Wodkaflasche und ächzte.

„Glaubst du, Jerry hat diesen Schwarzen aus seiner WG umgebracht?“

„Muandro?“

Wombel nickte.

Ich überlegte eine Weile. Eigentlich kannten wir Jerry nicht wirklich gut. Vielleicht hatte er uns die ganze Zeit angelogen und auf falsche Fährten gelockt. Andererseits ... Der Fall war so kompliziert und Jerry hatte mit den meisten anderen Beteiligten überhaupt nichts zu tun.

„Keine Ahnung“, sagte ich. „Und was ist jetzt mit deinem Vater?“

„Dem geht's nicht gut. Gesa glaubt, er macht es nicht mehr lang.“

Ich setzte mich neben Wombel und nahm ihn in den Arm. „Fahr doch hin“, ermunterte ich ihn. „Das Jugendamt wird dich schon nicht schnappen.“

„Das ist doch gar nicht das Problem“, sagte Wombel unwirsch.

„Nein? Was denn dann?“

„Also, mein Vater ... mit dem hab ich Streit.“ Wombel sah mich prüfend an, ob ich ihn verstand. „Er hat mich enterbt, schon vor Jahren.“

„Das ist doch der Klassiker. Er hat dich also enterbt. Darf er das überhaupt? Kriegst du nicht ein Pflichtteil? Und wieso? Glaubt er, du versäufst alles?“

„Ach was. Soviel saufen kann ich mein Leben lang nicht. Mein Alter ist Reeder, der hat es fett an den Hacken“, sagte Wombel wegwerfend. „Der Pflichtteil ...“ Wombel zuckte mit den Achseln. „Keine Ahnung. Jedenfalls, er hatte einen Infarkt und es geht ihm nicht gut. Jetzt tut ihm alles leid. Der Streit, das Enterben und so. Sagt Gesa."

„Na also, dann versöhn dich doch mit ihm."

„Ja, aber ich will das Erbe gar nicht."

Das Problem verstand ich jetzt nicht.

„Dann gib es mir." Ich lachte schief. „Oder lehn es ab."

„Meinst du, das geht?" Wombel sah mich hoffnungsvoll an.

„Keine Ahnung. Musst du Freya fragen. Aber mal im Ernst, ist das dein ganzes Problem?"

„Du kannst dir das nicht vorstellen", seufzte Wombel. „Die Familie, die Reederei ... das hängt alles zusammen. Wenn ich da wieder auftauche, bin ich sofort einer von den Pfeffersäcken."

„Und das Jugendamt würde dir ganz schon was abzocken für das Kind", schlussfolgerte ich.

„Genau", sagte Wombel und seufzte wieder. „Ich müsste mich um das Geld kümmern, die Familie, das Kind von diesen Lesben. Der ganze Sack voll Probleme, nee danke." Er schluchzte wieder „Mein Daddy, mein armer Daddy." Seine Hände umklammerten die Flasche. Wieder nahm er einen großen Schluck. Mit halb erstickter Stimme erzählte er: „Früher, als ich ganz klein war, ist er mit mir in den Hafen gegangen und hat mir die großen Schiffe gezeigt."

Ich wollte ihm die Flasche aus der Hand nehmen, aber Wombel hielt sie eisern fest. Er setzte sie an und schluckte den ganzen Rest auf einmal.

„Das Leben hat doch keinen Sinn." Wombel lallte schon ziemlich. Seine Augen waren klein und blutunterlaufen. Er erzählte mir weiter von seiner Kindheit, aber die Erinnerungsfetzen wurden zunehmend zusammenhangloser.

Ich hörte mit einem Ohr zu und dachte an Jerry. Was für ein sinnloser Tod.

Wombel suchte in seinem Rucksack herum und zog noch ein Dosenbier heraus.

Er knackte es und trank es in einem Zug aus, dann sackte er auf der Matratze nach hinten und schlief schnarchend ein.

Ich saß noch eine Weile da und hing meinen Gedanken nach, doch die Spritze des Sanitäters hatte ganze Arbeit geleistet. Mein Hirn fühlte sich an wie in Watte gepackt. Der Schmerz über Jerrys Tod war noch da, aber ich spürte ihn nur weit entfernt, mein Herz war durch die Medikamente sicher abgeschottet.

19

WOMBELS DEAL

Ein Schrei weckte mich.

Ich saß kerzengerade auf meiner Matratze. Hatte ich einen Alptraum?

„Ahhhh! Scheiße, tut das weh." Eine Stimme kam aus dem Bad. Eindeutig Wombel.

Ich stand auf und ging gucken.

Blut, überall Blut! Wombel saß auf dem Rand der Badewanne und hielt seinen linken Arm hoch, der unaufhörlich blutete. Das Blut rann an seinem Arm runter und tropfte vom Ellenbogen in die Badewanne, wo es eine lange rote Spur bis zum Abfluss zog.

„Was ist los?"

„Guck nicht so blöd, hilf mir doch!" Wombel klang weinerlich. „Es tut so schrecklich weh."

Ich holte schnell ein T-Shirt. „Gib mal den Arm her."

Ich griff nach Wombels blutendem Arm, machte die

Dusche an und hielt den Duschkopf über die blutende Stelle am Handgelenk. Das Blut wurde etwas dünner, hörte aber nicht auf zu fließen. Ich konnte es nicht stoppen. Das Wasser machte keinen Sinn. Ich wickelte das T-Shirt möglichst fest um den Arm.

„Wir brauchen einen Arzt."

Wombel wimmerte vor sich hin.

Ich griff nach dem Telefon und wählte die 112, bestellte einen Notarzt.

„Wie ist denn das passiert? Mitten in der Nacht?"

„Arg. Ich wollte ..." Wombel stockte.

„Du hast doch nicht ...?"

Er guckte beschämt in die Ecke. „Ich wollte Schluss machen." Er deutete auf den Rand der Badewanne.

Da lag eine blutige Rasierklinge.

„Du hast die Pulsadern aufgeschnitten."

„Das tut scheiße weh!"

Ich sagte nichts. So eine bescheuerte Idee.

„Hör mal, sag nichts zu dem Arzt. Der steckt mich gleich in die Klapse."

„Was soll ich denn sagen? Dass du gegen den Schrank gelaufen bist?"

Ich war entsetzt, aber auch sauer. Jerry wurde erschossen und Wombel wollte sein Leben einfach wegschmeißen, wegen einem läppischen Streit mit seinem Alten noch dazu.

Schon hörten wir eine Sirene, die sich dem Haus näherte. Es klingelte und ich öffnete dem Notarzt.

Es war ein junger Typ mit blonden Locken. Er guckte sich die Bescherung an und verstand sofort, was los war.

„Möchten Sie ein Beruhigungsmittel?“, fragte er.

„Nein, ist nicht nötig“, knurrte Wombel.

„Ich kann Sie einweisen lassen, damit Sie heute nicht alleine sind“, sagte der Arzt.

„Nein“, knurrte Wombel.

„Ich bin ja bei ihm.“ Ich versuchte, möglichst kompetent zu klingen.

Ohne Kommentar säuberte der Arzt die Wunde, was Wombel mit weiteren Wimmerlauten quittierte. „Sind Sie gegen Tetanus geimpft?“

Wombel zuckte die Schultern.

Kommentarlos zückte der Arzt eine Spritze und jagte sie in Wombels Arm. Der zuckte zusammen. Schließlich wickelte der Arzt eine weiße Binde um Wombels Unterarm. „Wollen Sie nicht doch Tranquilizer?“, fragt er. „Ich könnte Ihnen ein Bett im Krankenhaus beschaffen, damit Sie unter Beobachtung stehen, oder passt Ihre Frau auf Sie auf?“ Er nickte in meine Richtung.

„Kein Krankenhaus, keine Tabletten“, knurrte Wombel. „Das war ein Unfall, weiter nichts.“

„Aha.“ Der Notarzt wirkte nicht überzeugt.

„Lassen Sie das Beruhigungszeug mal hier“, sagte ich. Wer weiß, auf was für Ideen Wombel noch kam. Die Sauferei hatte ihn völlig aus dem Gleis geworfen.

Der Arzt drückte mir ein Päckchen Tabletten in die Hand. „Nicht mehr als drei am Tag.“ Dann kramte er in seiner Tasche und holte noch eine Packung hervor. „Und das gegen die Schmerzen, bei Bedarf." Wombel musste ein Papier unterschreiben, dann war der Lockentyp auch schon wieder weg.

Wombel und ich starrten uns an. „Das alles nur wegen dem Familienkram?" Ich fühlte mich auf den Arm genommen. Wieso startete Wombel so eine Aktion? War der echt lebensmüde?

„Ach, ich hatte einfach keine Lust mehr auf das alles." Wombel machte eine lahme Geste. „Aber dann, es hat so weh getan."

„Willst du eine Schmerztablette?"

„Gib her." Wombel war die ganze Sache offenbar peinlich. Er drückte eine der länglichen weißen Pillen aus der Packung und schluckte sie. Dann hielt er seinen Kopf unter den Wasserhahn und trank gierig.

„Wie spät ist es eigentlich?" Ich kramte nach meiner Armbanduhr. „Puh, halb sieben." Nicht wirklich meine Zeit.

Aber jetzt konnte ich wohl kaum wieder ins Bett kriechen und einfach weiter schlafen. Wombel, einer meiner besten Freunde, hatte keine Lust mehr zu leben. Ich konnte das nicht verstehen, aber es entsetzte mich, dass er sein Leben einfach so beenden wollte. Ich musste jetzt erstmal eine Weile alleine sein. Ich zog mich ins Bad zurück und als ich mit der ausgiebigen Klositzung fertig war, die Dusche notdürftig gereinigt und mich geduscht hatte, lockte mich Kaffeeduft wieder ins Zimmer.

Wombel streckte mir einen dampfenden Becher hin.

„Geht's dir jetzt besser?"

Er nickte. „War ne schwachsichtige Idee, sorry. Aber ich weiß wirklich nicht weiter, ich bin so ein armes Schwein."

Immerhin war er noch am Leben, anders als Jerry. Mich machte die ganze Aktion eher wütend als besorgt, obwohl ich wusste, dass Wombel ein echtes Problem hatte.

Vorsichtig nippte ich an dem heißen Kaffee. „Wollte Freya nicht mal gucken, ob es ne juristische Lösung gibt?" Ich wollte Wombel ablenken von seinen Weltuntergangsideen. Was hatte er schon für Probleme? Mir kam das alles wie ein Luxusding vor: Stress mit dem Vater, Angst vor dem Erbe, das ihn letztlich reich machen würde. Sollte doch das Jugendamt seinen Teil kriegen, für Wombel blieb immer noch genug übrig, oder? Und mit den Müttern seines Kindes konnte er sich wohl auch noch irgendwie einigen. Richtig betrachtet, hatte sich Wombel eigentlich immer vor seinen Problemen gedrückt. Schon die Flucht zu mir nach Frankfurt war eine dumme Idee gewesen. Aber ich war nicht seine Sozialarbeiterin. Sollte er doch mit seinem Leben machen, was er wollte. Aber sich einfach ausknipsen? Auch keine Lösung. Einträchtig saßen wir nebeneinander auf der Matratze und flößten uns Kaffee ein.

„Freya ist bestimmt schon im Büro."

„Meinst du wirklich? So früh?" Wombel sah mich an. Es lag ein Funken Hoffnung in seinem Blick. Wahrscheinlich hoffte er, die smarte Rechtsanwältin würde seine Probleme mit einem Schlag lösen.

Ich rappelte mich hoch und ging ins Bad. Beim Zähneputzen genügte ein Blick in den Spiegel, um zu zeigen, dass ich nicht fitter aussah, als ich mich fühlte. Mit der Zahnbürste im Mund rief ich zu Wombel rüber: „Freya wollte sich doch informieren, welche Möglichkeiten das Jugendamt überhaupt hat, dich abzuzocken."

Dann schleppte ich Wombel zu Freya ins Büro. Wie erwartet, saß sie trotz der frühen Stunde bereits am Schreibtisch.

Sie stöhnte auf, als wir hereinpolterten. „Muss das jetzt sein? Ich habe nachher eine Verhandlung und ..."

„Wombel wollte sich umbringen", unterbrach ich sie.

„Was?" Sie guckte Wombel skeptisch an. Der riesige Verband um den Unterarm war nicht zu übersehen. „Hast du dich geschlitzt?" Sie hatte bei ihren Klientinnen mehr als einen Selbstmordversuch mitbekommen.

Wombel zuckte mit den Achseln und blickte angestrengt in eine Ecke. Die Aktion war ihm inzwischen superpeinlich.

„Du trinkst zu viel," meinte Freya lakonisch. „Geh doch mal in eine Entgiftung."

Wombel guckte auf den Boden. Wahrscheinlich hoffte er, ein Loch würde sich auftun und er könnte verschwinden.

„Nun, jetzt ist es auch zu spät, es ist nun, wie es ist ..." Ich verhaspelte mich. „Wir wollten eigentlich nur wissen, was er tun kann, um dem Jugendamt zu entgehen. Hast du was rausgekriegt?“

Freya zog ihre Augenbraue hoch.

„Also, das ist doch kein Grund, sich umzubringen. Spinnt ihr jetzt total, oder was?“ Sie seufzte. Dann klappte sie die Akte zu, die vor ihr auf dem Tisch lag. „Ich wollte es eigentlich neulich schon erklären. Es ist ganz einfach: Du machst nen Deal mit den beiden Müttern.“

„Nen Deal?“ Wombel sah aus, als habe man ihm was Unanständiges vorgeschlagen. „Wie soll der aussehen?“

„Du verzichtest auf dein Besuchsrecht ...“

„Hä? Ich will das Blag doch gar nicht besuchen.“

„Aber vielleicht wollen deine Eltern das Kind sehen?“ Freya ließ sich nicht beirren. „Denen steht ja auch ein Besuchsrecht zu.“

Wombel guckte geschockt. „Die wissen doch gar nichts von dem Blag.“

„Aber sie sind die Großeltern und ihnen steht ein Besuchsrecht zu.“ Freya sprach sehr langsam und geduldig, damit wir sie auch verstanden. „Außerdem wissen die Mütter ja nicht, dass du gar kein Interesse an dem Besuchsrecht hast.“

Wombel nickte.

„Du gibst dich also großzügig, verzichtest auf das Besuchsrecht. Nervst also die Lesben nicht. Außerdem gibst du das Kind zur Adoption frei. Im Gegenzug verzichten die Mütter auf Unterhaltsforderungen.“

Wir starrten Freya an.

„Dann kann dir auch das Jugendamt nichts. Die Mutter, die nicht die leibliche Mutter ist, adoptiert das Kind ihrer Freundin. Das geht nur, wenn du ihnen entgegen kommst. Daher hast Du eine gute Position. Wenn du anbietest, das Kind zur Adoption frei zu geben, werden sie begeistert sein. Denn nur wenn die nicht-leibliche Mutter das Kind adoptiert, hat sie ein Mitspracherecht bei der Erziehung, kann im Notfall das Kind im Krankenhaus besuchen undsoweiter undsoweiter. Du selbst hast mit dem Kind nichts mehr zu tun und kannst dein Erbe antreten."

„Aber ich will doch gar nicht erben", sagte Wombel verzweifelt.

„Das musst du wissen. Überleg's dir halt." Freya öffnete wieder ihre Akte. „Auch für das Erbe gibt es eine Lösung. Du kannst es stiften oder so was. Und jetzt raus, ich hab zu tun."

Ich schob Wombel zur Tür raus. Die Trine war erschienen und popelte an ihren Fingern rum, die meterlange Kunstnägel trugen. Ihr Blick blieb an Wombels nicht mehr ganz sauberem Verband hängen. Sie guckte angewidert.

Hinter ihrem Rücken schnitt ich ihr eine Grimasse.

20

TOD EINER KATZE

Das Wetter hatte sich gebessert. Der Frühling machte nun doch Anstrengungen, sich durchzusetzen. Es schien mir der erste sonnige Tag seit Monaten und ich wollte einfach raus. Mein Rad war platt und ich nahm die S-Bahn. Ich musste ewig warten. Sonntags fahren die S-Bahnen in Frankfurt echt selten. Ich grübelte immer noch darüber nach, wieso Wombel diesen idiotischen Selbstmordversuch unternommen hatte. Konnte ich was für ihn tun? Wollte er ein Zeichen setzen? Wahrscheinlich trank er wirklich einfach zu viel, Freya hatte Recht.

Endlich rauschte die S-Bahn heran.

Vor mir mühte sich eine Mutter mit Kinderwagen ab, das sperrige Gefährt durch die Tür zu quetschen. Neulich hatte doch schon jemand davon gesprochen, dass die S-Bahn für Kinderwagen zu klein war. Wer noch gleich? Genau, die Marquard hatte das in unserem Interview erwähnt bzw. in dem vorgetäuschten Interview für das Jugendamt. Wieso wusste sie das? Sie war doch bei dem Gynäkologen Lamberts in Behandlung, um ein Kind zu kriegen. Und die Behandlung war vergeblich gewesen, wie mir die Arzthelferin erzählt hatte. Trotzdem schien die Marquard Expertin für die Breite von Kinderwagen und die der S-Bahn-Türen in Frankfurt zu sein. Außerdem bildete ich mir ein, Babygeschrei aus ihrer Wohnung gehört zu haben. Die Frau war suspekt. Wieso hatte sie noch dazu ein Amulett in ihrer Wohnung hängen, das fast genauso aussah wie das, das Muandro um den Hals getragen hatte?

Während diese Gedanken durch meinen Kopf rotierten, trottete ich vom Bahnhof zum Westhafen rüber. Es nieselte schon wieder, die Wolken hingen tief und grau am Himmel. Das war's wohl mit Frühling. Ich zuppelte am Kragen meiner Jacke rum, aber davon wurde das Wetter auch nicht gemütlicher.

Ich streunte durch die Straßen. Schließlich stand ich vor Marquards Wohnung. Ich hatte es nicht geplant, meine Beine hatten mich hergeführt. Was soll's. Irgendwas stimmte hier nicht. Ich schellte. Sie öffnete fast sofort.

„Was wollen Sie von uns?" Die Marquard starrte mich drohend an.

Wieso war sie so aggressiv? Ich zog die Nummer mit dem Jugendamt noch mal ab und behauptete, es gebe noch Fragen.

Achselzuckend bat sie mich herein. Das Wohnzimmer

war unverändert – pieksauber, ein frischer Blumenstrauß auf der Anrichte, das Ledersäckchen, das Muandros Amulett so sehr ähnelte, hing an der Wand.

Ich sackte auf ihr Sofa. Sie nahm im Sessel Platz, blieb aber auf der vordersten Kante sitzen. Auch die schwarze Katze war wieder da und schnurrte um meine Beine. Gedankenverloren kraulte ich ihr Fell.

Verzweifelt suchte ich in meinem Hirn nach geeigneten Fragen. Am einfachsten wäre wohl, sie einfach erzählen zu lassen.

„Wir haben beschlossen, noch vertiefende Gespräche zu führen, da unsere Umfrage ergeben hat, dass doch noch Bedarf an der Erhöhung der Kinderfreundlichkeit in unserer Stadt besteht“, drechselte ich einen Satz zurecht. „Was ist denn Ihr Eindruck, was verbessert werden müsste?“

Die Marquard seufzte. Ihr wurde klar, dass ich mich auf ein längeres Gespräch einrichtete. Schließlich gab sie sich einen Ruck und begann, wieder über die Probleme in der U- und S-Bahn zu reden. Langsam redete sie sich in Rage.

Ich hörte ihr zu und nickte von Zeit zu Zeit aufmunternd.

Auf einmal ging die Tür zum Flur auf und die junge Frau, die neulich schon da gewesen war, kam herein. Sie trug ein Bündel auf dem Arm.

„Svetlana!“ Sabine Marquard wollte etwas sagen, wurde aber durch das mörderische Schreien des Babys unterbrochen. Denn in dem Bündel auf Svetlanas Arm steckte ein Baby. Ein ebenholzschwarzes, wie ich erstaunt feststellte.

„Ich wollte doch nur …“, Svetlana errötete. Sie brachte kein Wort heraus und streckte der Marquard das Bündel mit dem Kind hin. Die nahm es automatisch entgegen.

„Na, was fehlt dir denn, du Süße.“ Auf einmal hatte sich die strenge Marquard in eine besorgte Mutter verwandelt. Sie wiegte das Kind auf dem Arm, worauf es sein Gebrüll sofort einstellte.

„Svetlana, in der Küche ist Milch, geben Sie dem Kind das Fläschchen.“

„Ist es nicht noch zu früh?“

„Jetzt machen Sie schon!“ Die Marquard drückte das nun friedlich lächelnde Kind wieder in die Arme der Nanny.

„Ich dachte, Sie haben gar kein Kind“, platzte es aus mir heraus.

Die Marquard drehte sich auf dem Absatz um, trat an die Schrankwand, die den Raum beherrschte, und griff nach einer Mappe. Sie knallte die Mappe vor mir auf den Tisch. „Sehen Sie, alles komplett legal! Wir haben alle Papiere!“

Die Mappe aus blassrosa Pappkarton lag direkt vor mir. Sie war beschriftet mit „Adoption Maria“. Ich blätterte darin herum. Sie enthielt allerlei offizielle Papiere auf Englisch mit vielen Stempeln und verschnörkelten Unterschriften. Es folgten beglaubigte Übersetzungen ins Deutsche mit Stempeln eines Übersetzungsbüros. Ich überflog die Titel der Papiere: gerichtliche Freigabeerklärung, Geburtsurkunde, medizinische Berichte aus Südafrika, eine Einverständniserklärung des südafrikanischen Familienministeriums für eine Auslandsadoption.

Mein Blick huschte über die Papiere, bis er an Namen kleben blieb. Ein medizinischer Bericht war von Dr. Lamberts unterzeichnet, Rechtsanwalt Hans-Jochen Ebert hatte die Übersetzung der südafrikanischen Papiere beglaubigt.

Schlagartig fügten sich die Informationen wie Puzzleteile an ihren Platz. Kinder aus Südafrika, ein Rechtsanwalt, der für ein Waisenheim spendete, ein Arzt, der unfruchtbare Frauen mit Kinderwunsch betreute. Irgendwie steckten die alle unter einer Decke. Ich war der Lösung nahe, aber noch verstand ich nicht, wie alles zusammen hing.

Auch die Marquard schien zu bemerken, was in mir vorging. Sie flötete auf einmal zuckersüß: „Möchten Sie nicht etwas trinken? Dann können wir alles in Ruhe besprechen."

Als ich zögerte, sagte sie beschwörend: „Es ist wirklich alles komplett legal, Sie werden sehen. Passen Sie auf, ich hole uns was zu trinken."

Sie verschwand in der Küche, ich hörte Geschirr klappern und gleich darauf kam sie mit einem Tablett, auf dem zwei Gläser Cola und ein Teller mit Keksen stand.

Die schwarze Katze drückte sich an meine Beine. Ich streichelte sie. Ihr Fell war seidenweich. Sie maunzte.

Ich öffnete noch einmal den Ordner und stieß dabei ungeschickt gegen mein Glas. Es fiel um und die Cola ergoss sich über den Glastisch und das Parkett.

„Entschuldigung!" Ich kramte in meiner Tasche nach einem Tempo, um das Malheur zu beheben.

„Macht doch nichts", sagte die Marquard, aber es klang, als wünsche sie mir die ewige Verdammnis.

Die Katze strich an meinem Bein entlang, schnupperte an der vergossenen Cola und leckte sie auf.

Dann fiel sie um und streckte alle Beine von sich.

Ich starrte die Katze an, die sich nicht mehr rührte. Sie war vollkommen k.o. K.O. – da war doch was. K.O.-Tropfen?

Ich sah im Augenwinkel eine Bewegung, spürte einen Luftzug.

Unwillkürlich schmiss ich mich zur Seite.

Doch da traf mich der Hieb und mir wurde schwarz vor Augen.

21

KALTES WASSER

Ich öffnete die Augen, sah aber nur verschwommene Schatten.

Ich tastete nach meinem schmerzenden Schädel. Meine Finger wurden nass. Ich blinzelte. Dann konnte ich wieder klar sehen. Meine Finger waren voller Blut.

Mir fiel wieder ein, was geschehen war. Ich war in Marquards Wohnung, hatte als Mitarbeiterin des Jugendamts einige Fragen stellen wollen. Jetzt lag ich auf dem Fußboden vor der Coach. Neben mir der tote Körper einer Katze. Und noch was. Ich rappelte mich hoch. Neben der toten Katze lag eine afrikanische Statue aus Holz. Ihr Kopf war abgebrochen.

Die Marquard musste mir die Statue über den Schädel gezogen haben, und zwar so heftig, dass die Figur zerbrach. Ich stöhnte.

Wahrscheinlich hatte mich nur meine schnelle Reaktion vor einem Schädelbruch bewahrt. Wie lange war das her? War die Marquard etwa noch in der Nähe?

Erschreckt sprang ich auf, sackte aber gleich wieder zurück. Durch meinen Kopf zuckten schmerzhafte Blitze. Ganz langsam richtete ich mich auf und schaffte es, mich auf das Sofa zu hieven.

Ich rieb mir den Schädel. Mir fiel wieder ein, dass die Marquard ja ein Kind hatte, ein kaffeebraunes. Und die Sache mit der verschütteten Cola – da waren doch K.O.-Tropfen drin gewesen, sonst wäre die Katze nicht umgefallen. Die Marquard wollte mich ausschalten, aber wo war sie jetzt? Lauerte sie mir auf?

Die Tür des Wohnzimmers stand offen, überhaupt standen alle Türen zu den angrenzenden Räumen offen.

Mein Mund war trocken. Wie konnte ein Kopf nur so irre schmerzen?

Hier sollte ich so schnell wie möglich verschwinden. Ich stand auf, wankte ein wenig, wartete, bis ich das Gleichgewicht wieder gefunden hatte.

Es war kalt in der Wohnung. Ein Luftzug strich durch den Raum. Kein Wunder, denn alle Türen standen offen.

Ich machte einige vorsichtige Schritte. Mir war immer noch übel. Ich schleppte mich zum Fenster, öffnete es mühsam und sog die frische Luft tief ein. Eine Weile stand ich dort, atmete schwer, bis die Übelkeit nachließ.

Unten auf der Straße sah ich die Marquard mit einem Bündel auf dem Arm. Sie versuchte gerade, ein Taxi heranzuwinken, doch der Fahrer ignorierte ihr Gefuchtel und startete durch. Wahrscheinlich hatte er eine lukrative Fahrt zum Flughafen über Funk rein bekommen.

Ich beugte mich aus dem Fenster und schrie: „Weit kommst du nicht!“

Die Marquard zuckte zusammen und blickte hoch. Als sie mich sah, drückte sie das Bündel enger an sich.

Ich ärgerte mich, dass ich mich verraten hatte. So schnell ich konnte, rannte ich aus der Wohnung und die Treppe runter. Ich hetzte durch das Treppenhaus, nahm immer mehrere Stufen auf einmal und raste aus dem Haus. Bei jedem Schritt schien mein Hirn im Schädel hin- und her zu schwappen. Ich achtete nicht darauf. Die Marquard konnte was erleben! Ich würde sie ordentlich vermöbeln als Rache für den Schlag auf meinen Kopf.

Mir war speiübel, aber ich schaffte es, in Rekordtempo die Treppen runter zu rennen. Als ich vor dem Haus ankam, sah ich die Marquard die Straße lang rennen. Hier am Westhafen standen die Häuser direkt an einem Seitenkanal des Main. Unten waren die Bötchen der Bewohner festgezurrt. Die Marquard hetzte am Mainufer lang, das Bündel immer noch an sich gepresst. Da musste das Baby drin sein, schoss mir durch den Kopf.

Ich rannte hinter ihr her. Die Kopfschmerzen waren auf einmal wie weggeblasen. Meine Beine bewegten sich wie von selbst.

Fast hatte ich die Marquard eingeholt.

Sie spürte mich hinter sich. Panisch schrie sie auf: „Das ist mein Kind! Ihr kriegt es nicht!“

Bevor ich sie erreichen konnte, kletterte sie über das Geländer, das die Straße vom Main trennte. Sie drückte das Bündel noch enger an sich und sprang mit einem Satz in den Main. Das braune Wasser schwappte über ihr zusammen.

Marquard tauchte wieder auf, machte einige Schwimmzüge, doch das Kind im Arm behinderte sie. Sie konnte sich kaum über Wasser halten. Ich sah, wie sie mit offenem Mund nach Luft schnappte. Das Bündel tauchte unter. Sie strampelte mit den Beinen und schaffte es, das Kind über Wasser zu halten, doch gleich darauf tauchte es wieder unter.

Ich streifte meine Schuhe und meine Jacke fast gleichzeitig ab, hechtete über das Geländer und sprang.

Das kalte Wasser drang sofort durch meine Klamotten. Meine Muskeln verhärteten sich, nur mit aller Willensanstrengung brachte ich die Arme und Beine zum Funktionieren. Ein stechender Schmerz fuhr durch meinen Kopf.

Mit einigen Kraulzügen erreichte ich die Marquard. Sie strampelte wild herum. Als sie mich kommen sah, versuchte sie zu flüchten. Aber die Kälte setzte ihr zu. Sie kam kaum voran. Dabei schrie sie die ganze Zeit. Auch das Kind brüllte aus Leibeskräften, wenn es gerade mal über Wasser war.

Die Kälte lähmte mich. Doch die gellenden Schreie des Kindes trieben mich an. Ich näherte mich der Marquard, versuchte, ihrem Gestrampel auszuweichen, und packte das Kind, als es mal wieder unter Wasser geriet. Ich riss es mit einem Ruck an mich. Marquard stieß einen schrillen Schrei aus und versuchte, sich an mich zu hängen. Ich legte mich auf den Rücken und stieß mit einem Bein heftig nach ihr. Dann lagerte ich das Bündel mit dem Säugling so gut es ging auf meinem Bauch und strebte rückenschwimmend zum Kai. Die Marquard war durch meinen Tritt unter Wasser geraten, doch ich hörte sie japsen und platschen.

Es waren nur wenige Meter bis zum Kai, aber die kosteten mich meine gesamte Kraft. Das Baby brüllte immer weiter. Meine Kleider hatten sich mit Wasser vollgesogen und wogen unendlich schwer. Vor meinen Augen sah ich Lichtblitze. Trotzdem machte ich einen Schwimmzug nach dem anderen. Immer einen nach dem anderen. Und noch einen.

Plötzlich platschte ein Rettungsring neben mir ins Wasser. Ich griff nach dem rot-weißen Reifen und hielt mich mit einem Arm fest, den anderen fest um das Baby gepresst. Ein Schlauchboot der DLRG war neben mir. Die Jungs nahmen mir das Kind aus dem Arm und hievten mich aus dem Wasser. In letzter Minute, wie mir schien. Meine Zähne schlugen aufeinander. Ich schlotterte. Ein stämmiger, braungebrannter DLRGler legte mir eine Decke um. Am Ufer wartete ein Sanitäter, der mir ungefragt eine Spritze in den Arm stieß. Ich sackte weg, bevor ich irgendwem erklären konnte, wie gefährlich die Marquard war.

22

ABGESETZT

Ich schwitzte. Das Laken unter mir fühlte sich feucht an. Mein Kopf tat weh. Eigentlich tat mein ganzer Körper weh. Ich konnte nicht richtig atmen. Aber vor allem war mir glühend heiß. Meine Augenlider waren schwer, schwer wie Blei, ich konnte sie nicht öffnen.

„Akute Pneumonie", sagte eine Männerstimme neben mir.

Ich hatte diese Stimme noch nie gehört. Angestrengt versuchte ich, die Augen zu öffnen, aber sie waren wie verklebt.

Ich hörte Geraschel, es schienen viele Menschen um mich rum zu sein. Wo verdammt war ich? Ich konnte mich an nichts erinnern.

Jemand strich über meine Bettdecke. Auf jeden Fall war ich nicht zuhause auf meiner Matratze. Dieses Bett fühlte sich eher an wie das bei meiner Mutter – frische, gestärkte

Laken oder so. War ich bei meinen Eltern? Aber wieso dieser unbekannte Mann?

Bevor ich weiter grübeln konnte, schlief ich ein.

Als ich das nächste Mal wach wurde, zitterte ich erbärmlich. Der Winter schien Einzug gehalten zu haben. Ohne es zu wollen, schlotterte ich am ganzen Körper. Immerhin konnte ich die Augen öffnen. Ich lag unter einer dicken Bettdecke. Trotzdem konnte ich mein Zittern nicht unterdrücken. Offensichtlich war ich in einem Krankenhaus, denn alles war weiß, es roch streng und mein Bett hatte ein Klappgitter an der Seite.

Klar, ich war ja in den Main gesprungen, um das Baby der verrückten Marquard rauszuziehen. War mir das gelungen? Wo war das Baby? Und hatte die Marquard überlebt? Ich wusste, dass es wichtig war, mich zu erinnern. Doch schon wieder durchlief mich ein Kälteschauer. Meine Zähne schlugen aufeinander. Ich zog die Decke enger um mich. Obwohl ich schlotterte, schlief ich wieder ein.

Im Traum schwamm ich hinter der Marquard her und versuchte, das Baby zu retten. Doch jedes Mal, als ich nach dem Bündel mit dem Säugling greifen wollte, versank dieser im Wasser. Ich schnappte nach Luft, strampelte mit den Beinen. Ich wusste, dass es ein Alptraum war, konnte aber nicht aufwachen.

Ich weiß nicht, wie viel Zeit vergangen war, als ich schließlich doch aufwachte. Diesmal konnte ich meine Augen ohne Probleme öffnen. Ich hatte Durst.

Neben mir spürte ich eine Bewegung.

„Lebt das Baby?“ Ich wollte eigentlich laut und deutlich fragen, aber was ich hörte, war ein heiseres Flüstern.

„Ja, das Kind ist gerettet. Es hat eine leichte Unterkühlung, aber es ist bei der Mutter. Alles ist gut.“ Jemand streichelte sanft meinen Arm.

Ich wollte noch was sagen, aber dann sackte ich in diese traumlose Finsternis. Keine Ahnung, wie lange ich geschlafen hatte, aber als ich wieder die Augen öffnete, fühlte sich das Leben schon besser an. Ich hob leicht den Kopf.

„Ganz ruhig!“ Mattu saß auf dem Stuhl neben meinem Bett und beobachtete mich aufmerksam. Seine grauen Haare schienen noch heller geworden zu sein. Sie waren verstrubbelt.

Was wollte Mattu hier? Ich stöhnte und schloss die Augen wieder. Irgendetwas musste ich Mattu unbedingt erzählen, aber was? Mein Kopf schmerzte wie verrückt. Mir wurde schlecht. Ich würgte. Mattu streichelte meine Hand. Auf einmal fiel mir ein, was mich beunruhigt hatte.

„Bist du verheiratet?“, fragte ich heiser.

„Wie kommst du denn darauf?“ Mattu schien ehrlich verblüfft.

„Weil du mich ins Hotel geschleppt hast, statt zu dir nach Hause“, sagte ich matt.

„Ach das. Nee, ich war mal verheiratet, aber ich bin schon seit drei Jahren geschieden. Ich wohne in Hanau, aber da konnte ich dich neulich abends nicht hinbringen. Fürchte, ich war nicht mehr fahrtüchtig."

Ich seufzte erleichtert auf. Aber irgendwas war noch, was ich Mattu fragen wollte. Mein Kopf schmerzte so fürchterlich, dass ich nicht richtig denken konnte.

Mattu sprach weiter: „Und du warst ohnehin ziemlich betrunken, muss ich sagen. Deine Adresse konnte ich nicht aus dir rausbekommen. Und da habe ich dich einfach in ein Hotel gebracht."

„Haben wir ...? Ich meine, haben wir es gemacht?"

„Es war sehr schön." Mattu streichelte weiter meine Hand.

Irgendetwas anderes wollte ich Mattu noch fragen, aber in meinem Kopf bohrte immer noch der Kopfschmerz.

„Was ...?", brachte ich hervor.

„Du hast eine ordentliche Gehirnerschütterung, bist unterkühlt und hattest einen Schock", fasste Mattu zusammen. Das war es aber eigentlich nicht gewesen, was ich wissen wollte. Immerhin erklärte es mir, wieso mein Kopf sich wie ein Fesselballon anfühlte. Ich stöhnte auf.

Eine Schwester kam ins Zimmer, warf mir einen kurzen Blick zu, schob einen Regler an dem Tropf neben meinem Bett höher und eilte wieder davon. Ich fiel in Tiefschlaf.

Als ich das nächste Mal erwachte, hatte der Druck im Kopf nachgelassen. Statt Mattu saß nun Freya neben meinem Bett. Als sie merkte, dass ich wach war, flüsterte sie: „Na, wie geht es dir?"

„Geht so." Mein Mund war trocken. „Gib mir ein Glas Wasser, bitte."

Freya erhob sich. Ich hörte sie hantieren, bewegte meinen Kopf aber vorsichtshalber nicht. Freya kam wieder und hielt mir ein Glas Wasser an den Mund. Ich trank in gierigen Schlucken.

„Du hast ja ganz schön was abgekriegt. Wie bist du denn zu der Beule am Kopf gekommen?"

„Beule?" Vorsichtig tastete ich nach meinem Hinterkopf. Als ich das Haar leicht berührte, durchzuckte mich wieder der Kopfschmerz. Ich ließ die Hand sinken. Wo kam die Beule her? Ich erinnerte mich an meinen Sprung ins Wasser und wie ich das Baby rettete. Im Wasser konnte ich mir schlecht eine Beule geholt haben. Und davor? Ich versuchte mich zu konzentrieren. Da war eine Katze gewesen. Plötzlich fiel mir alles wieder ein.

„Die Marquard!" Ich richtete mich entsetzt auf, aber sofort legten die Presslufthämmer in meinem Kopf wieder los. Ich sank zurück ins Kissen.

„Die Marquard hat alles gut überstanden, bis auf eine Lungenentzündung. Ich glaube, sie liegt ein paar Zimmer weiter", sagte Freya beruhigend.

„Ein paar Zimmer weiter? Die Marquard wollte mich umbringen!" Ich erzählte Freya alles, was sich ereignet hatte, seit wir uns das letzte Mal getroffen hatten.

„Wieso wollte die Marquard dir was antun?“, fragte Freya verwirrt.

„Weil ich jetzt alles weiß. Sie hat ein Baby aus Afrika adoptiert. Der Gynäkologe Lamberts und der Rechtsanwalt Ebert, die sich vom Golfclub her kennen, haben die Papier besorgt – vielleicht auch das Baby. Genau, dadurch muss Ebert an das viele Bargeld gekommen sein: Die Eltern haben für die Vermittlung bezahlt. Und der Gyn hat den Frauen, die keine eigenen Kinder haben können, die afrikanischen Babies vermittelt.“ Ich berichtete Freya von den Markierungen in der Patientenkartei von Lamberts und den Fotos von den schwarzen Säuglingen.

Freya nickte nachdenklich. „Und die Marquard hatte Angst, dass du ihr auf die Schliche kommst und die Adoption anzweifelst. Also war die Adoption nicht ganz in Ordnung.“

„Schlimmer“, klärte ich Freya auf. „Marquard hat mir nicht nur über den Kopf gehauen, vorher wollte sie mir K.O.-Tropfen einflößen. Allerdings hat ihre Katze die abbekommen. Und wer wurde mit K.O.-Tropfen getötet?“

„Muandro Sevene, den wir für den Mörder von Rechtsanwalt Ebert halten“, sagte Freya.

„Genau. Ich glaube, die Marquard hat Muandro aus dem Weg geräumt. Sie ist gefährlich. Und sie konnte leicht K.O.-Tropfen beschaffen.“

„Genau, aus der Apotheke ihres Mannes. Ich verstehe das Ganze noch nicht genau, aber wir müssen Mattu Bescheid sagen“, meinte Freya.

„Kümmer dich drum!"

Freya drückte meine Hand, stand auf und ging eilig hinaus.

Das Reden hatte mich angestrengt. Ich fiel wieder in Tiefschlaf. Als eine Schwester ein Tablett mit einer Schale Suppe brachte, wurde ich wieder wach. Freya hatte wieder ihren Platz neben meinem Bett eingenommen.

Ich roch misstrauisch an der Suppe. Tatsächlich spürte ich Hunger und griff nach dem Löffel.

„Alles zu spät", sagte Freya.

„Was?" Ich schlürfte die Gemüsesuppe.

„Die Marquards sind abgehauen. Sie hat unterschrieben, dass sie auf eigene Gefahr entlassen wird und ist schon vor zwei Tagen aus dem Krankenhaus raus."

Fast hätte ich mich an der Suppe verschluckt.

„Und das Baby?"

„Die Wohnung ist verlassen", fuhr Freya fort. „Mattu meint, die haben sich mitsamt Kind ins Ausland abgesetzt. Er hat einen internationalen Haftbefehl ausgeschrieben."

„Dann kommen die wohl nicht weit."

Freya zuckte mit den Schultern.

„Wenn es stimmt, dass die Marquard Muandro umgebracht hat, was war ihr Motiv?"

„Wer sollte es sonst gewesen sein? Natürlich war es die Marquard." Freya war ungewöhnlich begriffsstutzig.

„Nun, es könnte doch auch ihr Mann gewesen sein", meinte sie zögerlich.

Ich dachte nach. „Aber der hat doch kein Motiv. Ich

glaube, Muandro war irgendwie den falschen Adoptionen auf die Schliche gekommen. Er hat den Rechtsanwalt gefoltert, um ihm die Adresse des Gynäkologen abzupressen. Damit er Zeit gewann, hat er den Anwalt umgebracht. Dann ist er bei dem Gynäkologen eingebrochen und hat die Patientenkartei durchsucht. Wonach, wissen wir nicht genau, aber er hat sich die Adresse der Marquards besorgt."

Freya hörte aufmerksam zu. „Das könnte hinkommen."

„Und noch was passt ins Bild: Der Gynäkologe hatte sich Bodyguards besorgt. Als er hörte, dass sein Kompagnon Ebert umgebracht worden war, hat er sofort geschaltet. Er wusste, dass jemand den Adoptionsring auffliegen lassen wollte. Daher hatte er Angst."

„Und die Marquard muss auch Angst bekommen haben. Vielleicht hat Muandro sie bedroht. Der Bodyguard sagte doch, ein Schwarzer sei um das Haus der Marquards geschlichen. Irgendwie muss Muandro mit ihr in Kontakt getreten sein", erkannte Freya.

„Die Marquard hatte nach langen Versuchen mit der künstlichen Befruchtung, die nicht klappten, endlich ein Kind bekommen, und zwar durch die Auslandsadoption. Stell dir doch mal die Gefühle einer Frau vor, die jahrelang vergeblich versucht, schwanger zu werden, dann ein Kind adoptiert und dieses dann wieder hergeben soll."

„So muss es gewesen sein." Freya seufzte. „Was für eine Schweinerei, mit Kinderhandel Geld zu machen."

Ich löffelte meine Suppe aus und war ziemlich

zufrieden mit mir. Die meisten Puzzlestücke hatten ihren Platz gefunden.

„Wo ist eigentlich Wombel?", fiel mir plötzlich ein.

„Der ist nach Hamburg gefahren, die Sache mit seinem Vater und seinem zukünftigen Kind in Ordnung zu bringen."

„Wombels Kind, da bin ich mal gespannt drauf", sagte ich.

Freya und ich grinsten uns an.

23

MUANDROS VERMÄCHTNIS

Einige Wochen später fand ich im Briefkasten einen dicken Brief von Wombel. Heraus fielen ein paar Fotos, die ein dickes Baby mit rotem Gesicht zeigten. Außerdem eine Musikkassette. Wombel hatte außerdem eine Notiz beigelegt. Er schickte Grüße, berichtete stolz von seinem heiß geliebten Sohn Anton und erklärte, die Kassette habe er aus Versehen aus meiner Wohnung mitgenommen, er könne nichts damit anfangen. „Die Botschaft ist wohl für dich", schrieb er.

Welche Botschaft?

Ich musterte die Babyfotos. Das Kind sah aus wie alle Säuglinge, ich konnte keine Ähnlichkeit mit Wombel entdecken.

Die Lesben hatten anscheinend schon ne Menge Kleider für das Kind besorgt, es trug herzallerliebste hellblaue Strampelhöschen und eine passende, offenbar selbst gestrickte Mütze. Man konnte nicht erkennen, ob es einen Irokesenschnitt trug. Oder ob es überhaupt schon Haare hatte. Ich schmiss die Fotos auf den Tisch.

Dann kramte ich den Kassettenrekorder hervor, doch dann fiel mir ein, dass er kaputt war. Mist! Ich betrachtete die Hülle, auf der in grün-gelb-rot für eine afrikanische Band geworben wurde. Es war eine der Kassetten von Muandro, die Jerry mir zugesteckt hatte. „Hör mal was Anständiges", so was hatte er gemurmelt.

Ich rief Freya an und verabredete ein Treffen. Als ich zu ihr kam, hatte sie schon einen Kaffee vorbereitet. Wir hockten uns auf Sofa.

„Hast du Neuigkeiten?", fragte Freya.

„Die Marquards sind in Südafrika verhaftet worden", sagte ich zufrieden. „Beziehungsweise Sabine Marquard. Wegen Mordes und schwerer Körperverletzung. Seltsamerweise aber nicht wegen der offensichtlich illegalen Adoption."

„Tja, das ist so", sagte Freya. „Die Adoption an sich mag zwar illegal sein, das ist aber nicht strafbar. Strafbar ist nur die Vermittlung, also der Kinderhandel, und auch nur dann, wenn Geld fließt. Also hätte Rechtsanwalt Ebert deswegen angezeigt werden können. Eventuell noch der Gynäkologe." Freya murmelte vor sich hin. „Genau, vielleicht würde eine Anzeige gegen den was bringen."

Ich sah vor meinem inneren Auge, wie Freya als Rachegöttin den Gynäkologen vor Gericht brachte. Das machte die Toten nun auch nicht wieder lebendig. Sie war einfach eine Gerechtigkeitsfanatikerin.

„Wieso haben die Marquards eigentlich nicht einfach ein Baby legal adoptiert?“, fragte ich.

„In Deutschland ist das Adoptionsverfahren sehr streng geregelt. Die Eltern dürfen nicht mehr als 40 Jahre älter sein als das zu adoptierende Kind. Die Marquards waren also zu alt, um eine Säugling zu adoptieren. Und ein älteres Kind wollen viele nicht“, erklärte Freya. „Mit den meisten Ländern bestehen Adoptionsabkommen, die Kinderhandel verhindern sollen. Eine Auslandsadoption ist daher sehr schwierig, kann bis zu drei Jahre dauern und kostet um die 18.000 Euro. Als Apotheker hat Marquard gut verdient, Geld war nicht das Problem.“

Freya hatte sich anscheinend gründlich informiert.

„Dann muss Ebert mehr als 18.000 Euro für jedes Baby kassiert haben“, folgerte ich. „Denn die illegale Adoption, die auch noch viel schneller geht, ist ja sicher teurer als die legale.“

„Kein Wunder, dass der mit Bargeld nur so um sich schmiss“, sagte Freya.

Dann drückte ich ihr die Kassette in die Hand, die Wombel mir geschickt hatte. „Dein Kassettenrekorder funktioniert doch sicher.“

„Du kannst froh sein, dass ich das Ding noch habe. Wollte es eigentlich wegwerfen, aber ich hab da ja noch ein paar Kassetten aus der guten alten Zeit.“ Freya lächelte.

„Jetzt hat ja keiner mehr Kassetten, gibt nur noch CDs oder Dateien."

Sie legte die Kassette ein und drückte auf den Startknopf.

Ihr Kassettenrekorder funktionierte natürlich ohne Probleme. Wir kuschelten uns unter eine Decke aufs Sofa. Es rauschte, dann erklang afrikanische Musik, die dudelte vor sich hin, doch auf einmal brach die Musik abrupt ab. Eine dunkle, ruhige Stimme ertönte. Ich hörte eine Weile zu, bis ich mir eingestehen musste, dass ich nichts verstand. Der Mann sprach Englisch.

Freya hingegen bereitete Englisch keine Probleme. Ich stieß sie an und sie übersetzte, ohne zu stocken:

„Meine liebe Tochter. Ich habe mich auf eine lange Reise gemacht, um dich zu suchen und heimzuholen. Eine solche Reise ist nicht ungefährlich und ich sende dir diese Botschaft für den Fall, dass ich dich nicht anders erreiche."

Hier machte die dunkle Stimme des Sprechers eine Pause. Er räusperte sich, dann ging es weiter.

„Für diesen Fall also sage ich dir, du bist die Tochter von Muandro Sevene und Louisa Sevene. Dein Name ist Zusana. Dies ist dein wahrer Name, egal, wie die Weißen dich jetzt nennen.

Du bist geboren in Südafrika, doch wisse, wir, deine Eltern, stammen aus Mosambik. Ich habe in Südafrika Arbeit gefunden, und so sind deine Mutter und ich dorthin gezogen. Doch deine Geburt war schwer und deine Mutter von einem Malariaanfall geschwächt. Louisa hat deine Geburt nicht überlebt."

Wieder stockte Muandro. Man hörte deutlich, dass er schluckte.

„Das ist nicht deine Schuld, denke nicht so. Deine Mutter war eine gute Frau, sie hat dich so geliebt wie ich dich liebe. Sie war vom Stamme der Makonde, genau wie ich. Also bist auch du eine Makonde, selbst wenn du in Südafrika geboren bist und nicht in unserem Heimatland.

Wir haben Mosambik verlassen wegen des Bürgerkriegs. Ich wünsche dir, dass du in deinem Leben niemals einen Krieg erlebst. Ich habe damals schlimme Dinge mitgemacht, es gab dort keine Zukunft für mich und deine Mutter. Dann fand ich Arbeit in den Minen in Südafrika. Dann kamst du, aber ..."

Die Stimme brach wieder ab.

„Aber als Louisa bei der Geburt starb, konnte ich dich nicht bei mir behalten. Ich musste wieder in die Mine. Alle Verwandten waren in Mosambik, ich wusste nicht, was ich tun sollte. Schließlich brachte ich dich zu Mutter Anna in das Waisenhaus der Barmherzigen Schwestern in Kapstadt. Mutter Anna, die Oberin, kannte ich, weil sie uns in den Minen besucht und mit Medikamenten versorgt hatte. Sie war eine gute Frau. Und ich hatte doch niemanden ..."

Hier schluchzte Muandro auf. Freya und ich guckten uns an. Doch schon sprach die Stimme weiter. Freya übersetzte:

„Nach einem Jahr war meine Arbeit in den Minen beendet und ich hatte genügend Geld für die Heimkehr. Ich wollte dich aus dem Waisenhaus holen, nach Mosambik gehen und dort einen kleinen Laden aufmachen. Doch ..."

Seine Stimme brach, er nahm einen neuen Anlauf.

„Du warst nicht mehr bei den Barmherzigen Schwestern. Sie hatten mir versprochen, auf dich aufzupassen, bis ich dich abhole. Doch Schwester Anna war gestorben. Ihre Nachfolgerin Immaculata behauptete, sie habe nicht gewusst, dass du noch einen Vater hattest. Du warst weg, meine Liebe!"

Wir hörten deutlich, wie Muandro wieder schluckte. Er kämpfte offensichtlich mit den Tränen.

„Das Waisenhaus hatte Kinder nach Europa geschickt, an Weiße abgegeben, die keine eigenen Kinder hatten. Alles, was mir die Schwestern im Waisenhaus sagen konnten, war die Adresse des Mannes, der die Kinder abgeholt hatte, ein Rechtsanwalt. Ich bin gekommen, um dich zu finden und zurück zu deiner Familie zu holen, damit du in der Mitte unseres Volkes aufwachsen kannst. So wahr mir Gott helfe, ich werde dich finden und nach Hause holen.

Ich bin ein Jäger. Zusammen mit meinem Vater habe ich den Löwen gejagt. Damals, als ich ein Junge war, gab es noch viele Löwen in Mosambik. Geduld ist die Tugend des Jägers. Ich werde dich finden, wie der Jäger den Löwen aufspürt, und ich werde dich in die Heimat zurückholen, koste es auch mein Leben."

Damit brach die Stimme Muandros ab, es knarzte und die Dudelmusik setzte wieder ein. Wir rührten uns nicht. Wir ließen das Band laufen, bis es zuende war.

Blätter weiter, um mehr über die Abenteuer von Sandy und ihren Freunden zu erfahren.

DANKSAGUNG

Liebe Leserin, lieber Leser,

Ich danke allen, die mein Manuskript vorab gelesen und kritisiert haben. Ihre Anregungen habe ich gerne aufgenommen.

Insbesondere danke ich Nicole Bastian, José Guivala, Karin Kowol, Maren Leifheit und Sadeg Shehrabi für stetige Unterstützung und sachdienliche Hinweise. Tilo Fratzel (verstorben 2019) hat erfolgreich Daumen gedrückt.

Für Beratung in Fragen des Familienrechts danke ich der Kölner Rechtsanwältin Dorothée Linden. Irrtümer gehen zu meinen Lasten.

Dorothea Kenneweg danke ich für Beratung in Hinblick auf die Dramaturgie und ihre stete Ermutigung.

Ohne den Zuspruch und professionellen Rat von Verlegerin Angelika Schulz-Parthu wäre das Buch 2013 in seiner ersten Fassung unter dem Titel „Dicker als Blut“ nie auf die Welt gekommen, Dank auch dafür.

Inzwischen habe ich das Buch überarbeitet und neu herausgegeben.

Es würde mich freuen, wenn Du eine Rezension oder Bewertung online hinterlässt.

Viele Grüße

Katja Kleiber

ÜBER DIE AUTORIN

Katja Kleiber schreibt Krimis mit Herz und Hut. Sie ist mit dem Herzen dabei und außerdem gut behütet.

Sie steckt ihre Nase gerne in fremde Angelegenheiten und schreibt dann auch noch drüber. Sie lebt in Frankfurt/Main, wird aber auch mal woanders gesichtet - etwa in den Wäldern der Eifel.

Ihre Krimis spielen in Frankfurt am Main und in der Eifel.

Erfahre mehr über Katjas Krimis und abonniere den Newsletter: www.katja-kleiber.de/gratis-buch

facebook.com/katjakleiberautorin
instagram.com/katja.kleiber

BÜCHER VON KATJA KLEIBER

Es macht Sinn, die Serien in dieser Reihenfolge zu lesen, sie sind aber auch unabhängig voneinander verständlich.

Der Prof mit dem Sarg - Sandys erster Fall

Der Anwalt ohne Hose - Sandy ermittelt in Frankfurt

Der Banker mit dem Stöckelschuh - Sandy ermittelt in Frankfurt

Das Kind mit der Knarre - Sandy ermittelt in Frankfurt

Die Eifelhexe

Sturm über der Eifel

DER BANKER MIT DEM STÖCKELSCHUH: ÜBERRASCHENDER BESUCH

Ich hasste es, bei wichtigen Sachen wie Sex gestört zu werden. Mattus nackter Po schaute zwischen den Bettlaken hervor. Ich überlegte gerade, ob ich reinbeißen oder ihn sanft streicheln sollte.

Mattu schnarchte rhythmisch vor sich hin. Er hatte mir gestern einen Schnellkurs in Sachen Wein gegeben. Bisher konnte ich zwar Licher Pils von der Henninger Plörre unterscheiden, aber nicht einen Roten vom anderen. Jetzt schwirrte mir der Kopf. Keine Ahnung, ob es an dem Gerede über Rebsorte, Lage und Jahrgang lag oder am Restalkohol. Zu Sex waren wir nicht gekommen, das wollte ich jetzt nachholen. Dieser Hintern war einfach zu verführerisch.

Das Schrillen der Türklingel bohrte sich in mein Hirn. Mattu knurrte etwas Unverständliches und zog sich das Kissen über den Kopf.

Ich war zu faul, um aufzustehen. Der Sommer war unglaublich heiß. Das einzige Fenster meiner winzigen Wohnung stand sperrangelweit offen, aber kein Lüftchen rührte sich.

Die Türklingel schrillte wieder. Lang anhaltend. Jemand schien seinen Finger auf den Knopf zu halten. Außerdem war es nicht die Haustür, die Glocke klang anders. Jemand war direkt vor meiner Wohnung. Ich sprang auf, ging die wenigen Schritte zur Tür und riss sie auf. Da stand eine junge blonde Frau, die sich an einen riesigen Rollkoffer klammerte. Ich starrte sie an. Sie kam mir vage bekannt vor.

„Sandra! Zieh dir was an!“, quietschte eine mir wohlvertraute Stimme.

Meine Schwester! Wie kam die denn hierher?

„Wie kommst du denn hierher?“

„Lass mich erst mal rein.“ Sie schob den Rollkoffer wie einen Rammbock vor sich her, sodass ich automatisch zur Seite trat.

Sie hievte das Monstrum über die Schwelle und drängte sich an mir vorbei in das Apartment.

„Was …?“ Ihr fehlten die Worte.

Ich folgte ihrem entgeisterten Blick. Ein Kühlschrank, darauf eine Doppelkochplatte, ein geklauter Einkaufswagen voller Klamotten und ein Tisch mit drei Stühlen machten die Einrichtung aus. Früher als Punkerin hatte ich schlechter gewohnt. Meine vier Wände hier in Frankfurt waren echt top. Die Miete war bezahlbar, von den Nachbarn kriegte ich kaum was mit.

Silvias Miene wurde starr. Ach ja, da war noch die Doppelmatratze, auf der Mattu vor sich hin schnarchte. Inzwischen hatte er das Laken über sich gezogen. Wie konnte er bei dem Lärm nur weiterschlafen? Er musste tatsächlich ausgelaugt sein.

„Wie kommst du denn hierher?“, fragte ich noch einmal.

Meine Schwester Silvia hatte ich seit, na, seit mindestens zehn Jahren nicht mehr gesehen. Während ich mich in besetzten Häusern und auf Punkkonzerten herumtrieb, hatte sie wahrscheinlich brav die Schule beendet und einen vermutlich grottenlangweiligen Beruf ergriffen. Konnte ja nicht jeder so einen coolen Job haben wie ich.

„Sandra, ich muss einige Tage bei dir bleiben. Wirklich nur ein paar Tage, bis ich eine Wohnung gefunden habe.“

Jetzt starrte ich sie entgeistert an. Meine Schwester? Bei mir wohnen?

„Äh.“ Mehr brachte ich nicht heraus.

„Ich habe eine Stelle in der Zentrale der Deutschen Bank bekommen“, sprudelte sie hervor. „Für mich ist das die Chance auf eine Karriere, ein echtes Sprungbrett.“

„Ja und, wieso läufst du dann hier auf?“ Ich musterte sie kritisch.

Eigentlich hatten wir beide das gleiche mausfarbene Haar, nur sie hatte ihres honigblond getönt und zu einem akkuraten Bubikopf schneiden lassen, während meines raspelkurz und vom vielen Färben ausgelaugt war. Ihre

Brauen waren gezupft, die Augen sorgfältig geschminkt. An den Ohrläppchen baumelten Perlenohrringe, die ich zuletzt bei meiner Mutter gesehen hatte. Instinktiv griff ich an meine Ohren, die von Löchern gespickt waren.

Silvia trug ein ärmelloses Leinenkleid. Trotz der Hitze hatte sie ein Jäckchen übergeworfen, was Gestricktes mit vielen großen Maschen. Sie duftete nach irgendeinem Blümchenparfüm.

Mir wurde bewusst, dass ich immer noch nackt war. Ich wühlte in dem alten Einkaufswagen und zerrte ein schwarzes T-Shirt und einen Slip hervor, um mich notdürftig zu bekleiden. Mehr konnte mein Schwesterchen bei diesen Temperaturen nicht erwarten.

Schließlich setzte ich mich an den Tisch und deutete auf die freien Stühle. Silvia nahm Platz und schlug geziert die Beine übereinander.

„So, dann willst du hier Karriere machen." Sie war also Bankerin geworden. Privatdetektivin war auf jeden Fall die bessere Wahl, fand ich. Ich verstand immer noch nicht, wieso sie bei mir aufschlug. Wir hatten uns in den letzten zehn Jahren nichts zu sagen gehabt und auch nicht vermisst, zumindest was mich anging. „Woher hast du überhaupt meine Adresse?"

„Deine Nummer steht im Telefonbuch, und als ich da angerufen habe, hat mir die Sekretärin deine Straße genannt."

Soso. Mit der Trine würde ich ein paar Worte reden. Ich kannte sie über meine Freundin Freifrau Freya von Buckow. Die gestandene Rechtsanwältin vermietete mir einen Raum unter dem Dach ihres Prachtbaus im Westend. Eine lange Geschichte, wie es zu dieser Freundschaft gekommen ist, jedenfalls residierte meine Detektei dadurch in einer der besten Gegenden Frankfurts. Die Trine, die eigentlich Christel hieß, bewachte Freyas Vorzimmer und nahm meine Anrufe entgegen, wenn ich nicht da war. Jetzt hatte sie meine Privatadresse ausgeplaudert.

„Okay, und wie denkst du dir das?“ Ich wies mit einer Rundumbewegung auf mein kleines Reich. „Hier ist kein Platz.“

„Sandra, bitte!“ Sie schaute mich flehentlich an.

„Sandy!“

„Wie?“

„Sandy! Ich heiße jetzt Sandy.“

Meine Eltern waren auf die bescheuerte Idee verfallen, mich „Sandra Isolde“ zu taufen. „Sandy“ war das kleinere Übel.

„Ich finde keine Wohnung in Frankfurt. Ich habe das ganze Internet durchsucht, nichts. Dann habe ich Makler angerufen, die haben nicht mal zurückgerufen.“ Ihr Stimme wurde schrill.

Mattu wälzte sich unruhig auf der Matratze hin und her.

Silvia umklammerte immer noch den Griff ihres Rollkoffers. „Normalerweise hat die Bank Gästewohnungen für solche Fälle, aber die sind mit Indern belegt.“

„Mit Indern?“

„Die machen irgendeine Weiterbildung wegen des IT-Systems der Bank. Das wird von Indien aus betreut.“

Ich stöhnte. Meine Schwester auf die Straße zu schicken, war keine Option. Sie würde das nicht eine Nacht aushalten. Ich wusste, wovon ich sprach. Nachdem die Bullen unser besetztes Haus in Hamburg geräumt hatten, hatte ich einige Tage auf einer Parkbank im Planten un Blomen geschlafen. Es war nicht nur unbequem, sondern ich holte mir auch eine Lungenentzündung. Wenn die Streetworkerin mich nicht gefunden und ins Krankenhaus gebracht hätte, wäre ich wohl nicht mehr am Leben. Meine Schwester würde in einer einzigen Nacht auf einer Frankfurter Parkbank durchdrehen. Ich stellte mir vor, wie Penner und Junkies sie um einen Euro anbettelten, falls sie ihr nicht gleich die Brieftasche klauten. Silvia würde vor Ekel sterben.

Ich seufzte. „Na gut, du kannst ’ne Weile bleiben. Aber ich habe nur die Matratze.“

Silvia blickte skeptisch auf das Ding, das auf Paletten lag. Mattu richtete sich halb auf. Er stierte uns aus glasigen Augen an.

„Danke. Ich wusste, dass ich mich auf dich verlassen kann“, sagte Silvia. „Räum halt ein bisschen auf, dann kann man es doch aushalten.“ Sie deutete zu den Weinflaschen und Mattus verschlafene Gestalt. „Hier scheint man ja spät aufzustehen.“

Mattus stöhnte. Es klang nach Protest. Immerhin war

Sonntag. Ich wüsste nicht, wieso ich nicht um zwölf noch im Bett liegen sollte. Wir hatten es uns verdient nach der kleinen Orgie gestern, das musste ich Silvia allerdings nicht unter die Nase reiben.

Mattu schwang die Beine von der Matratze und stand auf. Er hielt es nicht für nötig, das Laken mitzunehmen.

Bewundernd blickte ich ihn an. Keine Ahnung, was er an mir fand, aber als Mann war er ein Glückstreffer. Er machte bisher keine Anstalten, unsere lockere Beziehung irgendwie Richtung Eigenheim und Ehe zu drängen, versuchte nicht einmal, mich von den Vorteilen des Zusammenlebens zu überzeugen. Ehrlich gesagt, hatte ich seine Wohnung noch nie gesehen. War einfach zu weit weg, irgendwo hinter Hanau.

Außerdem hatte Mattu graue Augen, die ich stundenlang anschauen konnte. Sie passten gut zu seinem ergrauten Stoppelschnitt. Ordentlich genug für einen Beamten, struppig genug, um cool zu sein.

„Oh.“ Silvia schlug eine Hand vor den Mund.

Mattu schwankte ins Bad, sodass ich noch einmal seinen straffen Hintern bewundern konnte.

OBDACHLOS

Kalle kaute mir ein Ohr ab. Jetzt erzählte er schon zum dritten Mal, wie ihn seine Frau verlassen hatte. „Die Alte", wie er sagte. Mit der Trennung habe es angefangen. Das Saufen und alles andere auch.

Ich nuckelte an meinem Bier. Die Unterhaltung am Kiosk in der Tillystraße war nicht besonders erhebend. Die anderen, die hier morgens um neun mit ihren Bierflaschen herumstanden, schienen Kalles Geschichte auswendig zu kennen. Zumindest schenkten sie ihm keine Beachtung. Mich hatten sie vorhin nur gemustert. Da ich ein Bier bestellt und mich damit an die Theke gehockt hatte, stuften sie mich wohl als ihresgleichen ein.

Ich hörte Kalle mit einem Ohr zu, versuchte, möglichst langsam zu trinken, und behielt das Haus gegenüber im Blick. Hier wohnte Achim Schrader, der sich krankgemeldet hatte. Der Arbeitgeber, die Telekom in Darmstadt, hatte die *Detektei Meier* beauftragt, die Krankschreibung zu überprüfen. Meier hatte mich heute in aller Frühe angerufen und angeschnauzt, ich solle die nächsten drei Tage ein Auge auf Schrader haben. Meier reichte mir Aufträge weiter, für die sein Büro keine Zeit hatte oder die er zu nervig fand für seine Angestellten. Hier war wohl Letzteres der Fall. Seit einer Stunde fixierte ich die Haustür gegenüber und ließ Kalles Tiraden über mich ergehen. Jetzt war er wieder an der Stelle, wie er seinen Job verloren hatte. Seine Erzählung war eine Platte mit einem Sprung, an dem die Nadel hängen blieb. Fakt war, dass er tiefes Mitleid mit sich und seinem Schicksal hatte.

Da, die Tür ging auf. Schrader trat heraus – er sah zwar nicht ganz so aus wie auf dem Passfoto aus seiner Personalakte, das die Telekom eingescannt und rübergeschickt hatte, aber er war es.

Ich drückte Kalle mein Bier in die Hand. „Für dich. Ich muss weg."

„Das ist ja noch fast voll." Er schnappte sich die Flasche und umklammerte sie mit der einen Hand, während er mit der anderen seine eigene an den Mund stemmte. „Komm mal wieder!", rief er mir hinterher.

Ich folgte Schrader, der zur Straßenbahnhaltestelle ging und brav einen Fahrschein zog. Ich tat es ihm gleich, denn ich konnte es mir nicht leisten, wegen Schwarzfahrens aufgehalten zu werden, während das Zielobjekt entschwand.

Während wir auf die Bahn warteten, beobachtete ich

den Mann unauffällig. Er trug eine abgeschnittene Jeans und ein T-Shirt. Von einem Humpeln war nichts zu bemerken, dabei hatte er seinem Chef etwas von „Bänderdehnung" im linken Bein erzählt.

Die S-Bahn rauschte heran, wir stiegen ein. In der Bahn war es noch heißer als draußen, falls das überhaupt möglich war. Die Klimaanlagen der Frankfurter Straßenbahnen versagten regelmäßig, wenn die Temperaturen über dreißig Grad stiegen. Auf den Klimawandel waren die Verkehrsbetriebe offensichtlich nicht vorbereitet. Ich atmete möglichst flach, um den Dunst aus Schweiß und einer Mischung billiger Parfüms in dem Waggon nicht allzu tief in die Lunge zu kriegen.

Die Linie 11 durchquerte an der Mainzer Landstraße einige ärmere Viertel. Schrader und ich schienen die einzigen Deutschen an Bord zu sein. Die übliche Frankfurter Mischung: eine afrikanische Mutti mit einem hübschen kleinen Blag, einige junge Türken, die wohl die Schule schwänzte, osteuropäische Frauen im Billigchic.

Die Bullenhitze schläferte mich ein. Meier hatte mich viel zu früh aus den Federn gerissen. Meine Augen fielen auf halbmast. Fast hätte ich verpasst, dass Schrader an der Jägerallee ausstieg. Er trottete über die Straße, ich hinterher. Er bog in die Schrebergartensiedlung ein, ich hinterher. Zum Glück blickte er sich nicht um. Er öffnete ein Gartentor zu einer Parzelle. Schräg gegenüber die *Schnitzelranch,* das Wirtshaus der Kleingärtner. Ich hockte mich an einen Tisch auf der Terrasse, halb verborgen von einer

Grünpflanze. Von hier hatte ich das Gartengrundstück, das Schrader betreten hatte, gut im Auge. Gerade bollerte er gegen die Tür der Laube. Ein älterer Mann mit Baseballkappe öffnete ihm.

„Und, wie?" Er sprach laut genug, dass ich ihn verstehen konnte.

„Muss", antwortete Schrader und verschwand mit dem anderen in der Hütte.

„Sie wünschen?" Der Wirt der *Schnitzelranch* sah mich fragend an.

„Ein Wasser bitte." Ich war nassgeschwitzt, obwohl ich mich nur wenige Schritte bewegt hatte. Noch ein Bier um die Uhrzeit bei der Hitze würde mich umhauen.

Mein Beruf war wirklich nicht der schlechteste. Meine Schwester saß jetzt in ihrem Büro vor einem Computerbildschirm. Sicher war der Raum auf arktische Temperaturen heruntergekühlt, sodass sie sich bei nächster Gelegenheit erkälten würde.

Währenddessen befand ich mich draußen auf einer Terrasse, die wenigstens manchmal ein Luftzug erreichte. Der Wirt stellte mir wortlos ein Wasser hin und verzog sich wieder nach drinnen. Eine müde Zitronenscheibe hing in dem Glas. Ich quetschte sie aus und sah zu, wie sich die Eiswürfel in Sekundenschnelle auflösten.

Aus dem Augenwinkel beobachtete ich, was sich im Garten gegenüber tat. Schrader und sein Gartenkumpel machten sich an einem Stapel Pflastersteine zu schaffen. In den folgenden Stunden verfolgte ich, wie sie eine Auffahrt zu dem Gartenhäuschen pflasterten. Ihnen lief der Schweiß in Strömen über die Gesichter, während ich noch einige Wasser trank und schließlich ein Schnitzel orderte. Ging ja auf Spesen. Es gelang mir, hinter der Grünpflanze versteckt einige Fotos von den Männern zu schießen. Hoffentlich war Schrader gut genug zu erkennen. Auf dem winzigen Display konnte ich das nicht feststellen. Immerhin, Auftrag ausgeführt. Ich fand, das wäre genug Arbeit für heute, zumal mir Meier sicher nur einen Bruchteil dessen auszahlte, was er der Telekom abknöpfte. Ich war sein Laufbursche, er würde Provision kassieren. Seine Detektei war richtig gut im Geschäft.

Als ich nach Hause kam, war meine Schwester noch nicht da. Ich griff mir ein Bier aus dem Kühlschrank. Das war gut gekühlt, ein Genuss nach dem lauwarmen Wasser in der Schrebergartenkolonie. Dann sackte ich auf die Matratze und stülpte mir Kopfhörer über. Motörhead lenkte mich ab, und das Bier machte die Hitze erträglich.

Schließlich senkte sich Dunkelheit über die Stadt. Ich raffte mich auf und öffnete das Fenster. Die Luft, die hereinschwappte, war heißer als die im Zimmer. Ich war zu faul, wieder aufzustehen, um das Fenster zu schließen.

Ich musste eingedöst sein. Ein Donnern haute mich aus dem Schlaf. Es krachte noch einmal, dann blitzte und krachte es in Folge. Schließlich brach ein Platzregen herunter. Ich rappelte mich auf und trat ans Fenster. Im Hinterhof war niemand zu sehen. Die Studenten aus dem

Erdgeschoss, die dort manchmal rauchten, hatten sich wohlweislich in ihre Bude verzogen.

Der Regen reinigte die Luft von den üblichen Abgasen, es roch nahezu frisch. Ich streckte den Arm aus, so weit ich konnte. Einige dicke Tropfen platschten in meine hohle Hand. Ich rieb mir die Nässe übers Gesicht. Dann schloss ich das Fenster, damit es nicht hereinregnete.

Ein Schlüssel drehte sich im Schloss, und eine patschnasse Silvia rumpelte herein. Sie kämpfte mit einem großen Karton. Er rutschte ihr aus der Hand und knallte auf den Boden. Auf der Packung prangte eine fröhliche junge Frau auf einer Aufblasmatratze.

Silvia sackte auf einen Stuhl. Ihr Make-up war verschmiert, Schweißtropfen zeichneten sich unter ihrem Gesichtspuder ab.

„Frankfurt ist schrecklich. Wie kannst du nur hier wohnen?“

„Ich wohne ganz gut hier. Wieso?“

„Es war ein furchtbarer Tag.“

Mein Tag in Frankfurt war gar nicht schlecht gewesen, aber das sagte ich ihr nicht. Ich bot meiner Schwester ein Bier an. Sie verzog angewidert das Gesicht. Was anderes hatte ich nicht zu bieten. Oder doch. Ich ließ Wasser aus dem Hahn in ein Glas laufen und reichte es ihr. Sie beäugte es skeptisch, dann kippte sie es in einem Zug herunter.

„Was ist passiert?“

Wieso hasste sie Frankfurt gleich nach ihrer Ankunft?

„Es gibt einfach keine Wohnungen! Es war so schrecklich, ich bin bei dieser Hitze hin und her gefahren, nichts zu machen. Die Makler sind dermaßen unverschämt!" Sie holte Luft und schimpfte weiter. „Die stellen einfach Fotos auf ihre Website, die gar nicht der Wahrheit entsprechen."

Ein bekanntes Problem. Es gab nicht genug Wohnraum in Frankfurt. Mein Vermieter versuchte dauernd, die Miete für dieses winzige Loch hochzusetzen. Nur Freyas gestelzte Schriftsätze hatten mich bisher vor einer Wuchermiete bewahrt.

„Dann war ich bei einer Wohnung, da standen die Leute Schlange bis auf die Straße, nur für die Besichtigung."

Ich war froh, nicht umziehen zu müssen.

„Wie war es denn bei der Bank?", fragte ich, um sie abzulenken.

„Und dann habe ich eine Wohnung gesehen, die war echt schön, aber die Flugzeuge flogen so niedrig über das Haus, dass man sein eigenes Wort nicht verstand."

Auch das war nichts Neues. Die Stadtteile südlich des Mains litten unter Fluglärm.

„Und dein erster Arbeitstag?"

Silvia schlug die Hände vors Gesicht und begann zu schluchzen.

„Was denn?"

So schlimm konnte es selbst bei der Deutschen Bank nicht sein.

„Ich habe Mamas Ohrring verloren. Du weißt schon,

diese Klipse mit den großen Perlen. Einer ist weg, einfach weg!"

Schien ja ein echter Unglückstag für sie zu sein. Jetzt erst bemerkte ich, dass sie nur noch einen Perlenohrring trug.

„Wie kommst du an Mamas Ohrringe?"

Silvia sprang auf, ging ans Spülbecken und schöpfte sich Wasser ins Gesicht. Schließlich richtete sie sich auf, schien gefasster. „Sie hat sie mir geschenkt, als ich die Stelle bei der Bank bekommen habe in Hannover. Sie meinte, das würde seriös wirken."

In der Tat, die Ohrringe ließen sie sicher zehn Jahre älter wirken. Nur dass jetzt einer weg war.

„Du wirst ihn schon wiederfinden", sagte ich, um sie zu trösten.

Mir hatte Mutter noch nie etwas Wertvolles geschenkt. Wahrscheinlich wusste sie, dass ich es sofort zu Geld machen würde. Trotzdem ungerecht, dass Silvia die Ohrringe bekommen hatte. Die Perlen waren echt und hätten eine Menge Kohle gebracht.

Silvia schnaufte wütend. Dann machte sie sich über den Karton her und zog eine riesige Matratze hervor. Das Paket enthielt auch eine Fußpumpe, mit der sie das Monstrum aufblies. Schließlich war die Matratze prall gefüllt. Sie nahm fast den ganzen Rest des Zimmers ein.

DESSOUS

Achim Schrader war auf den Fotos gut zu erkennen. Gemeinsam mit seinem Kumpel hockte er auf dem Boden, richtete Pflastersteine, klopfte sie fest und schleppte neue heran. Er hantierte mit Wasserwaage und Seil, damit alles gerade wurde. Sogar die Schweißtropfen auf seiner Stirn waren gestochen scharf abgelichtet. Ich klickte durch die Bildfolge auf meinem Monitor. Die Fotos könnten in einem Lehrbuch für Pflasterer erscheinen. Alle Arbeitsschritte waren festgehalten. Sollte ich ihn um seinen Job bei der Telekom bringen? Dort schwitzte er mit Sicherheit weniger und verdiente mehr als bei der Schwarzarbeit im Kleingarten.

Das Telefon klingelte. Wahrscheinlich Meier, der mir Druck machen wollte. Wenn es nach ihm ging, sollten die Berichte immer schon vorgestern fertig sein. Ich nahm ab.

„*Detektei Hardenberg*, was gibt's?", knurrte ich.

„Die haben meinen Chef umgebracht. Sandra, was soll ich nur machen? Die Polizei ist hier und …" Silvias Stimme ging in ein Schluchzen über.

„Was? Wer hat deinen Chef umgebracht? Wieso?" Besonders logisch klangen meine Fragen nicht. „Nun beruhige dich erst mal. Alles halb so schlimm", säuselte ich.

„Mein Chef ist tot. Jetzt ist die Polizei da und verhört uns alle." Silvia klang panisch.

„Bleib ganz ruhig." Wieso musste ausgerechnet meine Schwester in so was reinrutschen? „Wie umgebracht? Im Ernst, ein Mord?"

„Weiß nicht", sagte sie erstickt.

„Wahrscheinlich war es nur ein Herzinfarkt, und die Polizei macht eine Routinebefragung."

„Ich weiß nicht", schluchzte sie. „Aber er ist tot."

„Silvia, hör mir mal zu, du hast nichts damit zu tun. Also beantworte die Fragen der Polizei, so gut du kannst."

„Meinst du?" Sie schien Hoffnung zu schöpfen.

Einer Punkerin hätte ich geraten, den Mund zu halten und kein Sterbenswörtchen zu den Bullen zu sagen. Meine Schwester war allerdings eine seriöse Bankangestellte. Sollte sie der Polizei doch sagen, dass sie zur Tatzeit Bilanzen aufgestellt hatte oder was immer sie da trieb. Sie sollte einfach so harmlos auftreten, wie sie in Wirklichkeit war.

„Ja, du erzählst wahrheitsgemäß, was du weißt. Und so

schnell du kannst, kommst du nach Hause. Dann beruhigst du dich erst mal“, redete ich auf sie ein.

„Okay. Mach ich.“ Sie hörte sich schon etwas ruhiger an.

Im Hintergrund wurden Stimmen laut. Silvia legte auf, ohne sich zu verabschieden.

Ich rannte die Treppe hinunter in Freyas Kanzlei. Ohne auf die Trine zu achten, riss ich die Bürotür auf. Freya war nicht da.

„Freya ist nicht da“, sagte die Trine hinter mir.

„Seh ich“, fuhr ich sie an. „Ist sie bei Gericht?“

„Shoppen.“ Die Trine blätterte mit sorgsam gefeilten und lackierten Fingernägeln eine Seite in ihrem Modemagazin um.

Shoppen? Meines Wissens hatte Freya ihre Einkäufe bisher zeitsparend im Internet erledigt. Bei ihrer Topfigur passte sie problemlos in die Normgrößen. Und jetzt ging sie shoppen? Neues Hobby, oder was?

Die Trine hatte einen gigantischen Ventilator mit Standfuß vor ihrem Schreibtisch aufgestellt, der ihr mit floppenden Geräuschen Luft zufächelte. Allein dieses „Flopp-Flopp“ den ganzen Tag würde mich wahnsinnig machen. Da fiel mir ein, dass ich noch ein Wörtchen mit der Trine zu reden hatte.

Ich baute mich vor ihr auf und stützte die Hände auf den Schreibtisch. Als ich mich vorbeugte, rollte sie mit ihrem Bürostuhl nach hinten.

„Du hast meine Adresse rausgegeben." Mein Ton war so finster wie meine Gedanken.

Die Trine rollte noch weiter nach hinten, bis sie mit der Rückenlehne an die Wand stieß. „Ja, da hat jemand angerufen, aber das war doch deine Schwester." Ihre Stimme war eine ganze Tonlage hochgerutscht.

Die Trine war als Sekretärin völlig unfähig, gehörte jedoch zu Freyas menschlichen Rettungsprojekten.

„Meine Privatadresse wird nicht herausgegeben", sagte ich. „Ich habe übrigens keine Schwester."

Da sollte sie mal dran knapsen. Ich rauschte hinaus und stapfte die Treppe hoch.

Hier saß ich wieder in meinem Büro und starrte auf die Fotos auf dem Bildschirm. Eine kleine Erpressung wäre sicher auch drin. Wie viel Schrader wohl zahlen würde, um seinen Telekom-Job zu retten? Ich schlug in der Kopie der Personalakte nach. Enttäuschend, er war Pförtner. Wahrscheinlich saß er Wechselschichten in irgendeinem Pförtnerhäuschen ab und kam mit dem Lohn nicht über die Runden. Wenn sein Kumpel ihm für die schweißtreibende Plackerei mit den Pflastersteinen einen Fuffi zugesteckt hatte, wäre das eine willkommene Aufbesserung seines Lohns gewesen.

Ich öffnete eine neue Datei und tippte Schraders Namen und Adresse ein. Dann erfand ich ein Observationsprotokoll, nach dem er gegen ein Uhr nachmittags zum Kiosk gehumpelt war, um ein Päckchen Zigaretten zu kaufen, und ansonsten das Haus nicht verlassen hatte. Statt einem rechnete ich drei Tage ab. So rettete ich Schraders Job und meinen Kontostand.

Missmutig betrachtete ich die Liste, die Meier geschickt hatte. Alles Leute mit langen Krankenständen und Fehlzeiten, die ich überprüfen sollte. Für heute hatte ich genug getan. Das Büro unter dem Dach heizte sich immer mehr auf. Das Gewitter gestern Abend hatte nur vorübergehend Abkühlung gebracht. Ich zog die Jalousie noch ein Stück herunter, packte meine Sachen und ging.

Unten wäre ich fast mit Freya zusammengestoßen, die mit Schwung zur Tür hereinkam. Sie war beladen mit einigen großen Tüten, auffällig mit Markennamen bedruckt.

Ich zog neugierig an der größten Tüte, die riesige Schnörkelbuchstaben in Rosa trug. „Was hast du denn gekauft? Zeig mal her."

Freya klappte die Tüte auf, machte sie aber sofort wieder zu.

„Brauchte unbedingt neue Unterwäsche", murmelte sie.

Worauf ich einen kurzen Blick erhascht hatte, fiel mehr unter die Kategorie „Dessous". Irgendetwas Dunkelgrünes mit viel Spitze hatte aus der Tüte hervorgeblitzt.

Was hatte Freya vor? Wollte sie endlich Pit eine Chance geben, der seit Jahren um sie herumscharwenzelte?

Freya schob die Tüten schnell in eine Ecke neben ihrem Bürostuhl, sodass ich nicht reingucken konnte.

„Ich muss arbeiten", quetschte sie hervor und schloss die Tür vor meiner Nase.

Ich war mir sicher, dass sie ungestört sein wollte, um ihre neuen Eroberungen anzuprobieren.

Lies weiter in „Der Banker mit dem Stöckelschuh"

ISBN 978-3-7549-0445-9
00005
9 783754 904459
www.epubli.de